JN103924

野火、奔る

のび、はしる

あさのあつこ

光文社

野火、奔る

のび、はしる

あさのあつこ

装幀　多田和博＋岡田ひと實（フィールドワーク）
写真　Aflo＋ハラカズエ

一　狐火《きつねび》

廊下に足音が響く。

それは荒海の波音にも似て、遠くから押し寄せてきた。

音は一つ。ただ一人が走っている。それなのに、やけに猛々《たけだけ》しい。

殺気の猛々しさではなく、不穏を告げる激しさだ。

本所深川森下町《ほんじょふかがわもりしたちょう》の小間物《こまもの》問屋の主《あるじ》、遠野屋清之介《とおのやせいのすけ》は筆を止めた。半《なか》ばまで書き付けた文《ふみ》に墨が滲《にじ》み、文字を呑《の》み込んでいく。

筆を擱《お》き、立ち上がる。廊下に出る。

心は既に構えを整えていた。

「旦那《だんな》さま、旦那さま、大変です」

筆頭番頭の信三《しんぞう》が駆け寄ってきた。息を弾《はず》ませ、汗を滲ませ、それでも身体《からだ》に馴染《なじ》んだ動きで膝をつく。

「今、川田屋《かわだや》さんからこれが……」

信三の差し出す書状を受け取る。『川田屋』は中堅の河岸《かし》問屋だ。江戸《えど》湊《みなと》に着く荷の運送を一任している。店《たな》も主人も若く、名も通っていない。大切な荷を運ぶなら、もっと大きな信用の置ける老舗《しにせ》をと諫言《かんげん》する者もいたが、清之介は揺るがなかった。『川田屋』の、損得勘定だけに偏《かたよ》らない商いが好ましかったのだ。信じられもした。

江戸湊に河岸揚げされる荷は、紅花《べにばな》に手を加え煎餅《せんべい》状に乾かした紅餅《べにもち》だ。その荷について『川田屋』から急ぎの文が届いた。これまで一度もなかったことだ。

一枚の紙に認《したた》められた文に目を通し、清之介は両足を踏み締めた。

これは……。

とっさに、文の中身が解《げ》せなかった。読み返す。

「旦那さま、これはいったい、どういうことでございましょう」

信三が語尾を震わせる。眼差《まなざ》しも戸惑いを滲ませて、揺れている。

紅餅を積んだ船が期日を過ぎても湊に入ってこない。他の船は一艘《そう》残らず入湊《にゅうそう》したが、『遠野屋』の船だけが未《いま》だに姿を見せない。他船、海上の様子からして難破、沈没の見込みは薄いと思われる。それゆえに、入湊しない理由に見当がつかず、些《いささ》か困惑している。

『川田屋』の主人、嘉平《かへい》の手跡《しゅせき》で綴《つづ》られた文は、まだ微《かす》かに墨の香りを残していた。

「信三」

「はい」

「すぐに川田屋さんに人を、いや、おまえが出向いてくれ」

「畏《かしこ》まりました。すぐに発《た》ちます」

「頼む。この文だけでは事情が知れない。できる限り詳しく調べてきてくれ。浦賀《うらが》の番所を通っているのかどうか、そこが気になる」

浦賀の番所で改めを受け、船手形を示さなければ湊には入れない。信三が僅《わず》かに眉を寄せた。

「うちの船が番所で留め置かれているのでしょうか」

「それなら、まずは川田屋さんに報《しら》せが入るはずだ。手板《ていた》を見れば、荷の積み下ろし一切を『川田屋』が仕切っているとわかるはずだ」

「確かに、そうでございますねえ」

手板は積荷の品名、船名、数量、積出湊《つみだし》、仕向湊《しむけ》、荷受人……金品の運載《うんさい》に関わることごとくを記した目録だ。積荷か船に番所を通過できないほどの手落ちがあったとすれば、河岸問屋にまずはその由《よし》が伝えられる。

それさえないから、川田屋は戸惑っている。

「留め置きでもなく、難破、沈没でないとすると……」

不慮の出来事が持ち上がり、入湊が遅れている。そうとしか考えられない。しかし、その不慮の出来事がどんなものなのか、思いは及ばなかった。

「荷は紅餅が三駄《さんだ》だったな」

「さようでございます。あれが届かなければ〝遠野紅《とおのべに》〟は作れません。紅屋、紅染め屋からの注文も来ております。遠野屋の紅をぜひ使いたいと」

清之介の生国《しょうごく》、嵯波《さなみ》で採れる紅花の量は、千駄を誇るといわれる出羽国最上《でわのくにもがみ》紅花には遠く及ばない。それどころか、早場物《はやばもの》として高値が付く武蔵国《むさしのくに》や下総《しもうさ》、常陸《ひたち》の荷量にも劣るほどだった。しかし、遠野屋が一手に握っている嵯波紅花は他にはない深い色合いと艶《つや》を持つ。嵯波紅花を使い、遠野屋抱えの紅職人が生み出した〝遠野紅〟は、紅中の紅として江戸のみならず大坂、京都でも評判になっていた。

その紅花を積んだ船が湊に入らない?

「ともかく、急ぎ霊巌島《れいがんじま》まで行ってまいります」

江戸湊に入った荷は海船から川船に移され、張り巡らされた水路を使い運ばれてくる。霊巌島は荷下ろし、荷積みのための要所の一つだった。大小様々な構えの河岸問屋が軒《のき》を連ねていた。下《くだ》り酒《ざけ》を扱う店が多かったが、雑多な品を引き受け、商いを伸ばしていく問屋も増えている。『川田屋』はその筆頭だった。

「二人ほど供を連れて行け。何かわかり次第、逐一報せるのだ。飛脚を使っても構わん」

「心得ました。足自慢の者を二人、三之助《さんのすけ》と道太《みちた》を連れてまいります」

一礼すると、信三は足早に去って行った。足取りにも声音にも落ち着きが戻っている。

あれなら大丈夫だな。

清之介は小さく息を吐《は》いた。

信三は商才に恵まれ、迷いなく商いに打ち込む心根のある奉公人だ。前例のない若さで、筆頭番頭の座に据えた。その断に間違いはなかった。確かに思う。信三はよく働き、よく励み、『遠野屋』を支えてくれている。

今のように慌てても焦りもし、それを隠し切れない弱さも温《ぬる》さもあるけれど、立ち直りは早い。指示を過《あやま》たず呑み込み、応変できる。今回も川田屋嘉平と図りながら、真相をある程度まで見極めてくるだろう。『遠野屋』の主として自分が動くのは筆頭番頭からの報せを待ってからでも遅くない。

庭の柿の木に鵯《ひよどり》が飛んできた。色付き始めた実を狙っているのだろう。

嵯波の紅が届かない。

胸の内で呟《つぶや》いてみる。それが意味することを考える。

万が一、三駄の荷が消え失《う》せたとしたら……。

『遠野屋』にとって痛手になるのは間違いない。〝遠野紅〟は嵯波の紅花がなければ生み出せない品なのだ。しかも、他の紅の倍近い紅花が入り用となる。下手《へた》をすれば、来年は品薄どころか、品そのものが底をつく。そういう危地《きち》が出来《しゅったい》する見込みは十分にある。

しかし、と思案は巡る。

しかし、その危地は『遠野屋』を危《あや》うくするほどのものだろうか。

否と、己が答える。

三駄の紅花荷。それで揺らぐほど『遠野屋』の土台は柔《やわ》ではない。紅花は商いの柱の一つに過ぎない。『遠野屋』の商いは無数の柱が支えている。一本が折れたとしても、土台そのものが崩れることはない。

強がりや思い上がりではなく、事実だった。

ピイーッ。甲高《かんだか》い一声《ひとこえ》を上げて、鶚が飛び立つ。漁《あさ》るには柿が若過ぎたのだろう。鳥の残した鳴き声に、なぜか心が騒ぐ。

清之介は手の中の文を握り締めた。

胸内が重い。不穏な気配がゆっくりと広がっていくようだ。

嵯波からの船に何があったのか。何かが起こり、入湊が大幅に遅れている。それだけで済む話なのか。

今までも荷の遅れは幾度もあった。海の荒れが因《いん》だ。では、今度は？

海が荒れたのなら他の船も動けまい。遠野屋の船だけが遅れるとは考え難《にく》い。そのような報せも届いていなかった。

答えが摑《つか》めない。

清之介は空を仰ぎ、唇を嚙《か》み締めた。


江戸の空に虹が架かった。

この季節には珍しい驟雨《しゅうう》の後、海から立ち上り大川《おおかわ》をまたぐように現れた。

くっきりと鮮やかな紅とすみれ色の間にややぼやけた橙《だいだい》や緑が挟まり、全体が淡く輝いている。雨上がりの碧空《あおぞら》を背にして、美しさの際立つ天《てん》の橋だった。

おちやはそれを新大橋《しんおおはし》の上で見た。

浜町《はまちょう》河岸《がし》から深川に渡る中途で足を止め、秋の深まりつつある空を見上げたのだ。

「母ちゃん、綺麗《きれい》だねえ。すごいねえ」

「これ、指差しちゃ駄目だよ。虹は水神《すいじん》さまの化身なんだからね。罰が当たるよ」

「指を差したら罰が当たるの？　どんな罰？」

「水神さまは蛇なのさ。こう、指先をぱくって食われちまうよ」

兵児帯《へこおび》を締めた童《わらべ》と母親が傍《かたわ》らを通り過ぎていく。脅しが効き過ぎたのか、子は半べそになって母にしがみついていた。

虹を指差すな。罰が当たる。

そんな戒めをおちやも言われた。遥《はる》か昔のことだ。

誰に言われたのか、どこで言われたのか記憶がない。自分が虹を見たのか、指差したのか、童のように怯《おび》えて泣いたのか、それも覚えていない。

目の前を赤蜻蛉《あかとんぼ》が過《よぎ》った。

虹よりさらに鮮やかな紅色の体が煌《きら》めく。煌めきながら大川の水面《みなも》すれすれを飛び去って行った。

その飛び方も鮮やかだ。

「おちやちゃん、もう、行こうよ」

軽く腕を引っ張られた。

我に返る。

「あ、いけない。つい見惚《みと》れてた。ぐずぐずしていたら日が暮れちゃうね」

藍色のお仕着せを着た娘に笑いかける。おちやも同じものを身に着けていた。その娘、おくみも笑みを返してくる。歳《とし》はおちやが一つ上だ。しかし、歳より他のことは全て、おくみの方が上だった。

森下町の『遠野屋』に奉公人として住み込み、働いている。おくみは、おちやよりずっと先に奉公を始めた。洗濯も掃除も台所仕事も、おちやの十倍、いや二十倍も三十倍も手際がいい。おちやが座敷の掃除に四苦八苦している間に、おくみは廊下を磨き上げ、枯葉一枚残さず庭掃除を終えてしまう。機転も利くし、たいていの家事はそつなく熟《こな》せ、言われなくても先を読んで動ける。おちやが段取り悪くもたついている仕事をさりげなく手伝ってくれることも、ほぼ毎日だ。

妬心《としん》は湧かないが、感心はさせられる。感心するたびに、おちやは「おくみちゃんて、凄《すご》いねえ」と吐息を漏《も》らした。

「え、あたしが凄い？　どうして？」

「だって、何でもできるでしょ」

「あたしが？　まさかぁ。そんなわけないよ」

「そんなわけあるでしょ。あたしからすれば神業だもの。どうして、あんなに手際が良くて、しかも丁寧な仕事ができるのかなあ。不思議でしょうがないの」

「あはは。慣れだよ、慣れ。あたし奉公に来たの十の年だもの。年季が入ってるの」

女中部屋で薄い夜具に包《くる》まって、おくみと声を潜めたおしゃべりをする。おちやにとっては、眠りに落ちる前の褒美のような一時《ひととき》だ。遠野屋の奉公人になるまで薄い夜具も、おしゃべりの楽しさも、掃除や洗濯のやり方も知らなかった。皸《あかぎれ》の痛さも、皸に塗る薬も、まだ明けやらぬ刻《こく》に起き出す辛《つら》さも、空を朱色に染めて昇る朝日も知らなかった。知ることができてよかったと心底思う。

父とも母とも早くに死別し、引き取ってくれた伯父《おじ》も尋常ではない死を遂げた。母の兄であり、江戸でも名の知れた大店《おおだな》『八代屋《やしろや》』の主である伯父は、親を失った幼い姪《めい》を憐《あわ》れみも慈しみもしながら育ててくれた。強引にも傲慢《ごうまん》にも振る舞い、身代《しんだい》を肥え太らせるためなら手段を択《えら》ばない伯父を、その奇怪な死に方から「強欲の罰が当たった」だの「天誅《てんちゅう》を加えられた」だの謗《そし》る者もいたけれど、おちやにとっては親代わりの恩人だったのだ。

伯父は大切に扱ってくれた。仲の良かった妹の面影を見たからなのか、実子が息子しかいなかったからなのか、真綿で包むように育て、おちやが望めばたいていは叶《かな》えてくれた。ありがたくはあった。けれど、いつも微かな息苦しさを覚えてもいた。真綿に包まれたまま生きていくことに胸が塞ぐ。これほど豊かな暮らしを約束されながら何を我儘《わがまま》な、何を贅沢《ぜいたく》なと己を責めもした。外の風の中で生きることがどれほどの辛苦や労苦を伴うか、察せられないほど、世間に疎《うと》くはない。

伯父はよく口にした。

「おまえは何も考えなくていいのだ。あれこれ気に病むことなどしなくていい。何もかも、わしに任せておきなさい。おまえが幸せであるように、全て手配してやるからな」

そのくせ、おちやが望む〝幸せ〟を尋ねようとはしなかった。もっとも、あのころ、おまえの幸せはどういうものだと問われても、答えようがなかっただろう。

指を広げてみる。少し太くなって、節が目立つ。力仕事をするからだ。薪《まき》の束を運んだり、井戸水を汲《く》み上げたりするからだ。力仕事だけではなく雑巾も絞るし、器も洗う。箒《ほうき》やはたきの柄を握る。草履《ぞうり》の鼻緒も挿《す》げ替えられるようになった。

この指が誇らしい。愛《いと》しくてたまらない。自分を本気で愛しむことを、愛しめることをおちやは遠野屋で学んだ。今なら、答えが返せる。

伯父さん、あたし、考えながら、あれこれ気に病みながら、しくじりながら生きてます。情けなくて泣きそうにもなったりするけれど、生きています。

生きていると感じられる。それを幸せだと思う。

「おちやちゃん、おちやちゃん」

おくみがもう一度、腕を引っ張った。

「ね、あそこ、甘酒の立ち売りがいるよ。飲んでいかない」

「え？　でもお金が……」

「大丈夫。奢《おご》ってあげるよ。なーんて嘘《うそ》よ。実はお店を出る前に、おみつさんが小遣いをくれたんだ。二人で甘酒くらい飲んでおいでって」

女中頭《がしら》のおみつのよく肥えた丸顔が浮かぶ。そのおみつに言い付けられて、今日は酒屋と油屋と蠟燭《ろうそく》問屋を回り、来月分の品を注文してきた。遠野屋ほどの所帯となると、様々な店の御用聞きがひっきりなしにやってくる。なのに、わざわざ大川の向こうまで使いに出された。おくみも一緒だ。「おまえ一人ではどうにも心許《こころもと》ないからね。おくみが付いていれば道に迷うこともないだろうさ」と言われ、おちやは顔を伏せてしまった。

その通りだ。一人で江戸の町を歩いたりすれば、すぐに道を見失ってしまう。おとなう店を間違えてしまう。まだまだ半人前だと女中頭に言い渡されたようで、まともに目を合わせられなかった。しかし、違っていたようだ。おちやもおくみも住み込みの身だ。通いの奉公人のように、店から外に出る機会は滅多にない。

たまには二人で羽を伸ばしておいで。

今日の使いは、おみつなりの気遣いだったのだ。おみつの後ろに遠野屋の大女将《おおおかみ》であるおしのの、あるいは主人の清之介の配意があったのかもしれない。

さりげなく誰かが見守っていてくれる。それを察せられるようになったのも、遠野屋で働き始めてからだ。

「床見世《とこみせ》もあるよ。どうする、おちやちゃん。あそこでお茶を飲んでもいいね」

おくみの声がぽんぽんと弾む。

「立ち売りのお饅頭《まんじゅう》もあるし、迷うよねえ。でも、やっぱり甘酒かなあ。おくみちゃんは何がいいの？　うわっ、水菓子も売ってる」

おちやも、つい口調が浮かれてしまう。

江戸の表通りはどこも賑《にぎ》やかだ。両側に表店《おもてだな》が並び、紋の入った暖簾《のれん》がはためいている。雛《ひな》人形屋、雪駄《せった》問屋、薬種《やくしゅ》問屋、お茶漬け屋、仕出し屋、紙問屋……。甘酒の立ち売りの傍らには刃物直しが茣蓙《ござ》を広げ、商いをしている。薬籠《やくろう》を下げた医者が通り、武家駕籠《かご》が行き過ぎる。願《がん》人坊主《にんぼうず》が経を唱え、飛脚が走り、読売《よみうり》の声が響く。

本当に賑やかだ。新大橋は橋畔《きょうはん》に広場があり、葦簀《よしず》張りの床見世がひしめいていた。両国橋《りょうごくばし》の広小路《ひろこうじ》に負けないほどの賑わいだ。

「甘酒を飲んでも、お饅頭を買えるぐらいは残るよ。おみつさん、たんと駄賃をくれたから」

「ほんとに？　じゃあ、まずは甘酒にしようか」

おくみと顔を見合わせる。二人同時に頷《うなず》いた。それだけのことなのに、なぜかおかしい。楽しくてたまらない。胸の底から笑いが這《は》い上がってくる。

「じゃ、行こう」

おくみに手を取られ駆け出そうとしたとき、背後から呼び止められた。

「おじょうさま」

おじょうさま。その呼び方に肌が粟立《あわだ》った。一瞬で身体が強張《こわば》る。

唾《つば》を呑み込み、おちやはゆっくりと振り向いた。

「……井平《いへい》」

八代屋の手代《てだい》だ。顔が長くて、いかにも丈夫そうな歯をしているところから、〝井平駒《ごま》〟と綽名《あだな》を付けられていた。

「おじょうさま。本当に……お久しぶりでございます」

「井平、おまえ、どうしてここに」

井平は白く、大きな歯を見せて笑んだ。確かに、いななく寸前の馬を思い起こさせる。

「たまたまでございます。こちらに用事があったものでそれを済ませての帰り道でした。まさか、おじょうさまをお見掛けするとは思ってもおりませんでした」

たまたま？　本当だろうか。

おちやは唇を噛み締めた。八代屋の本店《ほんだな》は通旅籠町《とおりはたごちょう》にあるが、江戸屈指の呉服屋として江戸のあちこちに分店《ぶんてん》を持っていた。店とは別に別邸も幾つか建てていて、伯父が亡くなったのは常盤《ときわ》町《ちょう》の屋敷だ。おちやが遠野屋清之介に出逢《であ》った場所でもある。

井平は常盤町の別邸で、伯父の世話係のような役をしていた。気難しい一面のある伯父に長く仕えていたのだから、気働きのできる性質《たち》なのだろう。

その別邸も間もなく取り壊されるとか、既に取り壊されたとか聞いた。井平が通旅籠町に勤めているのか、どこかの分店に回されたのか知らない。ただ、この広い江戸で人と人がたまたま行合《ゆきあ》う割合は限りなく低いだろう。

身体の強張りが緩まない。気分が悪くなる。

「おちやちゃん」

おくみが握った手に力を込める。おちやも握り返した。

「そうなの、忙しくしているのね。身体に気をつけて励んでくださいな。兄さんたちにもよろしく伝えてくださいい。ちやも元気でやっていると。じゃあ」

そのまま走り去ろうとしたおちやの袖を井平が掴んだ。その力が強くて、おちやは足がもつれそうになった。おくみが支えてくれなかったら、よろめいていただろう。

「お待ちください。おじょうさま。そろそろお戻りになったらどうなのです」

両足を踏み締め、おちやは井平を見詰めた。いや、睨《にら》んでいた。余程眼《め》つきが尖《とが》っていたのか井平は息を呑み込んだ。しかし、手は放さなかった。むしろ、さらに力を込めてくる。袖が破れそうだ。

「言われなくても戻ります。昼過ぎには帰るように言われているんですからね」

井平の顔が露骨なほど歪《ゆが》んだ。

「おじょうさま、どこにお戻りになるつもりですか」

「奉公先に決まっているでしょ」

遠野屋より他に戻るべき場所はない。

井平がため息を吐《つ》いた。その息の音がおちやを苛《いら》つかせる。同時に小さな怯えを呼び起こした。背筋がうそ寒くなる。

「奉公先って何を仰《おつしや》っているのですか。本当にもういい加減に目をお覚ましください。おちやさまは八代屋のおじょうさまなのですよ。それなのに、そんな形《なり》で……」

井平は言葉を詰まらせた。男にしては愛嬌《あいきよう》のある目元が曇り、薄《うつす》らと潤んでいる。

え？　泣いているの。

「そんな貧しい、みっともない形《なり》で下女風情《げじよふぜい》と一緒に使い走りをさせられているなんて……そんな、そんなお姿を亡《な》くなった大旦那さまやご両親がご覧になったら、どれだけ嘆かれるか。お考えくださいい。わたしも……わたしも悲しくてやり切れません」

井平が目尻を拭《ぬぐ》う。芝居ではなく、本当に悲しんでいるようだ。その瞬間、おちやは悟った。またまなんかじゃない。井平はずっと、おちやを見張っていたのだ。おそらく『遠野屋』を出たそのときから、ずっと。だからこそ、〝使い走り〟なんて一言をさらりと口にした。見張っていた。跡をつけて、おちやの動きを確かめ、声を掛ける機会を窺《うかが》っていた。そして、おちやの境遇を一人勝手に嘆き悲しみ、おくみを下女風情と蔑《さげす》んだ。

身体の芯が熱くなる。臙脂《えんじ》の炎が燃え上がったみたいだ。怒りが火に譬《たと》えられる理由が得心できた。本当に熱い。

怒りに炙《あぶ》られる。

「さっ、八代屋に戻りましょう。遠野屋さんには、手前どもからきちんと話を通しますから。おじょうさまは何の心配もなさらなくていいのです」

おじょうさまは何の心配もなさらなくていいのです。

おまえはあれこれ考えなくていいのだ。あれこれ気に病むことなどしなくていい。

八代屋の手代と伯父の言葉が重なる。

何も考えず、気に掛けず、全てを他に委ねて生きろ。それはつまり、頭に藁屑《わらくず》の詰まった木偶《でく》のように生きろということだ。

炎が勢いを増して、おちやはもう、堪《こら》え切れない。

「その手を放しなさい」

思いっきり腕を引く。びりっと嫌な音がした。

「おまえに指図される謂《いわ》れはありません。わたしはわたしの好きなようにします」

「お、おじょうさま」

井平の眼の中に明らかな狼狽《ろうばい》が浮かんだ。反撃されるなど思ってもいなかったのだ。

「帰って兄さんに、いえ、八代屋のご主人に伝えなさい。ちやは何があっても八代屋に戻りません。そんな気持ちは遠野屋さんに奉公するときに、きれいさっぱり捨てています。捨てることができています」

「そんな、おじょうさま。いけません、いけません。そんなことを仰ってはなりません」

井平は溺れる者のように、両手をばたばたと振った。おちやは構わず続ける。

「これまでの御恩は忘れません。けれど、これからは、ちやのことは一切お気遣いくださいますな。ちやは遠野屋でちゃんと生きて行けますからと伝えてくださいな。いいわね。あ、それから、今後、わたしの跡を付け回したりしたら許しませんからね。心しておきなさい」

おくみの手を握り直し、駆け出す。

「おじょうさま、お待ちください。おじょうさま」

井平の声は背にぶつかってきたけれど、追いかけてくる気配はなかった。それでも、おちやは走り続けた。息が切れて足を緩めたのは、御籾蔵《おもみぐら》の横を抜け、六間堀《ろっけんぼり》に架かる中橋に差し掛かったあたりだった。

汗が背中にも、腋《わき》の下にも滲《にじ》んでいる。心《しん》の臓《ぞう》が激しく波打っているように感じた。おくみの息も荒い。二人は屈《かが》み込んで、暫《しばら》く喘《あえ》いでいた。

「……おくみちゃん、ごめんね」

喘ぎながら詫《わ》びる。

「甘酒どころじゃ……なくなっちゃって……ほんとにごめんね」

「いいの」

おくみは立ち上がり、息を整えた。横を向いたままだ。おちやの方を見ようとしない。

「おくみちゃん、あの……森下町の木戸の近くにも床見世が幾つかあったでしょ。あそこでお茶を飲もうよ。確かお饅頭も売っていて……」

「ううん。もう、いらない。走ったから疲れちゃった。早く帰りたい」

それだけ言うと、おくみは前を向き足早に歩き出した。

振り向こうとはしなかった。立ち止まりもせず、おちやが付いてくるかどうか確かめる様子もない。黙ったまま遠ざかっていく。

おくみちゃん、どうしたの？　怒ってる？　ね、どうしちゃったの。

追いついて、そう問うてみればいい。わかっているけれど、おちやは動けなかった。華奢《きゃしゃ》なおくみの後ろ姿が自分を拒んでいるようで、近づけない。

風が堀を渡って、吹いてくる。冷たさが肩に染《し》みた。袖の付け根が二寸余りも裂けている。寒いはずだ。

おちやは水の匂いのする風の中、ふと空に目をやる。

甍《いらか》に隠れ、虹は見えなかった。

藍色のお仕着せの姿が人混みに紛《まぎ》れていく。

まるで狼《おおかみ》の気配を察した若い鹿みたいだ。軽やかで素早い。

井平は追うのを諦めた。とうてい、追いつけるとは思えなかったのだ。

信じられない。あれは、本当におじょうさまなのか。

胸の中で独《ひと》り言《ご》つ。

井平の知っているおちやは走ったりしなかった。真正面から目を合わせたりしなかった。どんなときも眼つきを尖らせたりしなかった。まして、相手に言い返し、己の意見を明言することなど決してなかった。それらは、全て不躾《ぶしつけ》なはしたない行い、大店の娘の振る舞いではないと教えられてきたはずだ。

まるで、別人じゃないか。

そうだ別人だ。外見はおじょうさまとそっくりだが、中身は誰かと入れ替わっているんだ。

そんなわけがないと十分にわかってはいるが、そうとしか考えられない。

ため息が出た。気分が滅入《めい》って、いくら息を吐き出しても軽くならない。主人、新たに八代屋太《た》右衛門《うえもん》の名を継いだ男の顔が脳裏を過っていく。

さてどうしたものか……。

もう一度、吐息が零《こぼ》れたとき、背中を軽く叩《たた》かれた。

「どうしたい？　えらく思い悩んでる風だな」

明朗な声が聞こえ、肩を摑まれる。

「え？　え、あっ、お、お役人さま」

小銀杏髷《こいちょうまげ》に黒羽織、着流し。同心《どうしん》姿の男が井平を見下ろし笑んでいた。

「こ、これは木暮《こぐれ》さま」

「おや？　おれを覚えていてくれたのか。嬉《うれ》しいじゃねえか」

定町廻り《じょうまちまわ》同心木暮信次郎《しんじろう》が笑みを広げる。人懐こい柔らかな表情だ。

「忘れるわけがございません。すっかりご無沙汰いたしておりましたが、その節はいろいろとお世話になりまして」

口をつぐむ。先代の死に様は無残で奇怪なものだった。そこに関わっていた同心に世話になったと挨拶するのは当を得ていない気がする。

しかし、実際、お役人さまが下手人《げしゅにん》を捕らえてくれたのだし、お世話になったというのもあながち間違ってはいないのでは……。

束《つか》の間だが、頭の内を思案が巡る。

「はは、相変わらず律儀で生真面目で、融通が利かねえ、厄介な性分だなぁ」

くすくすくす。

何がおかしいのか、同心は笑い続ける。小気味よく響く声だ。いたって機嫌がいいように見える。楽しげにも陽気にも見える。

井平は愛想笑いを浮かべながら、同心の腕から逃れようとした。この男の見た目や言葉に惑わされて、気が置けない相手だと安心してはいけない。用心を忘れたら、知らぬ間に搦《から》め捕《と》られてしまう。いいように操られてしまう。骨身に染みていた。

逃れたいと、身を捩《よじ》る。しかし、肩を押さえ込まれて、動きの大半を封じられていた。

「挨拶一つするのに、あーだこーだと小難しく考えなくていいんじゃねえのか、手代さんよ」

身体が震えた。口が半開きになる。

「え？　え？　な、なぜ、わたしの思案がおわかりになりました」

「顔に書いてあるからだよ」

そこで、同心はまた楽しげで陽気な笑声《しょうせい》を立てた。

「そう言えるほど、おまえさんがわかり易《やす》いのさ。急に口をつぐんだり、黒目をうろつかせたり、睫毛《まつげ》を伏せたり、心内《しんない》にあるものがだだ漏れしてるぜ。気をつけなよ」

今までわかり易いなどと言われたことはない。思案の中身を言い当てられたこともない。

駄目だ、駄目だ。こんな男にかかずらっていたら碌《ろく》なことにならない。

「お役人さま、あの……わたしは仕事の途中でして、今日のところはこれで失礼します。あの、ですから肩を放していただきたいのですが」

「相談に乗ってやるよ」

「は？　相談と申されますと？」

「おまえさんの悩み事をじっくり聞いてやろうってんだ。ありがてえ話だろ？　あぁ、いいってこった。遠慮は無用だ。まぁ定町廻りの本分からは、多少外《はず》れるかもしれねえが仕方ねえよな。これも世のため人のためめってやつさ」

「い、いや、わたしは別に悩んでなどおりませんので」

「だから遠慮するなって。悩みのねえやつが、往来でため息なんか吐くか？　しかも、二度も三度もよ。いやぁ、こっちまでせつなくなるような風だったぜ」

身が竦《すく》んだ。冷たい汗が背筋を伝う。

見られていたのだ。おそらく、ため息を吐くずっと前から見られていた。

「じゃ、どこぞの水茶屋《みずぢゃや》にでも腰かけようか。それとも、昼酒の方がいいってかい」

「いえ、わたしは下戸《げこ》でして酒は……」

馬鹿、まともに受け答えなんてするな。適当に誤魔化して切り抜けろ。

自分を叱咤《しった》するけれど、気持ちは既に萎《な》えていた。逃げられるとは思えない。

「そうかい、そうかい。じゃあ、やはり水茶屋にしようか。このところめっきり寒くなったからなぁ。熱い茶が美味《うま》いぜ。なぁ、親分」

木暮が後方に眼差しを向けた。井平も首を捩《ね》じる。陽光の降り注ぐ道に初老の男が立っていた。

井平と目を合わせ、ゆっくりと一礼する。

「尾上町《おのえちよう》の親分さん」

声が上ずってしまった。自分が猫に追い詰められた鼠《ねずみ》のごとく怯えていると気が付いて、赤面してしまう。しかし、安堵《あんど》もする。

〝尾上町の親分〟と呼ばれる岡っ引の方が、この捉えどころのない同心よりずっとましだ。話が通じる。世間の尋常な理《ことわり》をきっちり心得ている。

「井平さん、本当にお久しぶりでござんすね。お元気そうで何よりでやす」

ゆったりした物言いに、安堵の気持ちが増す。

「親分さん、あの、わたしは仕事がありまして、茶屋に寄る暇などないのですが」

岡っ引が頷く。月代《さかやき》のあたりを掻《か》き、僅かに首を傾《かし》げる。

「さいで。忙しくしておられるんでやすね。けど、往来で立ち話をするのもどうでやしょう。あっしたちは一向に構いやせんが、井平さんに迷惑かけちまうかもしれやせんぜ。役人と岡っ引に挟まれて話をしてるなんて、嫌でも目立ちやすからねえ」

井平は生唾を呑み込んでいた。喉がぐびりと音を立て、身体から力が抜けていく。

「水茶屋が嫌なら自身番《じしんばん》でもいいけどよ、あそこの茶は不味《まず》いことこの上ないぜ。茶とは名ばかりの、薄く色のついた白湯《さゆ》って代物さ。できるなら行きたくねえんだよなあ」

同心がわざとらしく顔を顰《ひそ》めた。井平は観念した。

どうあっても逃げられない。同心も岡っ引も逃がす気は毛頭ないのだ。

「この先に顔見知りの見世がありやす。そこそこ美味い茶を出しやすよ」

岡っ引が顎《あご》をしゃくる。井平は我知らず頭《こうべ》を垂れていた。

同心がまた、楽しげに笑った。

八代屋の手代は哀れなほど萎《しお》れていた。運ばれてきた茶と饅頭に手を付けようともしない。俯《うつむ》いて、自分の足先ばかり見詰めている。

「そんなに縮こまらなくてようがすよ。あっしたちは別に、井平さんをお縄にしようとか、仕置きを加えようとか考えてるわけじゃありやせん。井平さんが何の咎《とが》も犯してないってのは明白なんでやすからね。もうちょい、気楽にしてくだせえ」

井平が顔を上げる。水茶屋の床几《しょうぎ》がぎしっと鳴った。

「それなら、もう帰してください。仕事が滞りますから」

「わかってやす。じゃあ、さっさと済ましちまいますかね、旦那」

伊佐治《いさじ》は信次郎を一瞥《いちべつ》する。返事はなかった。無言のまま茶をすすっている姿からは、さっきまでの饒舌《じょうぜつ》や陽気な気配は綺麗に失せている。

井平が身震いした。

「親分さん、わたしは本当に悩みなどないのです。ため息を吐くのは癖のようなもので」

「おちやさんをずっと付けてたんでやすか」

前置きなしで、核心を衝《つ》く。何とか逃れようと足掻《あが》く相手には、まず、一針《ひとはり》を打って足掻きを止める。おとなしくなってくれれば、格段に事が進めやすくなるのだ。

「いやね、あっしたちも仕事の最中だったたんでやすよ。八丁堀《はっちょうぼり》から旦那のお供をして、本所深川あたりを回ってたって具合でね。で、新大橋の手前ぐらいで、井平さんを見掛けた。すぐに声を掛けようかとも思ったんでやすが、井平さんの様子がちょいと気になりやしてね。あっしの言い方が気に障《さわ》ったら勘弁ですぜ。けど、どうも常と違う様子に見えたんでやす。ええ、こう何かを窺ってる風でやしたね。で、何を窺ってんだと前に目をやると……」

そこで湯呑《ゆのみ》に手を伸ばす。井平を焦《じ》らすためではなかった。本当に喉の渇きを覚えたのだ。井平は両手を膝に置いたまま、黙っていた。

「おちやさんとおくみさんがいやした。二人とも遠野屋のお仕着せ姿でやしたね。井平さん、ずっと二人の跡を、あ、いや、おちやさんの跡を付けていやしたね。付かず離れず、ずっと」

「そうです。それが咎められるようなことですか」

井平が長い顎を突き出すように、上げた。

「おちやさまは、八代屋のご縁者です。先《せん》の旦那さまが娘同然にかわいがっておられました。なのに、あの恰好《かっこう》は何なのです。お仕着せ？　奉公人？　とんでもない話じゃありませんか。いいですか、八代屋ですよ。八代屋のおじょうさまなんですよ。それなりの待遇ってものがあるでしょう。正直、もう少し丁重な取り扱いをしてくださっていると信じていましたよ。よりによって奉公人同様に扱うなどと、遠野屋さんも何を考えているのか。あんな恰好で使い走りをさせられて……あまりにご不憫《ふびん》で思わず声を掛けたのです。それが間違っていますか。お役人さまに咎められるような筋合いではないと思いますが」

口調は険しいが、眼差しは落ち着かない。あちこち動き、伊佐治に向かってこなかった。内心のざわつきや揺れ、不安を隠そうとするとき人はこんな眼つきになる。

どうにも引っ掛かるな。

胸の内で呟く。つい半刻《はんとき》ほど前を思い返す。

新大橋の人混みの中に見覚えのある馬面《うまづら》があった。その顔と昨冬起《さくとう》こった奇怪な事件が刹那《せつな》に結び付く。八代屋の手代、名は井平。八代屋の先代に長く仕えていた男。伊佐治の頭の中で馬面男に関わる記憶が瞬《またた》く。商家《しょうか》の手代が新大橋の広小路にいても不思議ではない。実際、商人風の男も商人の女房風の女もぞろぞろ歩いている。いつもなら、そのまま見過ごしただろう。衆人の中で同心や岡っ引に呼び止められて喜ぶ堅気《かたぎ》の者は、そうそういない。顔は笑っていても、厄介だ面倒だ迷惑だと心を縮こませている。

承知していたから、余程のことがない限り伊佐治から声を掛けたりはしなかった。

しかし、あのときは……。

「親分」

信次郎が振り返り、目配せをした。

「気が付いてるな」

「へい。井平でござんすね。妙な眼つきをしてやす」

「そう、妙な眼つきだ。相変わらず胡散臭《うさんくさ》い野郎だぜ」

井平が胡散臭いとは思わなかったが、何かを窺う様子は気になった。

ふふんと信次郎が鼻先で嗤《わら》った。

「どうやら、獲物は遠野屋の雛らしいぜ」

井平の視線を辿《たど》り、伊佐治は軽く唇を噛んだ。藍色のお仕着せ姿の女が二人、しゃべりながら歩いている。時折、肩を寄せ合い、小さな笑い声を立てる。いかにも楽しげだった。

おちやさんとおくみちゃんか。

遠野屋で幾度となく顔を合わせ、言葉を交わしてきた娘たちだ。おくみのことは、遠野屋に出入りし始めたころから知っている。頰の赤い痩せた少女は、いつの間にかしっかり者の聡明《そうめい》な娘に育っていた。

「おくみはあたしが躾《しつ》けました。料理も掃除も縫い仕事も髷の結い方も作法も、あたしが教えたんです。どこに出しても恥ずかしくない娘ですよ」。女中頭おみつがそう胸を張ったことがあった。我が子を誇る母親の口吻《くちぶり》だった。

さもありなんと頷いた。おくみだけでなく遠野屋の奉公人は並《な》べて質がいい。仕事人としても人としても、よく磨かれている。みながみな珠《たま》だとは言わないけれど、磨き込まれた石には石の美しさがあるのだ。

遠野屋清之介の優れた商才は、人の磨き方にも如実に表れている。伊佐治は常々、思ってはいた。思うだけで口にはしない。胸の内に閉じ込めている。一介の岡っ引が賢《さか》しらに語ることではないし、語ってしまえば妙に薄っぺらに響く気がしたのだ。

おくみとおちやの後ろ姿が遠ざかる。井平も動いた。

信次郎が歩き出す。迷いのない足取りだ。もっとも、この主が足を迷わすことは、ほぼない。

「旦那、跡を追うんでやすか」

「だな。若い女の跡をつける胡散臭い男がいる。ほっとくわけにはいくまいよ」

遠野屋さんの奉公人でなくても、同じ台詞《せりふ》を言いやすかね。

皮肉言葉を呑み込んで、伊佐治は別の問いかけをする。

「何か臭《にお》いやすか」

「微かにな。胡散臭いじゃ済まねえ嫌な眼つきをしてやがる」

言葉とは裏腹に、信次郎は薄く笑っていた。それこそ嫌な笑いだ。伊佐治は主のこの笑みに接するたびに目を背けてしまう。そのくせ、心のどこかが昂《たかぶ》る。

旦那は何を嗅ぎ取ったんだ。何かが始まるのか。

昂りを抑え込み、伊佐治は足を速めた。


「ええ、そうですとも。わたしは悪いことなど何もしてやしません。おじょうさまをお帰りになるよう説得しただけです。なのに、どうして引き止められなくちゃならないんです」

ここは責め立てるところだと腹を括《くく》ったのか、井平がまくしたてる。威勢のよさは、怯えと焦りの裏返しなのだろう。

伊佐治は唇の前に指を一本、立てた。

「井平さん、声が大き過ぎやすぜ。葦簀張りの見世でやすからね、外に筒抜けになりまさぁ」

井平は唇を閉じ、浮かしかけた腰を下ろした。

「ずいぶんと経《た》ってるぜ」

信次郎が口を挟む。意味がわからなかったのか、井平が眉を寄せた。

「おちやが遠野屋に転がり込んだのは昨日、今日の話じゃなかろう。一月《ひとつき》、二月《ふたつき》でもねえ。一年近くが経とうとしてるんだ」

「……そうですが、それが何か……」

「何か？　おかしいじゃねえか。おじょうさまだのご縁者だのと騒ぐんだったら、どうしてもっと早く迎えにこなかったんだ」

　信次郎と束の間目を合わせ、伊佐治はもう一口、茶をすすった。

「なるほど、そんなに大事なおじょうさまなら、すぐにもお迎えにこなきゃおかしい。確かにその通りでやすね。どうして、こんなに遅くなったんでやすか、井平さん」

「それは、その……先の旦那さまがあのような……その、尋常ではない亡くなり方をされたので、うちとしてもいろいろごたつきまして。それで、あの、おじょうさまのことまで手が回らなかったというか……」

「先代が娘同然にかわいがっていた娘なのに手が回らなくて、一年近くほっぽらかしていたわけか？　で急に思い立って跡を付け回し、往来で声を掛けた。うーん、どうにも腑《ふ》に落ちねえなあ。どうでえ、親分」

「でやすねえ。だいたい、奉公人だろうが何だろうが、遠野屋さんがおちやさんの面倒を見ていたのは事実でやすからね。遠野屋さんに礼を伝え、おちやさんを引き取りたいと申し出る。それが筋ってもんじゃねえですか。八代屋のご主人ともあろうお方が人の世の筋を曲げて、無理やり連れ戻そうとするなんざいただけやせんぜ。あぁ、八代屋のご主人といえば」

身を乗り出し、井平の顔を覗《のぞ》き込む。覗き込まれた方は横を向いて、心持ち面《おもて》を伏せた。

「秋の初めごろでやしたっけ？　祝言《しゅうげん》を挙げられたとか。めでてえことで」

「……はぁ、どうも。ただ、それは仮の話でして。本当のご祝言は先代の一周忌が過ぎてからきちんと執《と》り行うと聞きました。しかし、仮祝言のことまでよくご存じで……」

「巷《ちまた》の噂《うわさ》を耳に入れておくのも仕事の内なんでねえ。長《なげ》えこと岡っ引なんてやっていると、水路みてえなものができやしてね。知らぬ間に、噂話が流れ込んでくるって寸法でさ。自慢にゃなりやせんがねえ」

「その仮祝言と今日の勾引紛《かどわかしまが》いの所業は、繋《つな》がってんのかねえ」

信次郎の一言に井平が顔を上げる。両眼《りょうがん》が見開かれていた。

「勾引紛い？」

「だって、そうだろう。昼日中、嫌がる娘を無理やり連れて行こうとしたんだ。勾引の類《たぐい》に入るんじゃねえか。少なくとも、おれはそう見てるがな」

「そんな、そんな馬鹿な」

長い顔から血の気が引いていく。さっきの威勢がみるみる萎《しぼ》み、井平はまた萎《な》えた様子で俯いてしまった。気分の浮き沈みが激しい男だ。ただ、悪党ではない。人の根はまっとうで素直なのだとわかっていた。小心者でもある。だから、空威張りをする。正直、あまりいたぶりたくなかった。

思い余って首でも吊《つ》られたら大事《おおごと》だ。信次郎は井平が首を吊ろうが、大川に飛び込もうが、毒を飲もうが意に介しないだろう。が、伊佐治はそうはいかない。ずっと引きずってしまう。

「大丈夫でやすよ。井平さんを勾引でしょっ引くなんて、しやしません。できるはずもねえでしょ。実際に、おちやさんを勾引かしたわけじゃねえんですから」

「ですよね。そうですよね」

井平は息を吐き出した。ため息が癖だというのも、あながち嘘ではないらしい。

「けど、さっきも言いやしたが、おちやさんに戻って欲しいなら、まずは遠野屋さんに頭を下げるのが当たり前じゃねえですかい。八代屋さんほどの大店がどうして、それだけの筋を通そうとしないんですかねえ」

「それは……わかりません。わたしは、その、おじょうさまの様子を探って来いと言われて、それで、できるなら連れ帰れと……それだけなのです」

信次郎の脅しが効いたのか、井平はぼそぼそと語り出した。小心者はこういうときに助かる。なまじっか意地を張ったり、頑固に黙り込んだりしない。柔い土手のように水の流れに負けて、容易《たやす》く崩れてくれる。

「八代屋さんがそう命じたってこってすか」

「……はい。わたしも、遠野屋さんに挨拶をすべきだとは思いましたし、そのようにも旦那さまに申し上げました。けれど、聞き入れてもらえなくて、仕方なく……」

「それは難儀でやしたねえ。けど、やっぱりどうにも解せやせんよ」

解せない。一年近く放っておいたおちやを突然に、しかもこんな乱暴な手立てで取り返そうとする。その思案が読めない。下手をすれば、八代屋の名に傷を付ける羽目にもなりかねないのだ。

「八代屋の主とやらは、遠野屋をどう思ってんだ」

信次郎が空になった湯吞を振る。

「どうと言われますと?」

「いや、憎んでもいるのかと思ったのさ」

「うちの旦那さまが遠野屋さんを憎む? え、まさか。どうして、遠野屋さんを憎んだりしなくちゃいけないいんです」

井平が面に戸惑いを滲ませ、瞬《まばた》きを繰り返した。

「違ったかい。じゃあ、怖がっているのか」

ああそうだなと、信次郎が笑った。あの薄笑いだ。

「きっと、怖がってるんだろうぜ。まともに逢えないほど、怖くてたまらないいんだよ」

伊佐治は主の薄笑いを見詰める。目を逸《そ》らすことができない。

葦簀を揺らす風の音がやけに響いてくる。

大川にかかった虹はもう消えてしまっただろうか。

なぜか、そんなことを考えてしまった。

二　埋火《うずみび》

手代《てだい》の三之助が信三の文《ふみ》を携えて戻ってきたのは、夕闇が濃さを増し、行灯《あんどん》に灯《ひ》を入れようかという時分だった。

遠野屋の船が浦賀の番所を通っていないこと。他船の水夫《かこ》や船頭に確かめたところ、十日前、大坂湊《みなと》に一時寄湊《きそう》したさい同じように碇泊《ていはく》していたと告げられたこと。

その二点が信三の整った手跡《しゅせき》で記されていた。

大坂湊から江戸まで早ければ六日、遅くとも十二、三日の航路だ。実際、他の船は十日前後で着いている。嵯波から出湊《しゅっそう》したのは二十日前。大坂までは順調な旅だったわけだ。その後も海、空の様子からして大幅に遅れる因《わけ》が思い当たらない。

もう少し、待つしかないな。

行灯の明かりに照らし出された文字を読み直す。信三は一晩、霊巌島に泊まり明日一日をかけて調べを進めるつもりらしい。それはそれでいいが、果たしてこれ以上、新たな事実が明らかになるだろうか。

見込みは薄いと感じる。

信三の能《ちから》云々《うんぬん》ではない。清之介の勘、内からの声だった。

これは厄介だぞ。

何かの手違いで済む話ではない。もっと、厄介で剣呑《けんのん》な理由がある。それが何なのか僅《わず》かも窺《うかが》えない。だとしたら、下手《へた》に動かぬ方がいい。闇雲に動けば足をすくわれる。足首を摑《つか》まれ引きずり込まれる。どこに何が潜んでいるのかわからぬ道を行くなら、まずは平静を保ち、守りを固める。油断をせず万一に備え、しかし、無用に構えない。

今のところは、それで十分だ。

信三からの文を清之介は丁寧に折り畳んだ。

それを見計らったように、

「旦那《だんな》さま、少しよろしいでしょうか」

まだ仄明《ほのあか》るい廊下から、おみつが声を掛けてくる。

「ああ、構わないが」

障子戸が横に滑る。おみつの丸顔が隙間から覗《のぞ》いた。

「旦那さま、お話ししたいことがありまして、あの、お忙しいですかねえ」

おみつには珍しく、歯切れの悪い口調だ。清之介が遠野屋に入る以前、間口二間《けん》の小店《こだな》であったころから奉公していたおみつは、遠野屋の一部、家族の一人に近い。それでも、おみつ自身、奉公人の分を踏み越えないよう己を律していると、度々、感じさせられた。胸の内を遠慮なくずけずけと言葉にするし、嫌なものは嫌と頑として受け付けない意固地な面もある。それは確かに悪目《あくめ》ではあるのだが、おみつには悪目を上回る美点が幾つもあった。

朗らかで強く、滅多なことでは挫《くじ》けも、負けもしない。もうずい分と長く一つ屋根の下で暮らしているが、おみつの落ち込んだ姿、うなだれた様子を清之介は、ほとんど目にしたことがない。その朗らかさに、強さに幾度となく救われたし、支えられてもきた。なにより、おみつの為人《ひととなり》が好ましい。信三が実の姉のように慕うのも、頷《うなず》けるのだ。

「おみつさまの話を聞く余裕ぐらいあるさ。ないなら無理にでも作らなきゃあ罰が当たる」

「まあ、そんな減らず口、じゃなくて、戯れを言わないでくださいな」

おみつの気配が緩んだ。けれど、すぐに真顔になって、清之介の前に座る。

信三が霊巌島に出掛けたことは、おみつも知っている。常をはみ出す異変が持ち上がったと察しているだろう。だからといって、心配のあまり詳細を質《ただ》しに来たわけではない。

商いは商い、暮らしは暮らし。自分が働くのは遠野屋の商いではなく、暮らしの場だとおみつは心得ている。小女《こおんな》や小僧の面倒は見る。躾《しつけ》もする。が、商いに口を挟もうとはしなかった。それは義母のおしのも同じで、清之介の差配に異を唱えたことも、難じたこともない。

おしのにとってもおみつにとっても『遠野屋』という店は掛け替えのないものだ。これまで生きてきた日々の大半がここにあるのだから。ただ、清之介を信じ遠野屋を委ねたのなら、自分たちは退き、商いと間合いを取る。

そういう姿勢を大女将《おおおかみ》も女中頭《がしら》も貫いていた。

「旦那さまのお耳に入れておいた方がいいと思いまして……。ちょっと心配事ができました」

「心配事?」

おみつが訴えるほどの心配事となると、かなりのものだ。

「はい。実は、今日、おくみとおちやを外回りに出しました。二人とも、このところずっと家内で働いていましたから、少しは気分を変えてやりたくて」

「うむ。娘たちだからな、息抜きも入り用だろう」

一度、庭の隅でしゃべっている二人を見た。おちやの屈託のない、よく弾む笑い声が耳に残った。おくみといて楽しいのだと告げている声だ。

「仲もよろしいですしね。小遣いを与えて大川の向こうまで行かせたんですよ。夕方まで帰ってこなくていいよって。あたしは、てっきり甘酒でも飲んでくるかと思ったのですが……。昼には帰ってきて、しかも、ばらばらにです。手を繋《つな》いで出て行ったのに、帰ってきたときは一人一人別々でした」

「喧嘩《けんか》でもしたのか」

「それがねえ、どうも、おちやの方は話し掛けたそうにしているのに、おくみは気が付かない振りをして、おちやから離れよう離れようとしているんです。おちやは涙ぐんでましたよ。でも、おくみは背中を向けるばっかりで、目を合わそうともしないんです」

「それは、おくみらしくないな」

若い女たちだ。しかも、育ってきた境遇がかけ離れている。人との接し方も世間を眺める視《し》も違っていて当然だ。当然だが、そこで諍《いさか》いが起こるとは考え難《にく》い。自分の振る舞いが他人を傷つけるならすぐに改める。他人を嫌な気持ちにさせない。追い込んだりしない。そんな分別が、おくみにはちゃんと具《そな》わっている。具えざるを得なかったのだ。

おくみは貧農の家に生まれ、早くに二親を亡くした。その後は遠縁の家を転々とし、十になるかならずの年に、身売り同然に奉公に出された。最初の奉公先は相生町《あいおいちょう》の小料理屋だったそうだ。おくみの縁者が、どれほどの銭《ぜに》を支度金として受け取ったのか、小料理屋とは名ばかりの遊女屋紛《まが》いの店だと知った上で奉公させたのか。曖昧《あいまい》なままだ。

一年ほどこき使い、その後、客を取らせる。店の主人がその目論見《もくろみ》でおくみを雇ったのは確かなようだった。おくみも薄々は気付いていたが、江戸の外《はず》れの村で育ち、頼る人も、逃げ込む場所もない少女に逃げる術《すべ》はなかった。

おくみを『遠野屋』に連れてきたのは、おしのだ。小料理屋の路地で泣いていたおくみに声を掛けたのが縁の始まりだったと、本人から聞いた。

「あの店の悪い評判をたまたま知ってたんだよ。そういう、店の横で女の子が泣いてたら気になるじゃないか。あ、でもね。かわいそうな子を助けてやろうとか、いかがわしい商売を潰《つぶ》してやろうとか、そんなご大層な想《おも》いがあったわけじゃないよ。まぁ、多少なりとも不憫《ふびん》な気持ちはあったかもしれないけどね。でも、あたしだって商売屋の女房だ。想いだけで動いたりしないさ。ふふ、おくみと話をしていてね。この子は役に立つってピンときたんだよ。ちょうど、下働きの女中が辞めたばかりだったろう。ほら、好きな男ができちまって夜逃げ同然にいなくなった……。まぁ、それはいいけど、おくみは利口で物覚えもよさそうで、辞めた女中より余程使えそうだったのさ。だから、引き取った。それだけなんだよ。損得勘定で動いただけさ」

とは、おしのの弁だった。それがどこまで真意なのかわからないが、おしのの目利き通り、おくみはよく働き、よく役に立ち、おしのだけでなく、おみつさえ満足させていた。

そのおくみが、おちやを拒んでいる？

「あたしも見兼ねましてね、おくみを呼びつけたんですよ。おちやと何があったんだって。でも、何もないの一点張りで。あの娘《こ》があんなに強情だとは思わなかったですよ、ほんとに」

おみつがため息を吐《つ》く。娘に背かれた母親の風情《ふぜい》だった。

「ただ、どうも外で誰かと会った風なんですよね。それも、おちや絡《がら》みの」

おみつが清之介を見据えた。眼差《まなざ》しが絡む。

そういうことかと、清之介は合点《がてん》した。奥を取り仕切るおみつが奉公人のこととはいえ、おくみとおちやのいざこざを清之介に報《しら》せるはずがない。女たちのいざこざを収めるのが誰の役目なのか、おみつは弁《わきま》えている。

「なるほどな。ただの喧嘩では済まないというわけか」

「はい。それで……」

おみつの黒目が横に動く。障子の陰の気配は捉えていた。息を詰め、身を縮め、もしかしたら固く唇を結んで、おくみが座っている。

「よろしいですか」

「ああ、わたしから直《じか》に聞くべき話のようだな。おくみ、入りなさい」

僅かに気配が揺れて、俯《うつむ》いたままおくみが入ってくる。両手をついて、額を擦《こす》り付けるように低頭する。

「八代屋さんの誰に出会ったのだ」

いきなり尋ねてみる。薄い肩がひくりと震えた。

暮れていく空に急《せ》かされるのか、巣に帰る鴉《からす》たちの声が姦《かしま》しく響く。その声が遠ざかったころ、おくみはやっと口を開いた。

「形《なり》からして、手代さんだと思います。新大橋を渡ったところで声を掛けられました。えっと……確か、おちやちゃんは『井平』と言っていたと思います。顔が長くて、おちやちゃんのことを『おじょうさま、おじょうさま』って何度も呼んでました」

井平。顔の長い手代。

覚えがある。常盤町にあった八代屋の別邸で会っている。表口から八代屋の主人の待つ座敷まで案内をしてくれた男、亡くなった先代の側近《そばちか》くで仕えていた男だ。

「井平という手代は不意に声を掛けてきたのか」

「はい。おちやちゃんと甘酒を飲もうって話をしていたら、後ろから急に呼ばれたんです。おちやちゃんはとても驚いていました。その瞬間に、身体《からだ》が硬くなったのがわかりました。おちやちゃんが震えたのもわかりました」

おくみが両の手の指を握り込んだ。

手を繋いでいたのだろう。だから、おちやの強張《こわば》りも、震えも生々しく伝わってきた。おくみの気性なら、震える手を放さなかったはずだ。できる限りの力を込めて握っていた。

「もう少し詳しく、話してくれるか。井平はおちやに何を言ったのだ」

「……たまたま、見掛けたから声を掛けたと言いました。でも、あたし、それは嘘《うそ》だと思いました。多分、ずっと前から見張っていたんだと思います」

「おまえがそう感じたのか」

おくみは口中の唾を呑《の》み下《くだ》した。白い喉元が上下する。

「あの手代さん、あたしたちが立ち止まって、どの床見世《とこみせ》に行こうかって話をしているときに、おちやちゃんを呼びました。橋の上の人通りの多いところじゃなくて、橋袂《はしたもと》の開けた場所でした。人通りはあったけれど、後ろから押されるとかの心配はありませんでした。だから、橋の上よりずっと話し掛けやすいはずです。あたしたち、おみつさんから言われた用事を全部済ませるまでは、ほとんど立ち止まりませんでしたから」

「なるほど、手代はずっと機会を窺っていたわけか」

「あたしは、そう思いました」

横目でおみつを見やる。

これは、なかなかの娘だな。

眼《め》つきで女中頭に伝える。清之介が捉えていたよりずっと、おくみは聡明《そうめい》なようだ。

そうでございましょう。あたしが手をかけて育てましたからね。

おみつが唇の端をちょいと持ち上げ、自慢顔を作った。

「それに。手代さんが言ったんです。八代屋のおじょうさまが、そんなみっともない形《なり》をして下女風情と一緒に使い走りをさせられているって。そんな姿を亡くなった大旦那さまが見たら、どんなに嘆くかって、はっきり言ったんです」

「まあ」。おみつが短く叫んだ。

「その男、何さまのつもりなんだい。遠野屋の奉公人のことをみっともない形だって？　下女風情だって？　自分が何を言ってるのかわかってないんじゃないかい」

口調が尖《とが》る。今にも『八代屋』に物申しに出向きそうな勢いだ。身振りでおみつを制し、清之介はおくみに眼差しを戻した。

「おまえたちが使い走りに出たことを知っていたってことだな。うむ。確かに付けていたとしか考えられんな」

「それじゃや、その男はうちをずっと見張ってたってことですか。おちやが店の外に出るのを見張って、跡を付けたってことになりますよ」

おみつの口調がさらに尖る。

「二六時中、見張っていたわけではないだろう。それに、おちやだって全く外に出ていないわけじゃあるまい。表はともかく裏に回れば、会う機会は幾らでもあったと思うがな」

裏木戸は台所にも洗濯場にも近い。路地を通る物売りを呼び止めることも多々ある。裏木戸から出入りするのは、女中たちには日常茶飯事のはずだ。おちやも例外ではあるまい。おみつは他の女中とおちやを一切の区別なしに、扱っていた。

おちやには色合わせの才が具わっていて、それは『遠野屋』の商いに少なからず与《あずか》って力があるものだった。才は才として認め、才に見合った仕事を任せながらも、諸々《もろもろ》の下働きも命じていた。おちやは、命じられた仕事をそつなく……とはお世辞にも言えないが、懸命に果たそうとはしていた。裏口から出て物売りから品を買い求めたり、路地を掃《は》いたり、洗濯物を干したりと忙しく働いているのを、清之介も目にしている。

八代屋が本気でおちやに声を掛けたい、何かを伝えたいと望むなら、裏に回り待っている方が出会う機会は格段に増える。ただ……。

清之介の思案が一つの壁に当たる。

ただ、裏路地は目立つ。

闇が覆《おお》う夜はともかく、昼間となると光が路地を照らし出す。その光の下を行き来するのは路地を抜けられる程度の荷を携えた棒手振《ぼてふ》りか、裏長屋の住人がほとんどだ。大店《おおだな》の奉公人がいれば、まして、長く佇《たたず》んでいれば人目に付く。多様な人々が行き交う表通りの方が余程、紛《まぎ》れやすい。

井平という手代は人目を引く動きを厭《いと》うた。あるいは、人目を引いてはならないと命じられていた。だから、『遠野屋』の近くでおちやに接するのを躊躇《ためら》ったのだろう。『遠野屋』の者に気付かれ、騒ぎになることを恐れたのだ。

と、そこまで考えるのは穿《うが》ち過ぎだろうか。

しかし、わからない。八代屋は今さら、なぜ、おちやを取り戻そうとしているのだ。しかも、こんな当を得ないやり方で。

そう、なぜ、今なのだ。

「今さらじゃありませんか」

おみつが声を荒らげる。

「おちやがうちに来てから、どれくらいの日数《ひかず》が経《た》ってると思ってるんです。十日や二十日っていうのなら、あちらさんもいろいろあったから大変なんだろうと、少しは斟酌《しんしゃく》もしてあげますけどね。一年が経とうかという今になって、のこのこ現れて、しかも、無理やりに連れ戻そうとするなんて、まったく道理が通りませんよ。八代屋さんてお人のお頭《つむ》の中には、糠味噌《ぬかみそ》でも詰まってるのと違いますか」

「おみつ、糠味噌はさすがに言い過ぎだ」

戒めはしたが、おみつの台詞《せりふ》は清之介の胸の内をなぞっていた。

おみつは鼻の先に皺《しわ》を寄せ、かぶりを振った。

「これでも言い足りないぐらいですよ。だいたいね、本来なら八代屋さん自らが手土産の一つも持って、頭を下げに来るのが筋ってもんでしょう。これまで、うんともすんとも言わなかったくせに、筋を通さず無理やりうちの奉公人を連れ去ろうとするなんて、糠味噌頭としか思えませんね。こんな無礼な所業、誰が許してもあたしは許しませんよ」

清之介ににじり寄り、おみつはさらに続けた。

「旦那さま、このままにしておかないでください。八代屋さんがどれほどの大店か存じませんが……いえ、まあ、存じてはおりますけどね。どんな大店であろうがお大尽であろうが、好き勝手にやっていいはずがありませんよ。八代屋さんが遠野屋を下に見て、理不尽な真似《まね》をするなら許しちゃならないでしょ」

店の格からすれば、『八代屋』は『遠野屋』を遥《はる》かに凌《しの》ぐ。

父の後を継ぎ、新たに八代屋太右衛門を名乗った男が森下町の小間物《こまもの》問屋を見下し、横柄な真似をしたとしても、商人の振る舞いとして如何《いかが》なものかと首を傾《かし》げはするが、おみつのように心底から憤る気にはならない。ただ、力を笠《かさ》に着て『遠野屋』に手を出そうというのなら話は別だ。守るべきものを守るための闘いなら、躊躇《ちゅうちょ》も容赦もしない。そして、守るべきものの中には奉公人全てが入っている。

「おちやはどうなのだ」

「え、どうって?」

「八代屋に戻りたいとは思ってないのか」

「当たり前ですよ。そんなこと思うものですか。あの娘はうちに来てから変わりましたよ。何にもできないおじょうさまだったのに、今じゃそこそこ」

そこで唾を呑み込み、おみつは口調を緩めた。

「そこそこより、ちょっとは出来が悪いかもしれませんが、それでも雑巾絞りも洗濯干しもできるようになりました。お針は元から使えたし、何より、おうのさんと一緒にうちの商いに関わっていけるのを喜んでるんですよ。ええ、とても喜んでます。戻りたいって、一言どころか半言だって口にしたことは、ありませんよ」

「口にしないから思っていないわけではないだろう。一度、きちんとおちやの気持ちを確かめなければならんな」

「旦那さまがそう仰《おつしや》るなら、これからでもおちやに尋ねてはみますが」

「おちやちゃんは戻る気なんてありません」

おくみが口を挟んできた。主人と女中頭の間に踏み込むような、強い口吻《くちぶり》だった。

「おちやちゃんが、はっきりそう言ってました。手代さんに言ったんです。何があっても戻らないって。遠野屋でちゃんと生きていくって。だから、一切、気遣わなくてもいいからとも言いました。それから、あたしの手を引っ張って駆け出したんです」

束《つか》の間、おみつと顔を見合わせ、清之介は頷いた。

「そうか。間違いなく、それがおちやの本心だろうな。とすれば、遠野屋としてはおちやを渡すわけにはいかない。たとえ、筋を通して挨拶に来られたとしても丁寧にお断りする。まして力尽くで連れ去るなど、どうあっても認めない。それでいいな、おみつ」

「はい、結構です」

おみつが胸を反らし、僅かに笑んだ。

「これで、この件には答えが出た。ということで、おくみ」

「はい」

「おまえは今まで通りに、おちやとは付き合えないと考えているのか」

おくみは俯けていた顔を上げ、瞬《まばた》きもせずに清之介を見詰めた。唇がもぞりと動く。

「旦那さま……」

「おまえが望まないのなら、これから聞くことは口外しない。ここだけの話としよう。無理にとは言わないが、話せることがあるなら聞かせてもらいたい」

おみつは僅かに身を乗り出したが、何も言わなかった。さっきの威勢は消えて、心配そうな眼差しをおくみに向ける。

おくみの握り締めたこぶしが微《かす》かに震えた。

「あたしは……おちやちゃんが好きです。優しいし、おもしろいし、何にでも一生懸命だし、あたし、とても好き……でした」

今にも消え入りそうな声でおくみが語る。清之介は細い声を拾おうと耳をそばだてた。おみつもさらに前のめりになり、おくみの一言一句を聞き落とすまいとしている。

「あたし、年の近い友だちなんて今までいなくて、おちやちゃんが初めての友だちで、それで、すごく嬉《うれ》しくて、楽しくて、何でも話せて、今日だって二人で出掛けられるなんて心《しん》の臓《ぞう》がばくばくするほど嬉しかったんです。あの……今までもこのお店で、あたし幸せでした。でも、おちやちゃんが来て、あたし、もっと幸せだなって、こんなに幸せでいいのかな、いつか罰が当たるんじゃないかって心配になるほどでした……」

さっきまでの明快さとは裏腹な、たどたどしくさえある物言いだった。それでも、おくみは途中で止《や》めようとはしなかった。たどたどしいまま語り続ける。

「でも、今日のおちやちゃんは……あたしの知っているおちやちゃんじゃなかった。まるで別人みたいでした……」

「別人みたいに違ってたってことかい？」

おみつが首を傾げる。おくみは僅かに首を動かした。

「はい、少なくとも、あたしには全く別の人になったみたいに思えました。あたしがおしゃべりしたり、一緒に仕事をしているおちやちゃんじゃなかったんです」

「もう少し詳しく話しておくれ。あたしには、いまいち意味がわからないんだけどね」

おみつはもう一度、さっきより深く首を傾けた。おくみが息を吐き出す。

「あの……、おちやちゃん、手代さんに、とっても強く命じていました。今後、跡を付け回したりしたら許さない。心しておきなさいって。すごく冷たくて、力のある声でした。手代さん、青くなって、寸《すん》の間ですが怯《おび》えたようにも見えました」

「でも、そりゃあ、おちやがしっかりしていたってことだろ。付けられていたと知って、腹も立っていたんじゃないかねえ。あたしだったら我慢できなくて、そいつのお尻を思いっきり蹴り上げてたかもしれないよ。詰《なじ》るだけで済ませたんだから、たいしたもんさ」

おくみの強張った表情が気に掛かるのか、おみつが冗談めかして言う。しかし、おくみはにこりともしなかった。

「おちやちゃん、手代さんを詰ったんじゃないんです。命じたんです」

おみつが眉を寄せた。戸惑いを浮かべ、主《あるじ》を見やる。

清之介は心内《しんない》で、そうかと呟《つぶや》いた。

そうか、知ってしまったのか。

おちやの内にある、人に命じることに慣れた傲慢《ごうまん》さに触れてしまったか。

足元に人が平伏し、命じるままに動く。

おちやはそういう境遇で育ってきた。

人には上下がある。命じる者、平伏《ひれふ》す者。踏み躙《にじ》る者、踏み躙られる者。全てを手にする者、何もかもを奪われる者。今の世には、人々を二分する力が働いているのだ。

おちやはずっと上の世界で生きてきた。おくみが生まれ育ってきたのは、遥か下の世界だ。踏み躙られ、奪われ、貧しさに喘《あえ》ぐ。飢えに苦しむ。周りの意一つで我が身さえ売り物にされてしまう。おちやからすればおそらく、はした金にもならない額で取引されてしまう。

おくみは、自分がどれほど弱い者なのか、骨身に染みて解していた。だから、おちやの芯の芯に絡みついた傲慢を、鋭く嗅ぎ取ってしまった。おちやは命じ、踏み躙り、奪う側にいたのだと、生々しく感じてしまった。

「おくみ」

「……はい」

「おちやを信じてやれないか」

おくみが一度だけ瞬きをした。目の縁が仄かに紅《あか》い。

「おまえの言っていることが間違いとは思わない。おまえは、おちや自身さえ気付いていないおちやの本性を見抜いたんだろう。そして、怯えて間合いを取ろうとした。それは、誰にも責められることじゃない」

鷹《たか》の気配に小鳥が身を竦《すく》ませるようなものだ。責められる者など、どこにもいない。

「しかしな、おちやは変わりたいと望んでいるのだ。遠野屋で生まれ変わりたいと。おまえと友でいられる者になりたいと、本気で望んでいる」

おくみの目元で紅色が濃さを増す。

「それを信じてやることは、できないか」

「旦那さま……あたし……あたし」

おくみの頬を涙が幾筋も伝う。行灯の明かりに照らされて、涙は臙脂色《えんじいろ》に染まっていた。

「あたし……わかりません。わからなくて……でも……もし、おちやちゃんがいなくなったら、淋《さび》しい。とっても淋しくて……今まで独りでも平気だと思ってたのに……おちやちゃんが、どこかに行っちゃったら淋しくて、へ、平気じゃいられないかも……」

両手で顔を覆い、おくみはすすり泣く。この娘の嗚咽《おえつ》を耳にするのは初めてだ。おみつが腰を上げ、おくみの背中を軽く叩《たた》いた。

「おまえね、旦那さまの話を聞いてなかったのかい。おちやは、うちの奉公人だ。どこにもやりゃあしないよ」

そう言いながら、手拭《てぬぐ》いを渡す。おくみはそれを顔に押し付け、暫《しばら》く動かなかった。

「すみません。取り乱してしまいました」

ややあってそう詫《わ》びたとき、涙の跡は残り、鼻の先は赤らんでいたが、仕草も口調も落ち着いていた。おみつがもう一度、背を叩く。

「しっかりおし。顔を洗って、前掛けをきっちり締めて働くんだよ」

「はい」

「いろいろと話をさせて、悪かったね」

「いいえ、聞いていただけて気持ちが少し、楽になりました。旦那さま、おみつさん、ありがとうございました。これから、仕事に戻ります」

「うむ。忙しいときに手間を取らせてしまったな。すまない」

「とんでもないです」

おくみは一礼すると、手拭いを握って部屋を出て行った。

「旦那さま、八代屋さんは、また、おちやに手を出してくるでしょうか」

おくみの足音が聞こえなくなると、おみつが口を開いた。

「そうだな。おちやにきつく言われたからといって、あっさり引き下がるとは思えないな。しかし、ここであれこれ思い悩んでも仕方ない。相手がどう出てくるか、それを見極めた上で動くしかあるまい」

「まったくねえ。筋を通さない相手ってのは、ほんと、厄介ですよ。半端な破落戸《ごろつき》と変わらないじゃないですか」

「糠味噌の次は破落戸か。おみつにかかれば、八代屋さんも形無しだな」

「事実ですからね。できるなら面と向かって、どういうつもりなんだと問い詰めてやりたいですよ。旦那さまが許しちゃくださらないでしょうから堪《こら》えますけど」

「それは許すわけにはいかんなあ。おみつに怒鳴り込まれたら、八代屋さんが腰を抜かしてしまう。そこまでやるのは、さすがに不味《まず》い」

「まぁ、憎たらしいことを。幾らなんでも怒鳴り込みまではしませんよ。胸倉を摑んでゆさぶったりもしませんから、ご安心ください」

くすりと笑い、おみつは閉まった障子戸に目をやった。

「それにしても、あの子たちどうなりますかね。元通りになれるといいのですが」

「そうだな。しかし、二人のことは二人に任せるしかないだろう」

「ええ、そうですね。あたしたちは見守るしかできませんねえ。やきもきはするけれど、口出しするものでもないですし。まっ、あの二人なら自分たちで、それなりのけじめをつけるでしょうよ」

おみつは立ち上がり、帯を叩いた。思いがけず軽やかな音が響く。

「旦那さまが仰った通り、おくみがおちやを信じられるかどうかですね。でも、おくみなら、それができるとあたしは思うんです。そして、おちやなら、おくみの気持ちを酌み取れるって。ええ、きっと大丈夫ですね。旦那さま、本当にありがとうございました。間もなく、夕餉《ゆうげ》の膳が整います。またお呼びに参りますから」

「おみつ」

背を向けた女中頭を呼び止める。闇の溜《た》まり始めた廊下でおみつが振り向く。

「おりんに言われたのだ」

「え？」

「何があっても信じ抜くと、おりんが言ってくれた」

あれは何年前だろう。昨年のようにも百年前にも思えてしまう。

おりんと出逢《であ》い、『遠野屋』と出逢い、武士から町人へと変わる意を定めたころだ。武士の身分に一分《いちぶ》の未練もなかった。もともと、陰に生まれ陰に生きろと命じられて育った。武士でいる限り、人としての道は歩めない。

人としての道を歩みたい。

血の臭いを嗅ぐことも闇に潜むこともなく、光の下で暮らしてみたい。空を行く雲を眺め、開いたばかりの花に触れ、梢《こずえ》で鳴き交わす鳥の声に耳を傾ける。そういう日々を送ってみたい。流れ着いた江戸でおりんに巡り合い、己の内に萌《きざ》した思望《しぼう》に清之介は戸惑っていた。

望んで得られるとは思えない。なのに、強く望んでしまう。

おりんが手を差し出し誘《いざな》ってくれるのは、清之介にとって見知らぬ世界だった。おりんと共にそこに踏み出す。

そんなことが、おれにできるだろうか。

人の殺《あや》め方しか教わらなかった者に、人と共に生きることができるのか。赦《ゆる》されるのか。

望みながら諦め、諦め切れず望む。

そんな日々のどこかで、おりんに言われた。

「清さん、どうしてそんなに苦しげなの」

「苦しげ？　おれがか？」

「そう。苦しげというより気難しいご隠居さま、かな。そうそう、気難しいご隠居さまって顔になってる。笑うと損すると思い込んで、むっつりしているご隠居さまだ」

「おりん、幾らなんでも言い過ぎではないか。おれは隠居にはほど遠い年だぞ」

「だったら笑って」

おりんが身を寄せてくる。そして、囁《ささや》く。

「笑っていてよ、清さん」

生きている者の重みと熱が伝わってきた。陽《ひ》だまりのように暖かく、微かに湿っていた。

「あたし、清さんなら信じられる。何があっても信じ抜く。だから、笑っていて」

赦された気がした。

笑っていいと、おりんと共に生きていいのだと赦された気がした。

抱き寄せた身体がさらに火照《ほて》り、さらに湿り気を帯びる。

忘れていなかった。

おりんの一言も、火照る身体も、囁いた声も、赦されたと感じた己の心も、何一つ昔のことになっていない。まだ、こんなにも生々しく思い出せる。

「そうですか」

暗い廊下で、おみつが身動《みじろ》ぐ。それが合図だったかのように、雨戸を閉める物音が伝わってきた。もう、そんな刻《こく》なのだ。漆黒《しっこく》の闇がすぐ傍《そば》まで迫っている。

「もしかしたら、旦那さまは気が付いておられなかったかもしれませんが」

ふふっ。おみつが小さく笑った。

「おじょうさま、いいえ、お内儀《かみ》さんって一刻者《いっこくもの》の面もありましてねえ。こうだと決めたら、誰がどう言おうと貫き通すって、なかなかの強情っ張りだったんです」

「おりんが？　確かに嫋々《じょうじょう》とした風情ではなかったが……」

おりんは脆《もろ》くはなかった。なよなよとしてもいなかった。桜のころに出逢ったけれど、風に散る花ではなく、雪の重みにしなりながら折れない青竹《あおだけ》を思わせた。だからこそ、唐突で儚《はかな》い亡くなり方を受け入れられなかった。清之介だけでなく遠野屋の誰もが現《うつつ》を受け止めかねて、もがき苦しんだ。母親のおしのはもちろん、家族同然に暮らしていたおみつも、生身を刻まれるに等しい辛苦を何とか耐え凌いできたのだ。

「でも、お内儀さんの強情っ張りは変に歪《ゆが》んでいませんでしたよ。いつも真《ま》っ直《す》ぐでした。それに間違いがないんですよ。そのときは、頑《かたく》なに意地を張ってと眉を顰《ひそ》めたりもするんですが、後になると、お内儀さんは間違っていなかった、あそこは意地を張るところだったんだってわかるんです。ああいうの、どうなんでしょうね。意地を張るところ、踏ん張るところを決して違《たが》えないのって、ねえ。天性の勘が働くんでしょうか。不思議ですよ」

おみつの口調は少しもじめついていなかった。からりと乾いて明るくさえある。

「ですから、お内儀さんが信じ抜くと告げたのなら、本気でそうしたでしょうよ。お内儀さんはわかってたんです。とことん、信じ抜いて間違いないってね」

おみつが背筋を伸ばす。

「お内儀さんは幸せ者ですよ。信じられる方と夫婦《めおと》になれたんですから。そこにいくと、あたしなんか、ほんと、男を見る眼がありませんでした」

おみつは十五の年に『萩野屋《はぎのや》』という紺屋《こうや》に嫁ぎ、二年余りで出戻ってきた。『遠野屋』で奉公を始める少し前のことだと聞いている。

「元の亭主は、信じるなんて口が裂けても言えないような男でねえ。いえ、女遊びをするとか、手慰みが止められないとかじゃなかったんです。ただ、気が弱くて、親に頭が上がらなくて、そのくせ女房には空威張りする癖があって、腐りかけた心張り棒ほどの頼り甲斐《がい》もないって代物でした」

「だから、腐りかけた心張り棒を捨てて、さっさと家を出てきたわけだな」

「そうですね。『萩野屋』を飛び出したときは、さすがに心細くもありましたし、我が身の不運を嘆いてもいましたけど、その後、『遠野屋』に奉公できたわけですからね。人生、どう転ぶのが幸か不幸かわからないもので……あら、いけない。どうでもいいおしゃべりをしてしまって、すみません。すぐに掛け行灯を持ってまいりますね」

どたどたとおくみの何倍も大きな足音を残し、おみつは去って行った。

お内儀さんは幸せ者ですよ。

その一言を、おみつは告げたかったのだろう。清之介の前身《ぜんしん》もおりんの死の真実も、おみつは知らない。知らないけれど、感じてはいる。清之介の来し方とおりんの惨《むご》い最期《さいご》は深く繋がり、絡み合っていると。だから折に触れ、伝えようとするのだ。

旦那さま、生きていたお内儀さんを思い出してくださいよ。あんなに幸せそうだったじゃないですか。ええ、そうですとも。おりんさまは幸せでしたよ。

清之介は腰を上げ、部屋の外に出た。

雨戸を閉めていない廊下からは、空が見渡せる。

月はなく星が瞬《またた》く空の端にはまだ、残陽《ざんよう》の微かな色が見て取れた。


信三が『遠野屋』に戻ってきたのは、昼をかなり回った刻だった。

「申し訳ありません。川田屋さんと考えられる限りの手を打ってはみたのですが、ほとんど何もわからず終《じま》いのままで……」

たった一日のことなのに、信三は日に焼け、そのわりに窶《やつ》れた様子だった。昨夜《ゆうべ》は一睡もできなかったのか、しなかったのか両眼《りようがん》が不気味なほど赤い。

「旦那さまのお許しが出れば、川田屋さんから浦賀奉行所に不明届けを出すとのことです」

「そうだな、ここまで来れば届けは出さねばなるまい。嵯波には昨日のうちに早飛脚《はやびきやく》を出した。あとは、大坂の出店《でだな》にも詳しく調べるように伝える。それで、船には何人が乗っていたのだ」

「船頭を入れて十二人と聞いております。ほぼ、川田屋さんが手配いたしました。うち一人は川田屋さんの、一人はうちの手代です。炊《かしき》も一人いたそうです」

唸《うな》りそうになる。荷の積み下ろしの差配と江戸着までの見届け役として、嵯波の出店から手代が一人乗り込んでいるのだ。その手代や炊と呼ばれる若い見習いも含め、十二人の男たちが船と共に行方《ゆくえ》がわからなくなった。

紅花《べにばな》より男たちの身を案じなければならない。無事なのか。今、どこにいるのか。が、いくら思いを巡らせても、やはり、手立ては浮かんでこなかった。

「水夫《かこ》の身内には報せてあるのか」

「今のところ、入湊《にゅうそう》が遅れているとだけしか報せておりません。川田屋さんが『そこは、うちに任せてもらいたい』と仰って、頷くしかありませんでした」

水夫はほぼ川田屋の雇い人だ。川田屋嘉平の困惑は清之介の比ではあるまい。

「そうだな。川田屋さんの差配に委ねるしかないな」

船に関する限り、遠野屋ができることはそう多くない。とすれば、ひとまずは商いに気持ちを向け、事の成り行きに対していく。

「信三、これから、沖山《おきやま》さまに文《ふみ》を書く。使いの者を手配してくれ」

嵯波藩江戸家老、沖山頼母《たのも》の名を告げると、信三の表情が引き締まった。

「わたしが参ります」

「いや、おまえは少し休め。難儀な仕事をさせたからな、少しゆっくりしろ。ずい分と疲れた風をしているぞ」

番頭は首を横に振り、主の言いつけを拒んだ。

「これから湯屋に行ってまいります。疲れもさっぱりと洗い流してしまいますから、どうか、わたしに使い役をさせてくださいませ。わたしなら、他の者より少しは詳しく話ができます。詳しくと申しましても、ほとんど何もわかっていないのですが……」

語尾が曖昧になり、掠《かす》れ、信三の顔が下を向く。

「この件は、あまりに不明な点が多い。事の真相が明らかになるのはこれからだ。ただ、おまえに手抜かりがないことだけは確かだ。そんなに落ち込まなくてもいい」

「はぁ……でも、なぜ、船の行方が摑めないのかどうにも合点がいかないのです。正直、昨日はうちの船に何が起こったか、それくらいは摑めると思っておりました。釣り舟が波にさらわれたというのとはわけが違います。人の大勢乗った船一艘《そう》が搔《か》き消えてしまうなど起こるはずがなく、沈んだにせよ、どこぞで動けなくなっているにせよ、何らかのお報せを旦那さまにできると考えておりましたのに……」

信三がため息を吐いた。その後、やや掠れた声を出す。

「人が神隠しに遭ったというのは聞いたことがありますが、海の上で姿を消すなんて……神ではなく、魔にでも出遭ったのでしょうか」

「うん？　魔？」

「はい。海には多くの魔物が棲《す》むと申します。水中に引きずり込まれ、命を奪われる水夫たちも後を絶たないとか言われておるようですし」

「海の魔物がうちの船を襲ったと？　海賊ならまだしもそれはないだろう」

「海賊なら、こんな風に急に消えてしまうことはありませんでしょう。浦賀の番所に何らかの報せがあるはずです。そういう報せは一つも入っていないのですから」

「だからといって魔物のせいにするのは、突飛過ぎる」

「……それはそうでございますね。ただ、あまりに不思議なので、つい……あ、いえ、沖山さまにお目通りが叶《かな》いましても、魔物云々の話など決していたしません。本気で信じているわけではないのです」

神も仏も、魔も妖《あやか》しも否《いな》みはしない。人は神仏に救われ、魔を恐れ、妖しを祓《はら》うことで己を律しもするし、安心を得もする。

しかし、この一件に関わっているのは神仏や魔の類《たぐい》ではない。人だ。

人が操る船が消えた。とすれば、それができるのは人しかいない。人の世で起こる全てに人が関わっている。

鬼や魑魅魍魎《ちみもうりよう》は人を殺したりしねえよ。人を殺すのは人と獣だけさ。獣は己の牙《きば》と爪で肉を裂くだけだ。ややこしい殺《や》り方はしねえ。だからな、遠野屋。奇怪とか奇妙とか摩訶《まか》不思議とか、人が騒ぎ立てる事件の裏に潜んでいるのも、蠢《うごめ》いているのも、人なのさ。他のものは何もいやしねえんだ。

いつ言われたか定かではないが、その言葉と言葉の調子は覚えている。記憶の底に刻まれて、唐突によみがえってくるのだ。

あの男なら。

ふっと思う。思いに重なって、木暮信次郎の横顔が浮かぶ。何の情も読み取れない。しかし、無ではない。無でなければ何があるのか。清之介は、まだ、量れずにいる。

あの男なら、この絡繰《からく》りを解き明かせるだろうか。この思案の及ばない、何一つ見通せない謎《なぞ》に舌舐《したな》めずりをするだろうか。

いや、駄目だ。あの男を近づけては駄目だ。あの手が、あの指が触れただけで全てが禍々《まがまが》しく歪んでしまう。

心中で呟き、すぐにその呟きを打ち消す。

違うと気付いたのだ。

それは、違う。あの男の指は何も歪めない。事件でも、人でも上辺の皮を剝ぎ取り、本来の姿、正体というものをさらけ出させる。無慈悲に、容赦なく。

「旦那さま?」

信三が瞬きをし、僅かに首を傾げた。

清之介は頭を振り、這《は》い上がってくる思案を追い払う。

「では、沖山さまへの使いを頼む」

「はい」

「沖山さまから問われたことは、この件に関しては包み隠さずお答えしろ」

「承知いたしました」

「その上で、文の返事を貰《もら》ってきてくれ。できれば書状で、叶わぬなら口約束でも構わない。文には明日にもお目通りを乞《こ》いたい由《よし》を記しておく」

嵯峨波の紅花産業は『遠野屋』が一手に握っている。耕地の開墾から、栽培の支援、湊や水路の普請、販路の確保……全てに莫大《ばくだい》な金を注《つ》ぎ込んだ。五年、十年で回収できる額ではない。それでも、清之介が嵯峨波に紅花という産業を育てようと決めたのは、五年、十年の後、さらに十年、二十年の後々まで注ぎ込んだ金を補って余りある益を『遠野屋』にもたらしてくれる。そう、読んだからだ。その読みは誤ってはいなかった。まだ、中途、これからの殖産でありながら、紅花は実際の利益だけでなく、『遠野屋』の名を広め、評判を高める役割も十分に果たしていた。むろん、嵯峨波の財政を潤してもいる。他の国と同様に財政の窮乏《きゆうぼう》に苦しみ、喘いでいた嵯峨波は、今、徐々にだが立ち直り、豊かさを手に入れようとしていた。

その国の江戸家老が遠野屋の主との対面を拒むとは考え難い。しかも、紅花の案件で願い出た目通りなのだ。

考え難い。しかし、思いも寄らぬことは、しばしば起こる。船の不明だとて、あらかじめ想像できた者は清之介を含め誰一人いなかったのだ。

「心得ました。すぐに用意をしてまいります」

立とうとする番頭を呼び止める。

「すぐでなくていい。湯屋で、さっぱりしてくるのだろう。構わないぞ、行ってこい」

「いえ、それはお役目が終わってからにいたします。顔を洗い、着替えをしてすぐにお屋敷に向かいますので。後で御文《おふみ》をいただきに上がります」

「信三、あまり気持ちをすり減らすな」

「はい？」

「水夫たちの身は心配だが、川田屋さんにお任せするしかない。おれたちにできることは、今のところないに等しいのだからな。川田屋さんは船商いの玄人《くろうと》だ。海での奇禍《きか》にどう向き合うか、おれたちよりずっと通じている。そこを信じて待つのだ。船荷にしても、万が一、届かなくても商いに大きく障《さわ》りが出るわけじゃない。『遠野屋』の屋台骨は、こんなことで揺らぎはしないさ。おれが言うまでもなく、おまえにはわかっているだろう」

「わかっております」

信三は答えた。いつもの控え目でありながら、芯のある物言いに戻っていた。

「あまりの不思議さに些《いささ》か取り乱してしまいましたが、遠野屋の商いがこの度の件で揺らぐとは、思ってもおりません。水夫たちのことは川田屋さんに任せるしかないのも承知しております。ただ……何と申しますか、気持ちの据わりどころが悪いのです。これまでも、商いの上で様々な困り事に出遭いました。慌てたことも取り乱したことも数多《あまた》ございます。でも、この度のように、何もわからないというか、闇の中に目隠しして放り出されたような思いをするのは初めてです」

「闇の中で目隠しか、上手《うま》いことを言うな」

「旦那さま、茶化さないでください。わたしは本気で申しております」

「茶化してなどいない。おまえの言わんとすることも解しているつもりだ」

何も見えず、何も聞こえない。そんな闇の中を手探りで進もうとすれば、心は怯《ひる》む。一寸先に、足元に、大穴が口を開いているかもしれない。何かが転がっているかもしれない。潜んでいるかもしれない。事の真相が見えないことを、信三は闇に譬《たと》えたのだ。そして、闇の剣呑な気配を感じ取った。

「次があると思うか」

清之介の問いに信三は暫くの間の後、返答した。

「わかりません。当たり前に考えれば、船が消えるなんてことが二度も三度もあるわけがないのです。でも、消えた理由がわからない以上、次がないとは言い切れない気もします。どうして言い切れないのか言い表せないのですが。理屈ではなく……」

信三がかぶりを振る。

「いえ、いえいえ、わたしが臆病なのでしょう。わからないからと意味もなく怯えているだけです。昔から気が小さ過ぎると、おみつさんによく叱られておりました」

「おれも臆病だ。先のことを考えると、身が竦むような気分になる。次にまた、思いも寄らない出来事が持ち上がるのじゃないかと、な」

「旦那さまがそんな……」

「臆病だから用心するのだ。万が一に備えられる。どう備えるか、明日にでも他の番頭も含め話し合った方がいいだろうな」

「はい。そのように手配いたします」

立ち上がり、廊下に出たところで信三が振り向いた。

「旦那さま、あの……」

口ごもる番頭を見やる。一瞬合わさった眼差しを避けるように目を伏せ、信三は続けた。

「あの、この件、木暮さまにお話ししてみてはいかがでしょうか」

「木暮さま? なぜ、ここに木暮さまが関わってくる。お役が違うだろう」

定町廻り《じょうまちまわ》り同心の持ち場は飽くまで陸《おか》の上だ。海とも船とも縁がない。

「あ、はい。あの、でも木暮さまなら何かおわかりになるかもしれないと……あ、す、すみません。自分でも何を言ってるのか。思ったことが、ふっと口から零《こぼ》れてしまいました」

「信三、ここでなら取り繕《つくろ》いもできるが、沖山さまの前で失言は許されんぞ。心して出向け」

「は、はい。まことに申し訳ございませんでした。気を引き締めて参ります」

一礼すると、信三はそそくさと立ち去った。

清之介はそっと息を吐いた。

信三を叱責できない。何を馬鹿なと嗤《わら》えもしない。同じことを考えたのだ。

木暮信次郎なら闇の中に灯《ひ》を灯《とも》し、そこにあるものを見せてくれるのではないかと。絡繰りを、謎を解き明かしてくれるのではないかと。

墨を磨《す》る。力が入り過ぎ、硯《すずり》の外に散った。指先が黒く染まる。

もう一度、ため息を吐いたとき足音を聞いた。

微かな足音。裏手からゆっくりと近づいてくる。慎重でありながら軽やかで、そのくせ隙がない。

いつの間にか耳に馴染《なじ》んだ音だ。

筆を擱《お》き、廊下に立つ。

庭蔵《にわぐら》の陰から、足音の主が現れた。

「親分さん」

尾上町の親分と呼ばれる岡っ引は、清之介の前で軽く頭を下げた。

「遠野屋さん、おられやしたか」

「おりましたよ。今日は外に出るつもりは、ありません」

「さいで……けど、お忙しいんじゃありやせんか」

「急ぎの文を一つ、認《したた》めておりました。少し待っていただけますか」

「いいえ、お忙しいなら出直してきやす。えっと、その……近くを通ったんで、ちょいと寄ってみようかなと、それだけのことなんで。ええ、大した用事なんてねえんでやすよ」

「親分さん、お待ちください」

踵《きびす》を返そうとする伊佐治を呼び止める。呼び止められた方は僅かばかり肩を竦め、日差しの中に立っていた。

「忙しいというなら、わたしより親分さんの方がずっとお忙しいではありませんか」

江戸市中を日々走り回り、飛び回っている伊佐治が大した用もなく訪れるはずがない。ぶらりと立ち寄り、世間話に興じる。そんな暇など、どう振っても出てこないだろう。

「どうぞ、お上がりください。文を書き上げる間、いつもの座敷でお待ちいただけますか」

「いや、ここで結構でやす。お気遣いはなしにしてくだせえ。すぐに引き揚げやすんで」

伊佐治は廊下に腰かけ、「いい日和《ひより》だ」と呟いた。

風がなく穏やかに晴れた空から光が注がれている。表庭の整いも、豪華さもない家族のための裏庭だが、おみつが気紛れに植えた雑木が葉を色付かせ、それなりに美しい。食べ頃を探るように鵯《ひよどり》が柿の実を啄《ついば》んで、時折、声を甲走《かんばし》らせた。

伊佐治はその風景を黙って見詰めている。

清之介は江戸家老宛ての文を認め、信三に渡すよう小女に言い付けた。それから、手早く茶を淹《い》れ、伊佐治の許《もと》に運ぶ。

「あ、畏《おそ》れ入りやす。すいやせん。やっぱり遠野屋さんの手間を取らせちまって。いや、ほんとに申し訳ねえ。大した用事でもねえのに……」

「親分さん、前にも申し上げたかもしれませんが、わたしは、親分さんや木暮さまがお出《い》でになるのを待っております。このところお見えになっていなかったので、少し……何というのか、少し淋しいような、物足らないような心持ちになっておりました」

正直に告げる。この老岡っ引の前だと、素直に心情を吐露できた。

「ありがてえ話だ。けど、安堵《あんど》もしたでやしょ、遠野屋さん」

茶をすすり、伊佐治がにっと笑う。

「あ、わかりますか。さすがに見透かされておりますね」

伊佐治はともかく、信次郎といると乱れる。心内だけでなく、一日一日の暮らしや、静かに流れていた時の様相までぐしゃりと潰れ、曲がり、乱れると感じるのだ。

信次郎がいなければどんな出来事が起ころうが、清之介を取り巻く日々は揺るがない。歪みもしない。律を守り、平穏を保ち、遠野屋清之介として生きていける。だから、安堵する。楽に息ができる。このまま江戸の商人として生を全うできると、信じられる。

だから、逢いたいわけではないのだ。決して、逢いたいわけではない。

それなのに物足らない。物足らない、淋しいと感じる己を持て余してしまう。

伊佐治の傍《かたわ》らで小春日和《こはるびより》の風景を眺め、清之介は眩《まばゆ》さに目を細めた。

「木暮さまはわたしのことを異形のように仰いますが、わたしからすれば、木暮さまこそが歪形《いびつなり》そのものに思えます」

胸の内にあるものが言葉になり、零れ出てしまう。

危ないな。

頭の隅で、戒めの声がした。

相手が誰であろうと己の抑制を疎《おろそ》かにしてはならない。命取りになる。

「その通りでやすよ。まったく、遠野屋さんの仰る通りなんで」

伊佐治が深く頷いた。

「あっしだけじゃねえ、十人が九人、いや十人、そう言いやすよ。うちの旦那がまっとうなお人だなんて、冗談でも口にする者はおりやせんでしょ。いるなら面《つら》を拝みてえや」

「いつにも増して、手厳しいですね」

苦笑してしまう。伊佐治は笑わなかった。口元を結んだまま、枝の鵯を見詰めている。

「親分さん、今日お出でになったのは木暮さまのお指図なのですか」

「わかりやすか」

「親分さんの様子がいつもと違うので。ただ、どんなお指図なのかは量りかねますが」

「でやしょうね。旦那のお頭《つむ》の中なんて閻魔《えんま》さまでも量れやしやせんよ」

伊佐治の横顔を覗き込む。用心の気持ちが動く。そこには微かな昂《たかぶ》りが混ざっていた。

「木暮さまは何と仰ったのですか」

湯呑《ゆのみ》を置き、伊佐治が長いため息を漏《も》らした。そのまま萎《しぼ》んでしまうかのような長息《ちょうそく》だ。

「探ってこいと言われやした」

「え、探る?」

「へえ、遠野屋で何が起こっているか探ってこいと命じられやした」


「は、今、何て言いやした?」

思わず声を大きくしていた。

新大橋の橋袂、伊佐治の馴染みの水茶屋の中だ。八代屋の手代、井平は既にいない。ついさっき、見世《みせ》から転《まろ》び出るようにして去って行った。

「手代さんよ、安心していいぜ。おまえさんがここで八代屋の内情をべらべらしゃべっちまったなんて、おれたちは一切、口外しないからよ。こう見えて口はまぁ堅《かて》ぇ方なのさ」

去り際、信次郎に笑い掛けられ、井平は束の間、固まったように動かなくなった。顎の先だけが震えていたが、何も言い返さぬまま背を向けたのだ。

「脅かし過ぎですぜ。井平さんは咎人《とがにん》じゃねえんですから、ほどほどにしとかねえと」

諫《いさ》めてはみたが、主が伊佐治のみならず他人の諫言《かんげん》など蚊に刺されたほどにも気にしないとは、十分に承知していた。

「なぁ、親分」

「へえ」

「明日、遠野屋の様子をちょいと探ってきてくんな」

そこで、伊佐治は身を乗り出し、声を大きくして聞き返したのだ。

「は、今、何て言いやした?」

信次郎が目を狭め、伊佐治を見やった。

「耳が遠くなったのか。それとも、惚《とぼ》けているだけか」

「旦那相手に惚けたって、何の得もありやせんよ。耳もよく聞こえてやす。ただ何を言われたのか、お頭《つむ》がついていきやせんでした」

信次郎が眉を寄せ、舌を鳴らす。

「遠野屋だよ。明日、潜り込んでちょいと探ってきな」

「探るって、何をでやす」

「わからねえ。けど、何かごたついてるんじゃねえのか」

「どうして、遠野屋さんのところがごたつくんで」

「うるせえな」と眉を寄せたまま、信次郎が呟いた。

「おれを問い詰めてどうすんだ。あれこれ尋ねねえと動けねえのかよ」

「動けやせんね。あっしは旦那の手下《てか》かもしれやせんが、ただの駒じゃありやせん。納得できねえのにお指図通りに動くなんて御免蒙《こうむ》りやす」

今度は「めんどくせぇ」と呟いた後、信次郎は腰を上げた。

「八代屋は今まで放っておいたにもかかわらず、ここに来て急に、おちやを取り戻そうとした。親分が井平に言った通り、商人としても、人としても筋を外れ強引に、あるいは闇雲に事を進めようとしたってこった」

「さいで。いくら大店とはいえ、ああいうやり方は許されねえでしょうよ」

「なぜだ？　八代屋はなぜ、そんな真似をした？　あるいは、しなきゃならなかったんだ」

主を見上げる。それから、唇をゆっくりと舐《な》めてみた。

「八代屋さんは遠野屋さんを怖がっている。旦那はそう言いやしたね」

きっと、怖がってるんだろうぜ。まともに逢えないほど、怖くてたまらないんだよ。

薄く笑いながら、井平に告げたはずだ。憎んでいるとも言った。嫌っているではなく、憎んでいる、恐れていると。

「あれはどういう意味なんでやすか」

「てえした意味などないさ。八代屋は遠野屋と顔を合わすのを避けているんじゃねえか。面と向かって挨拶するのさえ避けている。そう思っただけだ」

「そりゃあ店の格が上だからでやすかね。八代屋さんとしては格下の店の主に、自ら出向いて挨拶などできないと思った、とか」

「それなら代理を立てれば済むことじゃねえか。格下とはいえ、遠野屋は名の通った店《みせ》だ。二軒長屋の小店《こだな》とは違う。実際、八代屋の先代は遠野屋とおちやをくっつけるつもりだったんだろう。身内の娘の相手に選んだってこたぁ、八代屋とそこそこ釣り合うと考えたわけだ」

「くっつけるって、もうちょいマシな言い方をしてくだせえ。鳥や犬の番《つがい》じゃねえんですぜ。でもまぁ確かに、そうでやすね。先代が認めていたほどの店だ。八代屋さん自らでなくとも、筆頭番頭あたりを寄越《よこ》して穏便に話を進めりゃあいいことでやすからね。正直、強引で無茶なやり方をすればするだけ、八代屋の名ぁに傷が付きかねねえ」

大店であろうと小店であろうと、商いにとって世間の評判は命綱にも命取りにもなる。商人なら、骨の髄まで承知しているはずだ。少なくとも、遠野屋は承知していた。世間におもねるのではなく、軽んじるのではなく向き合う。形も姿もなく得体のしれない世の中の有情《ゆうじょう》を酌み取り、味方につけ、商いを回す。

それが店を守りも栄えもさせる道だと、誰よりよく解していた。だから、遠野屋は、あそこまでの身代《しんだい》を築けたのだ。

「さほどでもねえのかもしれねえな」

信次郎の一言が耳朶《じだ》に触れる。ほとんど独り言の、囁きだった。

「何が、さほどでもねえんで」

問うた伊佐治を見下ろし、信次郎は唇の端を僅かに持ち上げた。

「何でもよく拾える耳だな。ちっとも老いぼれてねえや」

「そりゃあどうも。おかげさんで、見るのも聞くのも、まだ一人前の働きをしやすよ」

「しゃべるのは二、三人前はいくぜ」

「あっしのことなんざ、どうでもいいじゃねえですか。それより、今し方、さほどでもねえって言いやしたよね。何のこってす?」

「八代屋と遠野屋の開きだよ。おれたちが思っているほど大きくはねえのかもな」

伊佐治は首を傾げる。

「けど、八代屋ってのは老舗《しにせ》中の老舗ですぜ。寛永《かんえい》のころ京から下ってきたと聞いてやすがね。今ほどの身代になったのは、ちっと後でしょうが」

それに比べれば、遠野屋は若い。まだ二代続いたに過ぎないのだ。

「老舗だから、大店だから安泰。そう言えるほど甘かねえだろう。商いも世間も、な」

「それ、八代屋が危ねえってこってすかい」

「どうだかな。そんな噂《うわさ》はちらっとも届いて来ねえが。親分はどうでえ」

「あっしも聞いたこたぁ、ありやせんね」

そりゃあそうだ。八代屋ほどの大店が揺らぎ、万が一、倒れでもしたら、どれほどの騒ぎになるか。伊佐治の頭では追いつかないほどの影響が出るはずだ。あの店は持たない。そろそろお仕舞なんじゃないか。どうも怪しいって話だぜ。そんな噂が飛び、耳に入ってくるようになれば、七割がた、その店は潰れる。危ういと風評が広がること自体、商いに罅《ひび》が入っている証《あかし》なのだ。罅割れから切羽詰まった気配が滲《にじ》み出し、滴《したた》り落ち、澱《よど》み、やがて噂の沼気《しょうき》を次々と生み出していく。むろん、何とか持ち直した店も、あらぬ噂を吹き飛ばし前にも増して盛んになった商いもある。ただ、それは三割程度に過ぎないと伊佐治は感じていた。

「けどなぁ、代替わりした八代屋ってのは、どうなんだ」

「どうと言いやすと?」

「遠野屋と五分にやり合えるほどの器なのか」

「そうでやすねえ……」

返答できない。今、八代屋を仕切っている男の器の大小、深浅を測ったことも、測る機会もなかった。知っているのは、八代屋太右衛門を継ぐ前は、長太郎《ちょうたろう》と名乗っていたことぐらいであとは何も……。

「あっ、そう言えば」

腰を浮かせていた。思い出したことがある。

先代の八代屋殺しの折、長太郎がおちやを妻にと望んだけれど太右衛門は拒んだ。そんな話を聞いた。おちや本人ではなく、実の父親が頷かなかったのだ。太右衛門の本心がどこにあったのか、店の行く末と息子の力量を天秤《てんびん》にかけたのか、跡取り息子を育てたかったのか、確かめる術はもうないのだ。しかし、事実は残る。

信次郎がその事実を口にした。

「そう、先代は娘同然に育てたおちやを八代屋の柱となれる男に妻《めあ》わせるつもりだった。で、太右衛門が白羽の矢を立てたのは長太郎じゃなく、遠野屋だったわけだ」

八代屋の別邸、その奥まった一室で知った事実だ。

「つまり、長太郎では柱にはなれないと、太右衛門は踏んだってこったな。先代八代屋の眼には、遠野屋と倅《せがれ》との器の違いがはっきり見えていたんだろうよ」

「父親としちゃあ辛え面《つれ》もあったでしょうね。けど、店のために、遠野屋さんに支えの役を託したかったんでしょうかね。長太郎を主に据えて、実際は遠野屋さんに店の差配を任せる。そんな八代屋の行く末を考えていたんじゃねえですかい」

「違うだろうな」

聞き取り難いほど低い声で、信次郎は答えた。

「え、違う？　先代は遠野屋さんを八代屋に取り込みたかったんじゃねえんですか」

「取り込みたかったのさ。おちやを餌にして、釣り上げるつもりだった。けどそれが、これはと見込んだ男に店を託すため、とは言い切れねえだろう」

「じゃ何のためなんでやす。他に理由なんてあるんでやすか」

「そうさな、例えば、潰すためってのはどうだ」

信次郎が指を握り込む。

ぐしゃり。何かが潰れる幻の音を聞いた。

「取り込み、囲い込み、潰す。狼《おおかみ》だろうが虎だろうが、檻《おり》の中に入れてしまえば始末するのに、そう手間はかからねえ」

なぜか息苦しさを覚え、伊佐治は喉元を押さえた。

「遠野屋さんは獣じゃねえ。人でやすよ。それに、先代はおちやさんの婿にと望んだんでやす。檻の中とか始末するとか、まるでそぐわねえですぜ」

娘同然に育てた身内の娘の嫁ぎ先。その相手を選び出す筋道で考慮されるのは、当人たちの想いや相性ではない。もっと生々しい損得勘定が動く。それぐらいは、伊佐治だってわかっている。それでも、人と人とが結び付き新しい夫婦が生まれるのだ。檻の中とか始末するとか、そんな物騒な台詞はそぐわない。そぐわしいはずがない。

「そうかい。おれが思うに、先代の八代屋は遠野屋を始末したかったんじゃねえのかな。実際に殺すとかじゃなく、飼い殺しにするつもりだった。八代屋の内に呑み込んで生かさず殺さず、骨抜きにしたかったんだよ」

「そんな……そんなことをして、何になるんでやす」

「不穏の芽を一つ、摘《つ》み取れる」

信次郎が握り込んでいた指を開き、人差指を一本、立てた。

「八代屋は遠野屋に剣呑な臭いを嗅いだんだよ。このままにしておいたら、厄介なことになる。いつか、八代屋の商いの妨げになるってな。それなら、早いうちに摘んでおかねばと考えたっておかしかねえだろう」

「おかしいでやすよ。八代屋さんと遠野屋さんじゃ、商いの種が違いまさぁ。違う商いの店が妨げになるわけがありやせん。旦那、些か穿ち過ぎじゃねえですか」

「うむ、そうかもしれねえな」

信次郎が、あまりにあっさり認め、素直に頷いたりしたものだから、伊佐治は息を吞み込んでしまった。吞み込んだ息は塊になり、喉の奥でぐぎぐぎと、それこそ不穏な音を立てる。

「まっ、おれが八代屋ならそうするってこった。扱う品が違うとか店の格がどうとかじゃねえ。おれなら、あいつを恐れるがな。夜道で狼の気配に怯えるように、な。八代屋もそうだったんじゃねえか。商いの妨げどころか、自分たちが潰され、吞み込まれると感じた。なかなかの鼻をしてたじゃねえか。さすがに、名の知れた商人だけのことはあったな」

そこで、くすりと笑う。伊佐治は主の横顔から目を逸《そ》らした。

「さすがに、自分が殺されるなんてとこまでは、見通せなかったけれどな」

伊佐治は鼻を鳴らした。

「逆に見通せるやつがいるなら、お目にかかりてえってもんでやす」

自分がいつ、どこで、どんな死に方をするのか。

誰にもわからない。そもそも、わかりたいと望む者がいるのだろうか。伊佐治は真っ平御免だった。そんなもの知りたくもない。できれば、安穏に苦痛なく花や木の葉が散るように生涯を終えられたらと、ごくたまに思いはするけれど、人の思いなど現は容易《たやす》く砕いてしまうと、嫌というほど深く承知していた。それに、正直言って、生きるのに忙し過ぎて自分の現の死まで思案が及ばない。

「ようがす。先の八代屋さんは遠野屋さんを潰したかった。旦那の言う通りなら、当代の八代屋さんも父親と同じなんですかね。同じように潰したいと思っててんですか」

「さて、どうかな。ただ、八代屋は父親が自分より遠野屋を選んだってことは知っている。つまりよ『おまえでは駄目だ』と言い渡されたわけじゃねえか。なのに、幸か不幸か、父親が横死《おうし》しちまったものだから八代屋の主の座が転がり込んできた。はてさて、今、どういう心持ちなのか。ただ、大店だからと悠然と構えているわけじゃなかろうよ」

「へえ」と相槌《あいづち》を打つ。

悠然と構えているのなら、さっきのような騒ぎを起こしたりしないだろう。

「けど、そんなのは全部、八代屋さんの方の話じゃねえですか。何で、あっしが遠野屋さんを探らなきゃならねえんです」

「八代屋の本店《ほんだな》は親分の縄張りの外だろう。そうそう鼻を突っ込んで、嗅ぎ回るわけにもいくめえよ。その点、遠野屋なら堂々と入り込めるし、美味《うま》い茶まで出してくれるぜ」

「堂々と入り込んだことなんざ、一度もありやせんよ。いつだって、遠野屋さんに申し訳ねえ気持ちで遠慮しいしい邪魔させてもらってんです。邪魔する理由が曲がりなりにもあるときだけでやすがね。理由もねえのに、のこのこ顔を出したりできやせん」

きっぱりと言い切ったつもりだったが、主を窺うような用心深い口振りになっていた。おそらく眼つきも似たようなものだろう。

「理由ねえ」

信次郎が指をひらりと振った。

「遠野屋の助けになるかもしれねえってのは、どうだ」

「へ？　助け?.」

口が丸く開いてしまった。

今、水面《みなも》に顔を映したら、さぞかし馬鹿面になっているだろう。

恥じる気もちらりと過《よぎ》りはしたが、過っただけですぐに消えてしまった。

「助けって、遠野屋さんに助けがいるようなことが起こってるんで。え？　何で旦那にわかるんでやす。いや、それより……」

それより、旦那は遠野屋さんを助けようなんて、本気で考えたことがあるんでやすか。

唇を結び、言葉と唾を呑み下す。

あるわけがない。天地がひっくり返っても、あるわけがないのだ。

「なあ、親分」

信次郎がやけに柔らかな呼び方をした。

「八代屋がじたばたしている。それが、小娘を連れ戻すの、戻さないのって小さな枠内で収まると思うかい」

「……と言いやすと?.」

再び、信次郎を窺う。鼓動が僅かに速くなった。

「おちやの件はただの綻《ほころ》び。八代屋がつい見せちまった綻びに過ぎないんじゃねえのかな」

「綻び、でやすか」

「そう。その綻びをちょいと摘まむと」

信次郎は二本の指で何かを摘まみ上げる仕草を見せた。

「縫目が解《ほど》けて、綻びは広がる。大きな破《やぶ》れ目《め》になっていく」

破れ目から何が出てくるのだ。何が覗くのだ。

伊佐治は主を凝視《ぎようし》したまま、奥歯を嚙《か》み締めた。

「……ってことも、あるかもしれねえ。八代屋が急に、おちやを惜しむ気になって、世間知らずを丸出しにして取り返そうとしただけかもしれねえ。どっちにしても〝かもしれねえ〟でしかないさ。けどよ、他ならぬ遠野屋じゃねえか。日ごろからあれこれ世話にもなってるし、機嫌伺いに顔を出してもよかろうさ」

何も知らぬ者が聞いたなら、旧知の友を気遣う台詞とも信じ込むだろう。

「旦那はさっき、遠野屋さんを探れと言いやしたぜ」

伊佐治は我知らず腕のあたりを搔いていた。背中から指先までぞわぞわと肌が粟立《あわだ》つ。

信次郎が誰かを気遣うなど考えられない。そして、遠野屋を友と感じたことなど、ただの一瞬もないはずだ。むろん、遠野屋も同じだ。

「親分なら機嫌伺いに顔を出しても、いつもと違う気配があるなら嗅ぎ取れるだろう。もし、引っ掛かるものがあったなら、遠野屋を突《つつ》いてみな」

「突っついて何かが出てきて、それが遠野屋さんにとって厄介事であったら……力を貸しもするって、そう伝えて構わねえんですかい」

息を吐き出し、続ける。

「けどまぁ、何があったって、あっしたちが遠野屋さんの助けになれるとは思えやせんけどね。まして、商い絡みとなるとこっちは全くの門外漢だ。借りてきた猫ほどの役にも立ちやせんよ。へへっ、力を貸すなんて言えば遠野屋さんに嗤われるかもしれやせんぜ」

「そうさな。まっとうな商いなら、おれたちには関わりねえ。まっとうでない商いだって関わりねえ方が多いさ。けど、遠野屋が絡んでくるとなると出番はあるかもしれねえ。そうだろ、親分」

伊佐治に笑い掛け、信次郎は背を向けた。

「旦那」

立ち上がり、黒羽織の背を呼び止める。

「旦那は誰かが死ぬと思ってんですかい」

誰かが死ぬ。しかも、尋常ではない死に方をする。

信次郎が振り向く。笑みを浮かべたままだ。

「先のことなんか、わからねえよ。けど、あいつにはいつも纏《まと》わりついているじゃねえか」

いつも纏わりついている？

何がと尋ねることができなかった。

人の死、血の臭い、底なしの闇……。

「じゃ、頼むぜ。しっかり働いてくんな」

見世の外はまだ十分に明るい。澄んだ眩い光の中に信次郎の後ろ姿が溶け込んでいく。

伊佐治は再び床几《しょうぎ》に腰かけ、息を整えた。


「そうですか。木暮さまと親分さんが見ておられたのですか」

話を聞き終え、清之介は静かに息を吐いた。

新大橋の橋袂、あの人混みの中で、おちやと井平のやりとりをたまたま目にした。いや、たまたまではない。同心と岡っ引は井平の動きに不審を感じ取ったのだ。気の張り詰め方、落ち着かない様子、うろつく視線。それらは怪しみの臭いを放ち、二人の鼻に届いた。

「遠野屋さん、申し訳ありやせん」

伊佐治が頭を下げる。下げた後、肩を窄《すぼ》める。

「え？　どうして謝ったりなさるのです」

伊佐治が詫びるどんな理由も思い付かず、清之介は首を傾げた。

「謝りやすよ。あっしが幾ら申し訳ねえと繰り返しても、さして役には立たねえでしょうが。あの……遠野屋さん、腹が立つでしょう。ええ、そりゃあ誰だって頭に来まさぁね。事件に関わり合ってるっていうならまだしも、何にも起こっちゃあいねえんです。おちやさんの件だって、明らかに八代屋さんの方に非があるわけでやすからね。遠野屋さんは道理に外れた何をやったわけでもねえ。それを探ってこいなんて無礼にも程がありやす」

「案じてくださったのでしょう」

伊佐治が瞬きをした。そして、まじまじと清之介を見詰めてくる。

「案じた？　うちの旦那が遠野屋さんを……でやすか」

老岡っ引の表情も喉に引っ掛かったような声音もおかしくて、つい笑んでしまう。笑みながら、手を左右に振る。

「違います。違います。木暮さまが遠野屋を案じてくださると考えるほど、自惚《うぬぼ》れてはおりませんし、能天気でもないつもりです」

伊佐治が詰めていた息を吐き出した。

「でやしょうね。遠野屋さんがそんな甘っちょろいことを考えるわけがねえや。だいたい、旦那が他人を案じるなんて余程のことでやすぜ。その余程がどんなものなのか、とんと見当はつきやせんがね」

頷く。木暮信次郎という男が他の者を案じる。気遣う。心を向ける。あり得ないとしか言えない。万が一にもあり得るなら、どんなとき、どんな事情の下、何者に対してなのか。まるで思い至れない。清之介もまた、〝余程のこと〟が摑めないのだ。

信次郎は摑めない。しかし、伊佐治ならわかる。

「木暮さまではなく、親分さんです。遠野屋の内で厄介事が持ち上がっているのではないか。そう案じてくださった。探るためではなく心配して来てくださったのですね」

「いやいや、とんでもねえ」

今度は、伊佐治が手を横に振った。

「あっしなんぞが、遠野屋さんを気遣ったって仕方ねえじゃねえですか。できることなんて知れてるんでやすから。あ……でも」

伊佐治が僅かに眉を顰めた。それだけで、眼の光が鋭くなる。

あぁ、この男も並ではないのだ。

瞬時に変わる眼つきに、改めて悟り知る。

伊佐治は信次郎とは違う。情に厚く、世間の埒内《らちない》で生きる術も意も持っている。人を人として扱い、神や仏を信じている。清之介の周りにいる人々と同じように、一日一日を丁寧に過《あやま》たず生きている。

それでも並にはなれない。こんな眼つき、こんな眼差しを捨てない限り、多くの善良な人々の内には紛れ込めないだろう。

「何かありやしたか、遠野屋さん」

鋭い眼のまま、伊佐治が問うてくる。

「はい。些か厄介な件が持ち上がりました」

「まさか、おちやさん、八代屋さん絡みじゃねえでしょうね」

「それは……関わりないと思います」

答えるのに寸の間、躊躇った。関わりないと言い切れなかった。伊佐治が背筋を伸ばし、目を狭める。岡っ引の眼だった。

「おちやの件は昨夜、おくみから詳しく聞きました。今、親分さんの話を伺うまでは厄介事と結びつける思いつきは全くありませんでした」

先刻まで、思ってもいなかった。今は……どうだろうか。おちやの件を小さな綻びだと信次郎は言った。

小さな綻び、八代屋の動き、船の行方。

思案が巡る。どこにも辿《たど》り着けないまま消えてしまう。

結び付かない。

「うちではなく、八代屋さんに何事かがあったのかもしれません。おちやを無理にでも連れ戻したい何事かが、です」

我ながら曖昧な物言いだ。これでは己自身も含め、説得できるはずがない。

「そうでやすね。八代屋さんの事情ってのを探れば、何かが見えてくるかもしれやせんが」

伊佐治が腕を組む。柿の実が一つ、枝を離れた。落ち葉の上に転がり、落ち葉以上に紅く光に照り映える。一羽の鵯が、用心も逡巡《しゅんじゅん》する様子もなく実の傍に舞い降りた。

「八代屋本店は通旅籠町にあります。親分さんの縄張りではありませんね」

「あっしのというより、旦那の持ち場じゃありやせんからね。よしんば、そうであっても人が殺されたわけじゃなし、物が盗まれたわけじゃなし、これといった事件は起こってねえわけですから鼻の突っ込みようがありやせんや」

そこで唇を舐め、伊佐治は続けた。

「その点、遠野屋さんなら遠慮なく足を向けられる。だから、遠野屋さんの内で厄介事が持ち上がっていないかどうか、ちょいと探ってこいと命じられたって塩梅《あんばい》でやす」

「それは……木暮さまが結び付けているというわけですか」

おちやの件と厄介事を結び付けている？　おちやと消えた船が結び付く？　八代屋が一枚嚙んでいる？　いや、まさか。そんな馬鹿なことが。あり得ることなのか。だとしたら、どうあり得るのだ。思案がまた回り始める。空回りをするだけで、やはり飛ばない。晩秋の蝶《ちょう》のように力尽きて落ちてしまう。

伊佐治がかぶりを振った。

「いくら旦那だって、そこまで何もかもを見通せるはずがありやせんよ。ただ、あの八代屋が動いたなら、遠野屋さんの商いにも何らかの影響が出てるんじゃねえかと……まぁ、そういう話でやしたかねえ。あっしも半信半疑で出向いてきたわけでやす。けど、遠野屋さん、さっき些か厄介な件が持ち上がったと仰いやしたね」

「はい。ただ、それは飽くまで商いの上のこと。商い上での揉《も》め事や厄介事は日常茶飯事です。凪《な》いで何事もなく一日が暮れる。そういう日の方が珍しいぐらいですから」

わかりやすと、伊佐治が首肯《しゅこう》した。

「比べるのもおこがましいですが、うちの店でさえ、しょっちゅう揉めてやすからね。仕入れたはずの魚がなくなっただの、客同士が言い争いを始めただのってね。この前なんか青菜売りの婆《ばあ》さんが菜の入った籠《かご》を抱えて裏口から入ってきたとたん、ばたっと倒れちまいやしてね。医者を呼ぶやら、一時、店を閉めるやらと騒ぎになったみてえでやす」

伊佐治は尾上町の料理屋『梅屋《うめや》』の主だ。料理人として店を背負い、包丁を手に魚をさばき、葉物を刻んでいたときもあったと聞く。清之介が出会ったころは既に『梅屋』の主ではなく、〝尾上町の親分さん〟だった。昼も夜もなく二六時中、江戸の町々を走り回っている伊佐治に代わり、女房のおふじ、息子の太助《たすけ》、嫁のおけいがしっかりと店を守っていた。そんな梅屋の面々は伊佐治を慕ってても大切にもしているが、当てにはしていない。

おふじ曰《いわ》く「だってね、遠野屋さん。一度飛び出していったら、いつ帰るやらさっぱりわからない相手を当てになんかできますか。雀《すずめ》の方が毎朝ちゃんと屋根にいるだけ、うちの亭主より百倍マシってもんですよ」ということらしい。

青菜売りの老女の騒ぎの折も、伊佐治はその場にいなかったようだ。

「遠野屋さんぐれえの所帯になると、揉め事なんかの大きさも数も段違《だんちが》えでしょうからね。いろんなことが起こるんでやしょう。けど、たいていは遠野屋さんの差配で切り抜けられる。だから、遠野屋は安泰だってこってすね」

伊佐治が念を押すように、ゆっくりとしゃべる。

「周りに助けられて、何とか乗り切ってこられた。それが本当のところです」

謙遜《けんそん》ではない。一人で、できることなど高が知れている。商いは他者なくして成り立たない。客はむろん、奉公人、仲間、取引相手、多くの職人たちや紅花栽培に携わる人々がいてくれなければ、遠野屋の商売は崩れ去ってしまうのだ。

己一人で店を回していると思い違えたとき、その店の命運は尽きる。綺麗《きれい》事ではなく、商いの理《ことわり》として身に染みつけてきた。

商いは恐ろしい。油断も慢心も見逃してはくれない。

うん？　頭の隅で小さな火花が散った。膝の上の指を握り込む。

油断も慢心も見逃してはくれない。容赦なく頬を打ち、足をすくう。とすれば、今回の船の一件、おれのどこかに油断があったからなのか。慢心が芽生えていたからなのか。

どこかに？　どこに？

伊佐治が腰を上げる。

「手間ぁ取らせちまいました。勘弁ですぜ、遠野屋さん」

「もうお帰りになりますか」

「へえ、遠野屋さんと茶飲み話をするのは、もうちっとお暇なときにしやすよ」

「親分さんは茶飲み話にいらしたわけではないでしょう。木暮さまのお指図はどうします」

「遠野屋さんを探れってやつですかい。へっ知ったこっちゃありやせんよ。あっしの耳は、誰の指図であろうと下知《げち》であろうと、納得できねえことは素通りするようにできてるんでね」

伊佐治が自分の耳を引っ張り、舌をぺろりと出した。

「ただ、あの旦那が妙に拘《こだわ》るもんだから、ちょいと気になっちまった。それで、のこのこ参上仕《つかまつ》ったって次第でさあ。ちょっとした厄介事を抱えている様子だが、それも含めて、いつもの遠野屋さんだった。あっしの目につくような変わりは何もなかったと、そう伝えておきやすよ。嘘じゃねえでしょう」

伊佐治には、厄介事の中身を聞き出すつもりはないらしい。

「けど、遠野屋さん、もしかしてでやすが、ええ、本当にもしかして、あっしたちに手助けできる何かがあったとしたら、どうぞお声掛けくだせえ。商いに関わって遠野屋さんをお助けできるようなこたぁ何一つねえとわかっていやす。けど、商いの本道《ほんどう》から外れたところでなら、できることがあるかもしれやせん」

「親分さん、ありがとうございます」

伊佐治の言葉には心があった。上辺だけを取り繕う見せかけの善意ではない、本物の労《いたわ》りと気遣いだ。

「あ、いやいや、そんなお礼を言われちゃ困りやす。旦那が何をどう考えてるのか、量りかねやすが、あっしは遠野屋さんに恩がありやす。ええ、盥《たらい》に山盛りになるほどの恩があるんでやすよ。それを少しでも返せたらと、考えただけなんで」

「盥、ですか」

「へえ、盥です。小盥《こだらい》じゃありやせん。洗濯用のでっけえやつですよ」

「洗濯盥に山盛りの恩ですか。それは、あまりに多過ぎませんか」

「多くなんかあるもんですかい。これくらいの盥にこれくらいの恩でやす」

伊佐治は両手で円を作り、その後、右手で山を描いた。ひょうきんな仕草に笑いが漏れる。その笑いを止め、口を結んだのは足音に気付いたからだ。庭蔵の後ろ、裏口から近づいてくる足音だ。小走りの力強い音だった。

伊佐治の表情も一瞬で張り詰める。足音の主が誰か見当がついている顔だった。

「源蔵《げんぞう》か」

伊佐治が呟いたのは、庭を照らす光の中に男が一人現れたのとほぼ同時だった。男は小太りながら、日に焼け込んだ肌のせいか精悍《せいかん》な気を纏《まと》っていた。伊佐治の古参の手下だった。おりんが亡くなったとき、その報せを届けに来た男でもある。相生町の自身番《じしんばん》から森下町まで走りに走り、汗に塗《まみ》れた顔も「遠野屋さん……こちらのお内儀さんに似た女が……た、竪川《たてかわ》に……」息を切らし、切れ切れに伝えた物言いも記憶に刻まれている。いつの間にか、すっかり顔馴染みになってしまったが、源蔵と会うたびに、あの日の若い汗だらけの姿が浮かび上がってくるのだ。

「親分、殺しです」

清之介に一礼した頭を上げると、源蔵はそう告げた。

「『梅屋』に報せが入りましたぜ。弥勒寺《みろくじ》と武家屋敷の路地で男が殺されてると。今、力助《りきすけ》が場に向かってます」

そうかと伊佐治は頷いた。気配が張り詰めはしたが、慌ててはいない。手下たちは交代で日に何度か『梅屋』に顔を出す。伊佐治の指図を受けるためであったり、『梅屋』にもたらされた報せをいち早く伊佐治に伝えるためであったりする。万事を心得ているおふじが、ときに小遣いを渡し、ときに腹拵《ごしら》えをさせてやるので、手下たちは喜んで足を向けていた。今日も源蔵は『梅屋』にいたらしい。

「旦那には、もう報せたか。この刻《こく》にはお屋敷にはいねえぞ。おそらく八名川町《やながわちょう》か六間堀町の自身番だ。誰かをすぐに走らせろ」

源蔵がかぶりを振った。

「木暮の旦那なら既に知ってます。報せが入ったとき、『梅屋』におられたんで」

「旦那がうちに？　うちで何をしてたんだ」

「何って……酒を飲んでたような、あの、いや、太助さんの料理を食っていたような……」

「酒？　今日は非番じゃあるめえ。お役目の最中に酒なんぞ飲んでたのか」

「いや、おれに怒鳴られても……。けど、木暮の旦那、いつになく機嫌良く見えましたぜ」

束の間、伊佐治は空を仰ぎ、短い息を吐き出した。

「わかった。じゃあ、旦那は一足先に向かってるわけだ。こっちも急ぎ動かねえとな」

弥勒寺は森下町からそう遠くはない。五間堀《ごけんぼり》を渡ればすぐだ。小体《こてい》の武家屋敷が多く、昼間でも人通りは少なく、路地は薄暗かった。

「いや、多分、おれたちの方が先だと……。あの、もったいないから全部平らげてから行くとか何とか、言っていたような気が……」

「平らげる？　何をだ」

「ですから、太助さんの料理です。こんな美味いものを残すなんて、もったいない真似をしたら神《しん》仏《ぶつ》の罰が当たるとか……」

源蔵が粗相をした子どものように、身を縮めた。

「神仏なんてこれっぽっちも信じちゃいねえくせに、よく言うぜ」

伊佐治がまた、息を吐く。それから、清之介に向かい頭を下げる。

「そういうことですんで、あっしは仕事に戻りまさぁ。また性懲《しようこ》りもなく寄せてもらうかもしれやせんが、勘弁してくだせえ」

「はい。いつでもお出でください。お待ちしております」

岡っ引とその手下が、急ぎ足で裏手に消えていく。

表から微かに伝わる店の賑《にぎ》わいとやや赤みを増した光の中に、清之介は一人座っていた。

いつになく機嫌良く見えましたぜ。

源蔵の一言を思い返し、嚙み締める。口の中に幻の苦味が広がった。

信次郎の優しげな素振りや機嫌の良さは、そのまま剣呑な何かに繋がる。今まで、ずっとそうだった。ずっと……。

口の中で苦味が濃くなる。

鶫が一声鳴いて、空のどこかに飛び立っていった。

三　炎心《えんしん》

弥勒寺裏の路地に立ち、空を見上げる。

武家屋敷の土塀から覗《のぞ》く枝は梅、だろうか。花はなく数枚の葉だけがついている枝は空の青を背にして、くっきりと黒く浮き上がって見えた。

鮮やかな天色《あまいろ》から自分の足元に目を移す。

既に薄い闇が溜《た》まり始めていた。その闇に包まれるように骸《むくろ》が一つ、俯《うつぶ》せに横たわっている。男で、三十前後の歳《とし》だろう。引き締まった身体《からだ》には三か所、刃《やいば》による傷があった。背中、脇腹、二の腕。背中からの一突きが命取りになったと思われる。骸は棒縞《ぼうじま》の小袖を身に着けていたが、背中は血で汚れ、太い縦の縞模様が見て取れないほどだった。傷は深く、おそらく肺腑《はいふ》あたりまで達しているはずだ。

これでは、一溜まりもねえや。

伊佐治が血のついた指先を拭《ぬぐ》ったとき、信次郎が路地に入ってきた。

「旦那《だんな》、飯の最中と聞きやしたが、もうお済みですかい」

「ああ、太助の美味《うま》い料理を堪能《たんのう》させてもらった。あの煮付けの味は癖になるな」

信次郎が満足げな笑みを向けてくる。伊佐治の皮肉など、虫の鳴き声ほども気に掛けていない。

「ふーん、また、えらく派手にやられたもんだな。路地の先まで血が臭うぜ」

信次郎が顎《あご》をしゃくる。路地の端には伊佐治の手下《てか》が立って、何事かと覗き込む野次馬《やじうま》たちを追い払っていた。

信次郎はしゃがみ込み、死体の傷を調べ始めた。仰向《あおむ》けにし、首から肩、口の中、髷《まげ》の根元まで丁寧に指を這《は》わしている。

おや、やけに気が入っているじゃねえか。

伊佐治は身を乗り出し、主の指先を見詰めた。

何かあるのか？

男からは酒が匂った。血の臭いに紛《まぎ》れず鼻に届いてきたのだから、かなりの量を飲んだのだろう。そして、傷の形からして匕首《あいくち》で刺されたと、伊佐治は踏んでいた。

酔った上でのいざこざで殺《や》られたか。

先刻までは、その推量に傾いていた。

江戸では毎日、人が死ぬ。病死なら伊佐治たちに出番はないが、横死《おうし》となると嫌でも付き合わねばならない。だから、この骸のようにあちこちを刺され息絶えた者とも、額を割られた者とも、縊《くび》られた者とも、毒を盛られた者とも、焼き殺された者とも、土左衛門《どざえもん》とも関わり合ってきた。関わり合えば〝誰が殺したのか〟を明らかにせねばならないし、そのためには、〝なぜ殺されたのか〟をまずは探らねばならない。

大半は、すぐに底が割れる。金銭のごたごた、口喧嘩《くちげんか》の末、憎しみ、怒り、嫉《そね》み、保身、返報……。そのあたりを手繰《たぐ》っていけば、たいていは下手人《げしゅにん》に辿《たど》り着く。僅《わず》か一刻《いっとき》ばかりのときもあるし、存外日数《ひかず》のかかるときもあるが、辿り着けるのだ。むろん、そこに収まらない事件もある。夥《おびただ》しい人の死の中に極めて歪《いびつ》で、色合いの違う花が咲く。ぽつぽつと。そういう事件に出会うたびに、伊佐治は人の生き方、死に方の謎に息を呑《の》んだ。人は一筋縄ではいかない。どこが表かどこからが裏か見通せないし、見通したつもりでいると、しっぺ返しを食らう羽目に陥る。実際に食らったことも度々ある。容易《たやす》く辿り着けると高《たか》を括《くく》ってしまう危《あや》うさは、よく心得ているつもりだ。

それでも、今回はさほど手間取らず下手人を挙げられるのではないか。そう思い込んでいた。酔った上でのごたごただ。ちょっとした諍《いさか》いがあったのかもしれない。男が相手を痛めつけたのかもしれない。相手はおそらく男より非力だったのだろう。いいようにやられ、怨《うら》みを募らせる。殺してやると決意する。それで、男の跡をつけ人目のない場所で、刺した。

そういう筋書きを、ついさっきまで描いていた。大きく外れはあるまいと思っていた。しかし、信次郎が妙に入念ではないか。いつもの、おざなりもいい加減さも影を潜めている。

何かあるのか？　何があるのだ？

前のめりになった伊佐治の目界《めかい》の端に、力助が見えた。

弥勒寺に近い林町《はやしちょう》にしても松井町《まついちょう》にしても、日の明るいうちから酒を飲ませる店はかなりある。森下町にも六間堀町にもある。ただ、伊佐治は松井町の裏路地あたりの店に目星をつけていた。働き盛りの男が昼間から酔うほどに酒を飲む。まともな職を持っているとは考え難《にく》い。とすれば、日が高かろうが低かろうが、安値で酒も飲ますし、女も抱かせる。そういう類《たぐい》の店に、とりあえず聞き込んでみる。

信次郎が現れるかなり前に、手下を三人、松井町と林町に放った。力助はその内の一人だ。伊佐治が顔を向けると、無言でかぶりを振った。獲物はなかったらしい。

「なるほどな」

信次郎が立ち上がり、呟《つぶや》いた。

「何が、なるほどなんで。合点がいくようなものがありやしたか」

手拭いを差し出しながら、主《あるじ》の顔を窺《うかが》う。窺って読み取れるはずもないが、気になるのだ。

「まあ、それなりに」と返事があった。自分の眉が吊《つ》り上がったのが、わかった。

それなりに？　それなりに引っ掛かるってわけだ。

伊佐治は何も引っ掛からなかった。すんなりと片付く一件だと見当をつけていた。その見当が信次郎の見立てと、ずれるとは思っていなかった。ずれたとなると、己の眼《め》が、指が、頭が何かを取り逃がしていたのだ。息を整え、思案を巡らす。

多少気になる点が二つばかりあった。一つは、男が日に焼けた逞《たくま》しい体軀《たいく》をしていたこと。昼間から酒を食らうような半端者にしては、身体が崩れていない。が、崩れ始める一歩手前だったとすれば訝《いぶか》しむほどではなかった。もう一つは身許《みもと》を明かすものを何一つ、身に着けていなかったことだ。ただこれは、却《かえ》って、まっとうな道から外れた証《あかし》になる気がした。外れ者なら素性を示す何か、例えば仕事道具であったり、奉公先の暖簾《のれん》紋入りの包みであったり、所書きであったりを身に着けていなくても不思議ではない。浮草のようにどこにも根を下ろさず張らず、流されていく。流れの先はたいていたい滝になっていて、どん底まで落ちてしまうのだ。そういう男も女も、江戸にはごまんといる。下手人が持ち去ったと、伊佐治はほとんど考えなかった。財布が胸元から出てきたからだ。一両近い金が入っていた。他のものを持ち去って財布を残していく道理はないだろう。同じ意味で、掏摸《すり》や物取りの仕業でもないはずだ。だとしたら、やはり酒に纏《まつ》わる犯科《ぼんか》と考えるのが、もっとも理に適《かな》っている。が、どうやら、その理には穴なり、隙間なりが空いていたらしい。空いていれば、そこから真実は漏《も》れてしまう。

おれは、何を取り逃がしたんだ。旦那とどこでずれたんだ。

心持ち、足を前に出す。

「親分、この男、骸になってからそう刻《とき》は経《た》ってねえな」

伊佐治の逸《はや》りを抑えるように、信次郎が声を低くした。

「へえ、身体の強張《こわば》り具合からして、まだ一刻足らずかと」

「てえことは、昼八つあたりか。また、半端な刻《こく》に殺られたもんだな」

「でやすねえ。ただ、このあたりは夜はもちろん昼間でも人の行き交いはまばらでやすからね。ましてや、寺とお武家の屋敷に挟まれた路地だ。人は滅多に通りゃしませんや。まぁそれでも、人一人を殺ろうとするなら夜の方がずっと分《ぶ》はいいでしょうがね」

漆黒《しっこく》の闇は恰好《かっこう》の帳《とばり》になる。殺す者も殺される者も呑み込み、包み込み、覆ってしまう。暗闇の中で、人は人の眼だけでなく天の眼からも隠れられると勘違いしてしまうらしい。

「なんで、あっしはこの男、じっくり狙われていたとは思えやせんでした。酒もしこたま飲んでいるようですし、酒の席で揉《も》め事でも起こして、その挙句にこういう様になったと考えておりやしたが……的外《まと》れでやしたかね」

上目遣いに主をもう一度、窺う。やはり、何も推し量れない。

「こいつを見つけたのは、誰だ」

信次郎が骸に向かって顎をしゃくる。伊佐治の問いかけに答える気はないらしい。答えてもらわなくて一向に構わない。聞き流されるのも、いなされるのも慣れっこだ。教えてもらいたいと胸は疼《うず》くが、ねだって、縋《すが》って、どうなる相手でもない。

「お種《たね》って取り上げ婆《ばば》です。林町一丁目に住んでやすが、昨夜《ゆうべ》遅く、三間町《さんげんちょう》の味噌《みそ》屋の女房が産気付いたとかで呼ばれたってこってす。で、一仕事終えて、帰る途中に近道をしようと路地に入ったら骸が転がっていたって経緯《いきさつ》でさぁ。お種から直《じか》に話を聞きやすかい」

「そうだな。聞けるような塩梅《あんばい》なら聞かせてもらおうか」

源蔵に目配せする。源蔵は路地の隅にしゃがみ込んでいる女に近寄り、何かを囁《ささや》いた。女が頷《うなず》き、すぐに立ち上がった。

先刻、林町一丁目の八太郎店《やたろうだな》に住む種だと、名乗った。取り上げ婆を生業《なりわい》にしているとも。実際は婆という歳ではなく、まだ、若さをそこそこ残している。自分の稼ぎで、老いた母親と七つの娘の暮らしを賄《まかな》っているのだと、これは少しばかり得意げに語った。つまり、しっかり者なのだ。己の腕だけで生きている。母親と娘を養っている。その矜持《きようじ》が、お種自身や家族を支えているのだ。おそらく、取り上げ婆としての評判は高いのだろう。

しっかり者は助かる。取り乱されては、聞き出すことも確かめることも叶《かな》わない。

源蔵が素早く、筵《むしろ》を被《かぶ》せ血に塗《まみ》れた死体を隠した。ただ、血の臭いは消せない。刻が経ったせいで、僅かな腥《なまぐさ》さが漂う。

「少しばかり話を聞きてえが、ここでも構わねえかい」

信次郎が柔らかく、優しささえ含んだ物言いで尋ねた。

「足元に骸が転がっているんだ。女にはちょっときついだろうぜ。あいにく、腰を下ろせるような場所もねえしなあ」

「構いません。ここで大丈夫です」

お種は僅かに微笑《ほほえ》み、頬を赤らめた。子持ち縞の小袖に黒い昼夜帯を締め、風呂敷包みを抱えている。地味な形《なり》だし、地味な顔立ちだった。目も鼻も口も小さく、顔の真ん中でちまちまと纏《まと》まっている。お世辞にも佳人《かじん》とは言えない。けれど、地味な造作が却って、お種に若々しさを与えているると伊佐治の目には映った。

「血が臭うだろう。気持ち悪くねえか」

信次郎の口調は柔らかなままだ。お種が首を横に振った。

「血の臭いには慣れています。お産に血は付きものですから」

「なるほどな。けど、子を産むのと人が殺されるのと、同じように血が流れるものかい。おれは子を産んだ覚えがないから比べようがねえがな」

「まぁ」と、お種が口元を綻《ほころ》ばせる。

「違うと思います。お産って、安産の場合はですけれど、そんなにたくさんの血は出ないんですよ。出たら、お産のたびに母親は亡くなってしまいますから。でも、この人は……」

お種の眼差《まなざ》しが筵に落ち、すぐに逸《そ》らされた。

「血塗《ちまみ》れでした。一目、見たとき、赤い着物の人が倒れていると思ったぐらいです」

綻んでいた口元が強張る。華奢《きやしや》な身体が一度だけ震えた。

「そうか、子を産むより殺される方が血は出るものなんだな。そりゃあ知らなかった」

「お役人さまったら、こんなときにご冗談を」

「で、どうだったんだ」

「はい？」

「お産さ。三間町の味噌屋に呼ばれたんだろう」

「あ、はい。そうです。『肥後屋《ひごや》』って味噌屋さんです。あたしが思っていたのより半月ほど遅いお産でした。そのせいか、なかなかすんなりいかなくて難儀はしましたけれど、昼過ぎにやっと坊ちゃんが生まれたんですよ。ええ、大きな元気な赤ちゃんです。お内儀《かみ》さんの方は、さすがに疲れ果てていましたけれど命に別状はないでしょう」

三間町の味噌屋『肥後屋』。昼過ぎに男の子が生まれる。伊佐治は頭の中に、お種の言葉を刻み込んでいった。後で裏付けを取らねばならない。

「そりゃあ、めでてえこったな。母も子も無事ってのは何よりじゃねえか。おまえさんの腕のおかげなんだろうな」

お種は頰を染めはしたが、否《いな》みはしなかった。

「で、この道はよく通るのか」

信次郎の声音が一気に冷める。瞬《まばた》きを繰り返した後、お種はかぶりを振った。

「いえ。あたしは呼ばれた家に出向く仕事ですから、決まって通る道ってのはありません。今日は、三間町からの帰りで疲れてもいましたから、この路地を抜けようとしただけです」

「そうか。そこで、血だらけの死体と出くわしちまったか」

「……はい、驚きました。驚いたというか……初めは、人が死んでるとは思わなくて、でも足の裏がはっきり見えて……はい、白く浮いて見えました。それで、もしかしたらと……」

「近づいてみたわけか」

お種が頷く。

「怖くてたまらないのに、どうしてだか足が前に出てしまって、ほんとに……どうして、近寄って行ったのか自分でもよくわかりません」

そういう気性なんだろうぜ。

伊佐治は胸の内で呟いた。怖いもの見たさと人は言うけれど、〝怖いもの〟が転がっていたとしたら、十人の内七人は逃げる。残り三人は恐ろしさより〝見たさ〟の方が勝ってしまう。それで震えながらも、正体を確かめようとするのだ。お種はその口らしい。

「死体だと、すぐにわかったかい」

信次郎を見ながら、お種はさっきより深く頷いた。

「わかりました。人で、もう生きていないってすぐにわかりました。赤い着物だと見えたのが、血の色だともわかりました。それで、あたし……頭が真っ白になって、寸《すん》の間気を失っていた気がします」

「寸の間？　本当に寸の間か」

「それは……よくわかりません。気を失うというより、目が回ったという感じでしょうか。昨夜はお産で一睡もしていなくて、疲れていて……だから、目が合ったみたいな気がしたとたん……ええ、そんな気がしたんです。首が捻《ね》じれてて、あの人、こっちを向いてて、あたしを見ているみたいな……ええ、薄《うっす》らと開いてて、でも膜が一枚掛かってるみたいに、ぼんやりしていて、あれが死人の目なんでしょうか。あたし、頭がくらくらして、目の前が白くなって、暫《しばら》くしゃがんでました。でも、でも、我に返って……それで、悲鳴を上げたのは覚えています。悲鳴を上げながら通りに飛び出したのも……それから、えっと、それから……棒手振《ぼてふ》りの魚屋さんとぶつかりそうになって、それから、また、眩暈《めまい》がして……」

「その魚屋が自身番《じしんばん》に駆け込んできたんだ。あんたは道の端にしゃがみ込んでたが、おれが来たときにはだいぶ落ち着いてたな」

伊佐治が口を挟むと、お種はほっと息を吐《は》いた。

「あの……あたし、もういいでしょうか。母親と娘が待っているもので、早く帰りたいんです。昨夜、飛び出したきりなので」

遠慮がちに告げられ、伊佐治はちらりと信次郎を見やった。目が合わない。信次郎は、焦点の合わない眼差しを空《くう》に漂わせていた。お種も伊佐治も眼中になく、道端の雑草ほどにも心を向けていない。

「長《なげ》え間、留め置いちまって申し訳なかったな。もう大丈夫だ。ただ、もしかしたら、また話を聞かせてもらうかもしれねえ。お種さんに迷惑をかけるようなこたぁしねえからよ。おい、源蔵、お種さんを林町まで送ってあげるんだ」

「あら、いいですよ。一人で帰れます」

「いや、また眩暈が起こらねえとも限らねえ。それに、下手人が捕まってねえんだ。このあたりをうろうろしている見込みは薄いが、用心するに越したこたぁねえや」

源蔵に目配せする。

お種を労《いたわ》る気持ちがないわけじゃない。昨夜一睡もしていない顔には疲れが濃く浮かんでいた。途中で悪心《おしん》に襲われる心配は十分にあるのだ。しかし、源蔵に送り役を言い付けたのは、お種が八太郎店の住人であるのかどうか確かめるためでもあった。お種が嘘《うそ》をついているとは思えないが、一言も騙《かた》っていないとも言い切れない。

源蔵に連れられて、お種は路地から出て行った。しっかりした足取りだ。源蔵は万事心得ている。お種が八太郎店に住んでいるのなら、近所の評判や暮らしぶりなどもそれとなく探ってくるだろう。

任せておいて、間違いない。

あちらは、それでいい。さて、こちらは……。

「旦那？」

信次郎は再びしゃがみ込み、筵をめくると骸の足裏を撫《な》でていた。

「何をしてなさるんで？」

「気になったのさ」

「仏さんの足の裏がですかい」

「そう。お種が言っただろう。白く浮いて見えたって」

「へえ、言いやしたが、それが何か？」

足裏は日に焼けない。外で働く出職《でしょく》であっても、顔や腕は赤銅色《しゃくどういろ》に焼け込んでいるが腹回りや足裏は白いままだ。日の光に晒《さら》さないのだから当たり前だ。死人は血の巡りが止まるためか、生きている者よりさらに青白くなる。だから、薄暗い場所で足裏は白く浮き出て見えるのだ。別に珍しくもない。

「こいつの履物は近くにあったんだな」

「へえ、どうってことのない草履《ぞうり》でやしたぜ。裏側を見せて転がってやした」

刺された弾《はず》みに、あるいはよろけた弾みに履物が脱げて転がる。これも珍しくない。

「親分。手下連中は飲み屋を回ってんのかい」

信次郎は筵を直し、軽く手を叩《はた》いた。ゆっくりと立ち上がる。

「さいで。喧嘩なり言い争いなり、揉めたやつがいねえかどうか調べさせてやす」

三度《みたび》、主を窺う。今度は少しばかり、視線に力を込めた。

「無駄なんで？」

主の横顔に眼差したまま、問いを重ねる。

「旦那は、飲み屋の聞き込みを無駄だって考えてんですか」

「何とも言えねえさ、今のところはな。ただ、場末の飲み屋を回っても、何も出てこねえかもしれねえなぁ」

「と、言いやすと？」

伊佐治は男を破落戸紛《ごろつききまが》いの半端者と読んでいた。そういう類の男がたむろする店は、本所深川界隈《かいわい》に限ればだが、ほぼ頭に入っている。とりあえず松井町あたりから洗い出すつもりだったが躊躇《ためら》いを覚える。見当違いの方向に網を振り回していたのかと焦る。その躊躇いと焦りを呑み込んで主の言葉を待つ。

「親分、この男、町人じゃねえぜ」

「へ？」

「町人じゃねえ、侍だ」

伊佐治は信次郎から足元の筵に目を移した。

「そりゃあ……どういうこってす」

「どういうことだろうな。ただ身体の作りを見ればわかる。左肩が下がってんだろう。刀を佩《は》いていた証さ。それも、長きに亘《わた》ってな」

「けど、それだけでお武家と決めつけるのは、どうなんでやす。町人だって職によっちゃあ、身体が歪《ゆが》むこともあるでしょうし」

大工、左官、屋根拭き、駕籠《かご》屋に飛脚、米搗《こめつ》き屋、杜氏《とうじ》、研ぎ師、棒手振り、商家《しょうか》の主、番頭、手代《てだい》、小料理屋の女将《おかみ》、酌婦……この世に数多《あまた》ある仕事は人の身体に添い、染み込み、心身を形作っていく。いや、仕事ではなく生き方かもしれない。どう働いて、どう生きているかは身体のあちこちに表れる。ただ、身体が左一方に傾《かし》ぐ仕事があるかどうか、あるならば何なのか、すぐには答えられない。

伊佐治は唇を噛《か》んだ。

緩みがあった。死体を調べるさいに、気持ちが僅かに緩んでいた。半端者同士の縺《もつ》れ事の果てと決め込んで、どこかおざなりになっていたのだ。それで、詳しく細かく見ていく手間が疎《おろそ》かになった。

若造ならともかく、この歳になって、とんだしくじりだ。己の未熟さに全身が火照《ほて》る。が、しくじりはしくじり、未熟は未熟として噛み締めはするけれど、信次郎の言詞《げんし》全てに納得はできなかった。まさかという思いが強い。戸惑ってしまう。

「そこそこの遣い手だったのかもな」

伊佐治の戸惑いなど気にも掛けず、信次郎が言葉を継ぐ。

「そんなことまで、わかりやすか」

「古いものだが、指に竹刀胼胝《しないだこ》ができている。潰《つぶ》れた痕もある。日々、素振りを欠かさなかった証じゃねえのか。どの程度の腕なのかまでは見通せねえが、稽古熱心だったのは間違いなかろうよ」

「けど、けどですぜ、旦那。稽古熱心で腕の立つお武家が、どうしてこんな恰好で路地に転がってんです。斬り合ったとかじゃなくて、後ろからブスリですぜ。斬ったんじゃなく突いてやすからね。あっしは、傷口から見て匕首で殺られたと見やしたが」

「ああ、だろうな」

殺された男の形は、着物も帯も髷も町人のものだった。殺され方もそうだ。斬り合った跡はどこにも残っていない。

「お武家が町人の形をして、匕首で殺される。そういうことってあるんですかね」

あるとすれば、どういう事情の下で起こるのだ？

「ご公儀《こうぎ》の隠密だったとか……そういうこってすかね」

「しこたま酒を飲まされ、たっぷりと酔わされたところで殺られたってことか。隠密にしちゃあ、ちょっと用心が足らねえな」

「じゃあ、他にどんな理由がありやす」

「さっぱりわからねえな。これこれこういう理由でと書付でも残しておいてくれりゃ、余計な苦労をしなくて済むんだがな」

「残念なことに、そんな気の利いた仏さんに出会ったこたぁ一度もありやせんね」

戸板が運ばれてきた。人足《にんそく》が手際よく骸を載せ、運び出していく。まだ、残っていた野次馬たちからどよめきが起こった。

「身許《みもと》がばれねえか」

信次郎が空を仰ぎ、呟いた。明日の空模様を占うような口調だった。小声だったからか、のんびりした調子に晦《くら》まされたせいか、全部を聞きとれなかった。

「へ？　何がばれねえんで」

「あの男の身許さ。武士が殺されたとあっちゃあ目付《めつけ》が動くだろうが、町人ってことなら、おれたち町方《まちかた》の持ち分になる」

「そりゃあそうでやすが……あっ」

声を出し、息を呑み込む。

「そうさ、町方分となれば身許不明の死体ってことで片付けられる。なにせ、町人じゃねえんだから、親分がどれだけ血眼《ちまなこ》になって身許を捜したって出てくるわけがねえ。端《はな》から、いねえ人物なんだからな。幽霊の在所を探ってるみてえなもんさ」

つまり、身許不明、無縁仏として投込寺《なげこみでら》の一隅《いちぐう》に葬られる。そして……そのままだ。誰の記憶にも残らず、忘れ去られる。

「身許を隠すために町人の形をさせたと、旦那はお考えなんで」

「どうだかな。そう容易い話じゃねえ気もする。身許を隠してえなら夜が更けたころあいに、素っ裸にして、大川にでも沈めりゃあいい。わざわざ、日のあるうちから道に転がしとく道理がわからねえしな。それに、足裏が……」

足裏。耳がひくりと動いた気がする。伊佐治は耳朶《みみたぶ》に手をやり、軽く引っ張った。

「さっき、えらく熱心に調べてやしたね。気に掛かることがありやしたか」

答える代わりに、信次郎は力助を手招いた。

元飛脚で足がめっぽう速い。頭の巡りも良く、胆力もあった。重宝な手下の一人だ。

「へえ……ご用でしょうか」

力助が普段より気配を強張らせて近寄ってきた。

「そんなにびくつかなくていいさ。取って食おうってんじゃなし」

くすりと信次郎が笑う。機嫌は悪くない。

おもしれえ玩具《おもちゃ》を見つけたってこったな。

伊佐治は胸の内でため息を吐《つ》いた。あの骸が武士であるなら、なぜ、町人の姿で死んでいたのか。

小さな謎が生まれた。退屈凌《しの》ぎの玩具にはなる謎だ。

「履物を脱いで、ちょいとそこらを歩いてくんな」

「あ、へえ」

力助は草履を脱ぐと、言われた通りに数歩、歩いた。振り返り、同じく数歩で戻ってくる。

「これで、よろしいんで？」

「ああ上等だ。で、足裏を見せてみな」

力助がひょいと片足を上げる。片足立ちでも、身体は揺れもよろめきもしなかった。手下の足裏が伊佐治に向く。

「あっ」。声を上げていた。

泥で汚れている。薄らとだが黒っぽい土がこびりついていた。

昨日、季節外れの通り雨があった。ざざっと降って、すぐに上がった雨だ。置き土産のような虹が大川に架かったのを見た。

「どこの路地でもたいてい、日当たりは悪い。日の当たりが少なけりゃ地面は乾かねえ。ここも同じ、泥濘《ぬかるみ》にはならねえが綺麗《きれい》に乾き切ってもいない。裸足《はだし》で歩けば当然、汚れるさ」

「汚れてやせんでしたね」

力助と比べ、死体の足裏はずい分と綺麗だった。白く浮いて見えるほどに。

「目立つほど汚れちゃいなかった。その代わり、こういうものがくっついてたぜ」

信次郎は胸元から懐紙《かいし》を取り出し、伊佐治の前で広げた。力助も後ろから覗き込んでくる。

「これは、松、でやすか」

緑の針に似た葉だ。三本が寄り添うようにくっついている。一本は先が折れていた。

「松だな。少なくとも梅じゃねえ」

梅の葉なら末枯《うらが》れたものが数枚、地面に散っていた。

「松の葉なんて、どこにも落ちてねえですが」

力助が地面に目を走らせ、首を横に振った。

伊佐治は唾を呑み下《くだ》す。それから、主を見上げた。

「旦那、これはどういうことになるんで?」

「さて、どういうことか、まだ、わからねえな」

喉の奥に閊《つか》えていた息を何とか吐き出せた。

まだ、わからないということは、いつかわかるという意味でもある。真実を突き止める力業において、主を凌ぐ者を伊佐治は知らない。そこだけは手放しで信用できる相手なのだ。

「つまり、あの仏さんは他所《よそ》で殺られてここに運ばれてきたってことに……」

口をつぐむ。そんなはずはない。伊佐治が駆け付けたとき、死体はそこまで強張ってはいなかった。殺られてから四半日も経っていなかったはずだ。闇に紛れてならまだしも、日の光の下をどうやって血を流している死体を運ぶのだ。何より、路地には血溜まりができ、塀に飛び散った血の痕は黒っぽく色を変えようとしている。ここで殺られたのは十中八九、間違いあるまい。それとも、まだ見逃したものがあるのか。この場所を殺しの場と思わせる。その絡繰《からく》りを摑《つか》めていないのか。

風が路地を吹き通って行った。梅の枝が揺れて、茶色く縮んだ葉を一枚、伊佐治の肩に落とした。


灰汁桶《あくおけ》の栓を抜き、受け用の手桶に灰汁を注ぐ。

桶の中には木灰《もつかい》を混ぜた水がたっぷり入っている。

灰の上澄みを洗濯に使うぐらいは知っていたが、たいていの汚れがこんなにも綺麗に除かれるとは思っていなかった。灰汁の量や揉み方次第で汚れ落ちが違ってくる。大豆や大根の煮汁は器洗いには欠かせない。茶殻を使えば埃《ほこり》を立てずに座敷の掃除ができる。火鉢に炭を足すときにも要領がある。物売りに値引きさせるコツ、竈《かまど》の火の点《つ》け方、はたきを使う手順、廊下の拭き方。どれも、遠野屋に来て覚えた。

来なかったら、どうなっていただろう。

おちやは、たまに考える。

ここに来なかったら、何にも知らないままだったら、あたし、どうなっていたんだろう。

何かの弾みにふっと息を吐いた折、考えてしまう。本当にたまに、だ。毎日が忙しくて、めまぐるしく過ぎて、〝もし〟だの〝たら〟だのに頭を使う暇はない。もっと別のところで使わねばならないのだ。おうのの助手として色合わせ、物合わせに関わって働くときはむろん、おみつから仕事の段取りを差配されるときも、知らなかったことを覚えるときも頭は入り用だ。とても、入り用だ。だから、おちやは必死だった。今まで何も知らなかったのなら、これから他人の何倍も知っていかねばならない。

辛《つら》くはない。むしろ、嬉《うれ》しい。目の前で次々に扉が開かれていく。扉の向こうには見たこともない風景が広がっている。そんな風に感じられる。だから、嬉しい。でも……。

でも、井平が現れた。何の前触れもなく、突然に。

井平は嫌いではなかった。他の奉公人のように、主の目の届かないところで怠けたり、仕事をしている振りだけで誤魔化したりしない。伯父《おじ》の八代屋太右衛門は井平のことを「あれは裏表がない。陰日向《かげひなた》なくよく働く奉公人だ」と褒めていた。「まっ、それは要領が悪い証にもなるのだが。変に要領よく立ち回る者は信用できんからな」と付け加えもしたが。伯父が非業の最期を遂げたときも、気味悪がったり、因果応報を口にしたり、八代屋の評判の下落を気に病んだり、祟《たた》りを恐れたりする者ばかりが目立つ中で、井平は悲しみを露《あらわ》にしていた。伯父のために、本気で涙していた。

井平は善人だ。ちっとも嫌いではない。でも、その姿を目《ま》の当たりにして、おちやは戦《おのの》いた。

八代屋に戻るよう促されて、さらに恐ろしく思ってしまった。遠野屋で奉公を始めたころは、いつ連れ戻されるかとびくびくはしていたが、一月《ひとつき》経ち二月《ふたつき》経ち、半年が過ぎても八代屋からは何の音沙汰《さた》もなかった。

あたしはもう八代屋には縁のない者とされてるんだ。

そう認めたとき、おちやは背筋が伸びた気がした。新しい暮らしが始まると胸が高鳴った。

数年前に亡くなった伯母《おば》も伯父もかわいがってはくれたが、その息子である従兄弟《いとこ》たちは冷ややかだった。「行く当てのない親無し子か」と見下されたことも、「実の子でもないのに」と睨《にら》まれたことも、不意に抱きつかれたこともある。従兄弟たちとの思い出は大半が苦い。長男の長太郎がおちやを嫁に望んでいたが、太右衛門が首を縦に振らなかったと聞いたときは、心内《しんない》で伯父に手を合わせていた。

その伯父の死で、八代屋とは縁が切れた。

淋《さび》しくないと言えば嘘になるが、遠野屋で味わう高揚の方が勝っていた。こんな日々がこのまま続けばと望み、このごろは続くものと信じかけていた。なのに、井平が現れたのだ。

どうして、何で今さら……。何で今さら、現れた。連れ戻そうとした。

わからない。わからないから怖い。一年足らずの月日ではあるが、おちやが懸命に積み上げてきた日々が崩れる。足元から崩れ落ちていく。

その兆しだったらどうしよう。どうすればいい。

また、ため息を吐いていた。束《つか》の間、閉じた眼裏《まなうら》をおくみの顔が過《よぎ》る。

硬く、強張った顔だ。怯《おび》えの色も含まれていた。

おくみちゃん。

おくみと一緒に働くようになって、おちやは幾度も驚いた。自分より年下の少女が手際よく仕事を片付けていく。座敷を掃《は》けば塵《ちり》一つ残さず、器を洗えば隅々まで綺麗に、洗濯物を干せば糊付《のりづ》けしたようにぴしりと伸ばし、ほとんど皺《しわ》を作らない。

大袈裟《おおげさ》だとおくみは笑うけれど、神業としか思えなかった。不器用で要領の悪いおちやに、おくみは嫌な顔もせず、呆《あき》れもせず、根気よく仕事を教えてくれた。その合間や布団に入り眠りに落ちる短い間に、あれこれおしゃべりをする。

楽しい。八代屋ではついぞ味わえなかった楽しさだ。

なのに、おくみが遠ざかっていく。おしゃべりが、一緒に笑い合う一時《ひととき》が消えてしまう。足元の崩れは既に始まっているのだろうか。

「おちやちゃん！」

名を呼ばれたすぐ後、おくみが駆け寄ってきた。

「灰汁が溢《あふ》れてる。止めなきゃ」

「え？　あっ、あ、うわっ大変」

灰汁桶の栓を抜いたまま物思いに耽《ふけ》っていた。底から滴《したた》り落ちる灰汁が、いつの間にか受け桶から零《こぼ》れている。灰汁の細い筋が二手に分かれて流れていた。そのために、灰汁桶の置いてある土間の一隅は、雨漏りしたかのように濡《ぬ》れていた。

「いけない。やだ、どうしよう」

「おちやちゃん、落ち着いて。栓よ、栓を閉めるの」

「えっ、栓？　あ、栓か。そうだ栓をしなくちゃ。え？　ない？　そんな、確か、ここに置いといたのに。どうして、ないの」

「だから、落ち着いて。周りをよく捜して……あ、ほら、そこだよ。桶の横に転がってる」

「ほんとだ。よかった」

おちやは慌てて栓に手を伸ばした。濡れていたせいか、中腰になったのがよくなかったのか、足が滑り身体が前に倒れる。肩が灰汁桶に当たり、桶が揺れた。

「きゃあ、倒れる」

夢中で桶に抱きついた。灰汁を土間にぶちまけでもしたら大変なことになる。桶は蓋《ふた》がずれたけれど何とか倒れずに済んだ。ほっと息を吐き出す。横を見ると、おくみも桶を抱えていた。目が合う。おくみが、にっと笑った。

「何とか無事だったね」

「おくみちゃん、あの」

「栓、栓。早く栓をして」

「あ、そうだ」

桶の底に栓を差し込み、おちやはもう一度、息を吐いた。かなり濡れはしたが大事にはならなかった。助かったと安堵《あんど》する。

「おくみちゃん、あの、えっと」

ありがとうと伝える前に、おくみが立ち上がる。

「おうのさんが呼んでるよ。手が空いていたら、部屋に来て欲しいって。相談したいことが幾つかあるんだって」

「あ、うん、わかった。でも……」

「洗濯なら、あたしがやっとくから。土間も掃除しとく。だから急いで。おうのさんの相談だもの、商いのことでしょ。すぐに行った方がいいと思う」

「う、うん。じゃあ頼むね。洗濯物たくさんあるけど、ごめんね」

「あたしも、ごめんね」

そう詫《わ》びると、おくみは頭を下げた。

「え？　え、どうして、おくみちゃんが謝るの」

おくみの顔が上がる。真顔だった。

「あたし、おちやちゃんを避けてた。ずっと……。昨日、おちやちゃんと八代屋さんの手代さんとのやりとりを聞いてて、あたし、おちやちゃんが八代屋さんのおじょうさんだって気付いたんだ。気付いたってのはおかしいかもしれないけど、頭ではちゃんとわかってたんだけど、でも、いつの間にか、おちやちゃんのこと、あたしと同じ遠野屋の奉公人で……だから、仲良くなれるって思い込んでたの。でも、昨日のことで、もしかしたら、おちやちゃんはあたしとは全然別の世界の人かもって思って……そしたら、どうしていいかわかんなくなって、今までみたいに友だちには戻れないのかなって……頭の中がぐるぐるしちゃったの」

おちやは胸を押さえる。手のひらに鼓動が伝わってきた。

そうだ、あのとき、あたしは昔のあたしに戻っていた。井平を下に見て、何を命じても許されると考えていた。おくみちゃんは、あたしの正体を見抜いたんだ。

「けど、旦那さまに言われたの。『おちやを信じてやれないか』って」

「旦那さまに……」

「うん」。おくみは短く答え、深く頷いた。

「あたし、おちやちゃんといると楽しい」

一言、囁きに近い小声で告げ、それっきり黙り込む。黙っていても、察せられた。

おくみちゃんは、あたしを信じようと決めてくれた。

半歩、おくみに近づこうとしたとき、大声が響いた。

「おまえたち、何をやってるんだい」

おみつが腰に手を当てて、板場に立っている。おちやはとっさに身を竦《すく》めた。おくみも同じ恰好になっている。おみつは二人を交互に見やり、眉を寄せた。

「おちや、洗濯がまだ済んでないんだろう。日が高くなる前に干さないと、乾かないよ。早く、おし。うん？　あらまあ、土間がびしょびしょじゃないか。灰汁を零したんだね」

「あ、はい。す、すみません。あたしがやりました」

「だろうね。こんなどじな真似《まね》、おまえじゃないとできないさ。けどね、みんな、それでなくとも忙しいんだ。余計な手間を増やすんじゃないよ。洗濯だって、もうとっくに済ませておかなきゃならない刻なんだからね。何を愚図愚図してたんだい」

「おみつさん、おちやちゃんは、おうのさんに呼ばれているんです。洗濯はあたしがします」

おくみは手桶を摑むと、戸口から足早に出て行った。桶にはたっぷりの灰汁が入っているが、一滴も零れない。束の間だが、見惚《みと》れてしまう。

「おちや」

「あ、はい」

「おうのさんに呼ばれているなら、ここはいいから早く行きなさい。ぼうっとしないで、さっさと動く。お天道《てんと》さまは、すぐに沈んでしまうよ」

「はい。ただいま、すぐに」

「こら、足が濡れてるじゃないか。そのままお上がりじゃないよ」

「いけない。ご、ごめんなさい」

慌てて足を拭く。勢いが余って、向こう脛《ずね》を上がり框《かまち》に打ち付けた。涙が滲《にじ》むほど痛い。

「おまえは本当にどこまでも……」

おみつが口を押さえて横を向く。笑いを堪《こら》えているのか、丸い肩が小刻みに揺れた。

「申し訳ありません。あたし、本当に粗忽《そこつ》で……」

我ながら情けない。膝《ひざ》を擦《こす》る振りをして、俯《うつむ》く。素早く目尻の涙を拭った。

「鍛え甲斐《がい》があるさ」

笑いを含んだ声で、おみつが言う。

「おくみみたいに何でもそつなく熟《こな》せる子は、ありがたいけどね。まぁいわば天からの授かり物、富籤《とみくじ》に当たったようなものだからねえ。けど、おまえのような子もおもしろいよ。みっちり鍛えて、どこに出しても恥ずかしくない奉公人に仕立ててやるさ。ふふ、ばらしてしまうとね、あたしは、そういうのが大好きでねえ。おまえを見てると、俄然《がぜん》、やる気が出てくるのさ。あたしの顔、舌舐《したな》めずりしている猫みたいになってないかい」

「おみつさん」

「だから、おまえもがんばりな。遠野屋に骨を埋《うず》めるぐらいの気持ちでがんばるんだ。でね、いつか『おみつさんに鍛えられて、こんな立派になりました』って言えるようになり」

「はい、必ず」

「ふふん、安請け合いは信用ならないって言うけどね。でも、まあ、楽しみにしているよ。さっ、自分の仕事に戻りな。おうのさんを待たせるんじゃないよ」

おみつが背を向ける。おちやは幅のある後ろ姿に向け、深々と頭を下げた。

崩れてなんかいない。

強く感じる。

大丈夫だ。あたしの足元は崩れてなんかいない。

袖を括っていた紐《ひも》を解《ほど》き、おちやはそれを強く握り締めた。

嵯峨波藩江戸屋敷の奥まった一室には、僅かに香《こう》が匂っていた。

さほど甘くなく、柔らかでもない。花より青葉を思わせる匂いだ。木ではなく草、香草を調合したものだとは思うが、どのような草なのかまでは察せられない。

「何とするか」

清之介の前に座る男が唸《うな》った。結城紬《ゆうきつむぎ》の着流しに博多帯という褻《け》の恰好だ。さりげない上質の装いが、よく似合う男でもあった。

嵯峨波藩江戸家老、沖山頼母は腕を組み天井あたりに目を向けている。

「昨日、番頭から……信三とか申したな、そやつから大体のことは聞き及んでおる。しかし、正直、半信半疑ではあったのだ。遠野屋の番頭が騙り事を働くはずもなし、どこかで手違いがあって船の入湊《にゅうそう》が大幅に遅れているのだろうと、その程度に考えておったが」

「その手違いが見つかりません。河岸《かし》問屋に何一つ、報《しら》せが入っておらぬのです」

頼母が身動《みじろ》ぎし、清之介を見据えた。目つきは鋭かったが、物言いはゆったりと余裕を漂わせている。

「しかしな、遠野屋。さような椿事《ちんじ》が出来《しゅったい》したのは初めてではなかろう」

「船の入湊が遅れることは、ままございました。けれど、これまでは遅れる理由がわかっておりました。三日経っても明らかにならぬのは初めてかと存じます」

頼母は脇息《きょうそく》に腕を預けたが、清之介から目を外さなかった。

「そうか……。遠野屋の主人自ら出向いてきたとあっては、此度《こたび》の件、一筋縄ではいかぬ厄介事になりうると、その覚悟がいるな」

「今のところは、全くの謎。どう片が付くのか見通せない有り様です」

「そなたが先を見通せぬと申すか」

「まるで見当がつきませぬ」

頼母は暫く黙り込んだ。白い障子を通して、麗《うら》らかにも感じる日の光が差し込んでいる。しかし、頼母の表情は光に背くように曇り、硬くなる。

「何とする、遠野屋」

ややあって、尋ねてきた口調も重く暗かった。先刻までの余裕は褪《あ》せている。

「今のところ、何もできますまい。様子見が精一杯でございます」

「打つ手、なしか」

「まことに。事の実相が摑めぬ以上、動きようがございませんので」

頼母が顎を引き、心持ち、目を細めた。

「打つ手がない、動きようがないというわりに落ち着いているな。紅餅三駄《べにもちさんだ》が消えても、遠野屋の商いにはさほどの瑕疵《かし》にならぬというわけか」

「瑕疵にならぬわけがございません。嵯波から紅餅三駄が届かぬとなると、かなりの痛手になるのは必至。しかし、この度は荷が消えただけではなく、船そのものが行方知れずとなっております。

船には水夫《かこ》たちがおりました。うちの手代も河岸問屋の手代も乗っておりました。その者たちごと帰ってこないのです」

「人の命がかかっておると申すのだな」

「はい。よもやとは思いますが、案じられます」

「どうすればよい」

「それがわかりかねておるのです。ただ、願いの儀が一つございます」

「何だ。わしにできることか」

「沖山さまにしかできぬことかと。ただ、些《いささ》か申し上げ辛くはありますが」

「そなたたちには耳が痛いことを散々、言われておる。今さら、遠慮もなかろう」

頼母が笑った。苦笑いだ。清之介は手をつき、低頭した。

「構わぬ。許す。何なりと申せ」

顔を上げる。頼母の視線を正面から受け止める。

「嵯波のご城内の様子をお調べいただければとお頼みしたく、今日はまかりこしました」

頼母が脇息から肘を離した。眉間に皺が現れる。

「遠野屋、そなた、城内を疑《うたご》うておるのか」

「疑うか信じるか、決められるほどの知見をわたしは持ち合わせておりません。ですから、沖山さまにお縋りするしかないのです」

「縋る？　そなたがわしに？　とんだ茶番であるな」

「沖山さま、わたしは本気でお願いしております。今井《いまい》さまがご逝去して一年余り、嵯峨の執政陣は未《いま》だに確固とせず、不穏を孕《はら》んでいると聞き及びました」

筆頭家老、今井福之丞義孝《ふくのじょうよしたか》死去の報せがもたらされたのは、昨年のこの時期、冬のとば口のころだった。今井は長きに亘り嵯峨の政《まつりごと》の要を担い、政敵を排し、権力を一手に握り、藩政を壟《ろう》断《だん》してきた。反面、財政立て直しのため辣腕《らつわん》を振るった為政者でもあった。そういう男が世を去った。消えたのだ。後の穴を埋めるのは容易ではない。江戸屋敷は頼母が押さえ、微動だにさせないが、嵯峨本国は相当に揺らいでいる。

清之介の手許《てもと》には、その揺らぎを伝える報せが幾つも届いていた。揺らげば隙ができる。できた隙間から、策謀やら悪《あ》しき目論見《もくろみ》やらが芽を出し、蔓《つる》を伸ばすのは政の常だ。その蔓の一本に遠野屋の船が巻き付かれたとしたらと、清之介は仮想した。

頼母が睨《ね》めるような眼差しを向けてくる。

「国元の政の様を誰から聞き及んだのだ」

「誰というわけではございません。ただ、巷《ちまた》の噂《うわさ》を拾い集めたに過ぎませんので」

「巷の噂？　ふふん。しらばくれるつもりか。もしかしたら、そなた、わしなどよりずっと城の内に通じておるのではないか」

「滅相もないことでございます。通じておれば、沖山さまに無理をお願いなどいたしませせぬ」

「遠野屋」

「はい」

「わしを試しておるのか。つまり、此度《こたび》の件、わしと国元が結託した上での企てではないかと疑い、揺さぶりをかけておる。違うか？」

清之介は居住まいを正す。

「違います」

「どこが違う」

「沖山さまに遠野屋を陥れる謂《いわ》れがあるとは考えられません。紅花は遠野屋にも嵯波にも益をもたらします。それがどれほどのものか、沖山さまは誰よりご存じのはず。これから先、その益は膨らむことはあれ、萎《しぼ》むことはありませぬ。それを手放すかもしれぬ危うい道を沖山さまがお選びになるとは、わたしには信じ難くございますが」

頼母の唇から微《かす》かな笑声《しょうせい》が漏れた。

「ふふ、遠野屋あっての紅花産業であることを忘れるな。そう申しておるのだな」

「仰せの通り、どうかお忘れなきように。手前どもも、嵯波あっての紅《べに》の商いだと肝に銘じておりますので」

紅花を介して嵯波と結んだ決め事、関わり合いの基《もとい》は盤石でなければならない。そこに割って入る、あるいは罅《ひび》を入れようとする者がいるなら、誰であろうと敵と見做《みな》す。

「あい、わかった」

江戸家老も姿勢を正した。

「暫時《ざんじ》、待て。国元の執政どもを探ってみよう。ただ、十日ばかりは日数《ひかず》がいるぞ」

十日。その間に船は帰ってくるのか。人は生きて戻ってくるのか。無事である見込みは如何《いか》ばかりなのか。

想《おも》いは巡り、胸はざわめく。しかし、ここで遠野屋の主が惑うわけにはいかない。

「なにとぞ、よしなにお取り計らいくださいませ」

清之介は全ての情を呑み下し、平伏する。

白い光が、揃《そろ》えた指先を淡く照らし出していた。

四　火照《ほて》り

「はっ？」

信三が瞬《まばた》きする。口は薄く開いたまま、閉じない。『遠野屋』の筆頭番頭として商いを回しているときには、決して見せない緩《ゆる》みだ。

数年前までは商い中であっても、信三の面《おもて》にはこの緩みが現れることが多かった。ふとした拍子に、ほんの束《つか》の間、隙ができるのだ。緩みや隙が全て害とは言えない。緩むことで人に近づけることも、隙があればこそ好まれることもある。ただ、それは飽くまで己の意図があってこそ、だ。信三の場合、不用意に表情や気配を緩ませることがあった。聡《さと》い客や取引相手は、そこに若干の不安や不信を抱いてしまう。

「信三、あれで大丈夫でしょうかねえ。一人前の商人になれるのかしら」と、おみつは気を揉《も》んでいたが、清之介はあえて黙していた。説教も助言もしなかった。信三ならいずれ、己の弱点に気付き、剋《こく》せるとわかっていたからだ。気付かぬままなら、どのみち商人として立ち行かなくなるともわかっていた。

今では信三が意図なく心身を弛緩《しかん》させることは、滅多にない。商いの場に限っては、だが。

だから、『遠野屋』の奥座敷で、主《あるじ》を前に晒《さら》したのは久方ぶりの緩みだった。

「旦那《だんな》さま」

口元と目元を引き締め、筆頭番頭の顔に戻り、信三は膝を心持ち前に出した。

「二艘目を出すとは、どういう意味でございますか」

「そのままだ。嵯波から江戸まで紅餅《べにもち》を運ぶための船を出す」

「お待ちください。一艘目の行方がまだ知れぬのですよ。どこに消えたのか見当さえついておりません。それなのに、二艘目を出湊《しゅっそう》させると仰《おっしゃ》るのですか」

「そうだ」

信三が顎を引く。清之介はやや血の気の引いた顔を見据え、問うてみた。

「反対か」

「反対です」

寸《すん》の間も置かず、答えが返ってきた。

「せめて、一艘目が行方知れずになった理由なりと摑《つか》めてからにいたしませんと。あまりに物騒な気がいたします」

「同じことが、また起こると危ぶんでいるわけか」

「起こらぬとは言い切れませんでしょう。言い切れる拠《よ》り所は、どこにもございません」

正論だ。石橋がどれほど堅固に見えようと、まずはその堅固さを確かめてから渡る。商人の心得だ。一か八かの賭けは、能《あた》う限り避けねばならない。

「旦那さま」

信三がほんの僅《わず》か、眉を寄せる。

「もう少し詳しくお話しいただけませんか。なぜ、今、船を出そうとお考えになったのです？　紅餅は確かに品薄になってはおりますが、尽きたわけではありません。〝遠野紅〟も来春分までは何とかなる見通しです。品数そのものは減らさねばなりませんが」

「品の減数はどれくらいになる」

信三は口を閉じ、一瞬だが視線を泳がせた。

「わたしは、二割五分程度は減ると見立てております」

視線を主に戻し、そう告げる。

「それは、次の荷が順当に入ってくると見做《みな》しての話だな」

「入荷が二月《ふたつき》遅れると推し量った上で、申し上げておりますが」

「二月か。それ以上、荷が遅れれば〝遠野紅〟は来春以降、作れなくなるのだな」

「はい。〝遠野紅〟は他の紅の倍近い紅餅を使います。一番荷が入らなければ……」

言葉を濁し、信三は俯《うつむ》いた。

「〝遠野紅〟を遠野屋の商いから外さざるを得なくなります」

「そういうことになるな」

信三の見立ては清之介のそれと、ほぼ重なる。

「ですが、〝遠野紅〟が外れたからといって、商いの土台が大きく揺らぐことはありません」

「うむ」

揺らぎ崩れることはない。しかし、相当の打撃にはなる。傷んだ土台を直すためには、そこに人も金も注《つ》ぎ込まねばならない。そうなれば、当分の間、商いを広げることも、新たな試みを行うことも控えねばならないだろう。なにより、人の命が懸かっている。水夫《かこ》たち、奉公人たちの無事が損なわれでもしたら、商いを憂うどころではない。

確かにこれは、重い一撃だ。

どう動き、どう受け、凌《しの》ぎ切るか。考え続けてきた。

「ですから、旦那さま」

信三が俯《うつむ》けていた顔を上げる。

「今、船を出すのは、やはり早計ではございませんか。もう少し様子を見てからでも遅くはないと、わたしは用心が働きますが」

そこで、小さく息を吸い、清之介を窺《うかが》うように覗《のぞ》き込んできた。

「それとも……違うのでしょうか。早計だと思うておるのは、わたしだけで、旦那さまのお考えは違うところにあるのでしょうか」

今度は息を吐き出し、信三は続けた。

「正直、この度の件、わたしには何一つ見通せなくて心許《こころもと》ない思いばかりが募ります。荷の行方もさることながら、水夫たちがどうなっているのか心配でなりません。この先、遠野屋の商いにどんな影が差すのか、そこも気を揉んでおります。ただ、心配するより他に何もできないのも事実でして。ただ、やきもきするだけで手立てが浮かばないのです」

清之介を見詰め、信三はもう一度、息を吐《つ》いた。

「しかし、旦那さまには見えておられるのでしょうか。その上で、次の船を出すと仰っておいでなのですか。確かに大変な成り行きではありますが、旦那さまは落ち着いておられます。狼狽《ろうばい》し、平常心を見失っているわけではありません。その上でのご決断なら、わたしなどには思い及ばぬ事実を摑んでおられて、それで」

「信三」

「はい」

「前々から伝えねばと感じていたのだが、おまえ、些《いささ》かおれを見誤っているぞ」

「え？　見誤るとは」

信三の眉がひくりと動いた。小さな惑いが眸《ひとみ》の中で揺れる。

「買い被《かぶ》り過ぎだと言ってるのだ」

「買い被り？　わたしが旦那さまをですか？」

「そうだ。品の質を見定める眼《め》はずい分と達者になったのに、人に関しては妙に甘い。そこが、これからの直し処《どころ》だな」

信三は顎を引き、唇を結んだ。主の言葉を反芻《はんすう》しているのだろう。

「この一件が持ち上がってから、おれはずっと狼狽しっぱなしだ。何が起こったか、この先、何が起こるのか、どう片付ければいいのか一分《いちぶ》の見当もつかない。だから、暫《しばら》くは静観するしかなかった。他に手立てが思いつかなかったのだ」

「あ、はい。しかし、二艘目を出すとお決めになったわけですから……」

「決めたのは、怯《おび》えからだ」

「怯え」と呟《つぶや》いて、信三は顔を顰《しか》めた。呟きが苦塩《にがしお》でもあったかのように、口元が歪《ゆが》む。その口元を戻し背筋を伸ばすと、

「旦那さま、申し訳ありません。仰っている意味がわかりかねます」

と、告げてきた。これから主の口にする一言一句を聞き逃してはならない。そう察した筆頭番頭の口調と顔つきだった。

清之介は傍《かたわ》らに置いた文箱《ふばこ》から、一通の書状を取り出した。

「沖山さまからの御文《おふみ》だ。嵯波の城内の様子を記してある」

「ご城内の……」

息を吸い込むと、信三は美濃紙《みのがみ》の包みを開いた。黒々と力強い文字を追って、眸が上下する。低い呻《うめ》きが漏《も》れた。

十日ばかりは日数《ひかず》がいる。その言い渡しより五日も早く、沖山頼母の文は届いた。

清之介が願うまでもなく、頼母は城内の有り様が逐一伝わるよう手を打っていたのだろう。今回の騒動にかかわらず、国元の動きに目を光らせていたのだ。その上で報《しら》せるべきことを報せてきた。

むろん、清之介も手を拱《こまね》いていたわけではない。城の内も外も、嵯波の様子は随時伝わるよう手配はしていた。それでも、城の奥、執政たちの動息《どうそく》全てを掴むことはできない。頼母の文は、そこを補っていた。

読み終えて、信三は吐息を漏らした。さっき吸い込んだ息を全て吐き出すような長息《ちょうそく》だ。

「ご城内は、かなり乱れておいでのようですね」

「うむ。今井家老という重石《おもし》がなくなり、こちらが考えていた以上に箍《たが》が外れているようだ」

清之介は、遠く仰ぎ見た嵯波の城を思い起こしていた。小高い山の頂に立つそれは朝陽《あさひ》にも夕陽にもよく映えて、豪儀《ごうぎ》より優美を強く感じさせる城郭だった。

あの中で、不穏で熾烈《しれつ》な駆け引きや闘いが繰り広げられているのか。

「ただ、政《まつりごと》そのものは何とか体《たい》を成している風ではあるな」

「さようでございますね。政の混乱が表立てば、ご公儀《こうぎ》が黙ってはおりますまい。そのあたりは、ご執政方も心得ておられるはず。下手《へた》をすれば嵯波藩の存滅に関わってまいります」

清之介もため息を吐《つ》きそうになる。

嵯波の紅花を公儀がどう注視しているか。産業としては、まだ緒に就いたばかりではあるが、先々、巨大な富を生み出す見込みは十分にあった。あるからこそ、『遠野屋』が密に関わっているのだ。いわば、これから豊穣《ほうじょう》の実を付ける若苗。公儀が目を留めないはずがない。

信三の言う通りだ。藩政の綻《ほころ》びを衝《つ》いて公儀が仕掛けてくる恐れは、これも十分にあった。紅花産業の行く末が嵯波ではなく公儀に握られる。そんな事態が出来《しゅったい》すれば、『遠野屋』の地歩が脅《おびや》かされるのは明らかだ。

杞憂《きゆう》ではない。首筋に抜き身を当てられるに似た底冷《そこつめ》たさを覚える。

「この度の一件、ご城内の乱れと繋《つな》がっておるのでしょうか」

「それは、何とも言えん。ただ、少なくとも執政方が纏《まと》まらぬのなら、藩政にこまやかに目を配っていけるはずもない。船が一艘消えたとしても対処は難しかろうな」

そこに付け入った者がいたとしたら。

首筋の冷たさが増していく。

「わかりました」

信三が文を包み直す。頬が強張《こわば》っていた。

「旦那さまが怯えていると仰った意味がやっと呑《の》み込めました。これは、わたしが考えていたより、ずっと由々しき事柄なのですね」

宛名のない白い上紙を見詰め、清之介は頷《うなず》いた。

敵が見えない。猛々《たけだけ》しい気配だけは感じるのに、正体が見通せないのだ。藪《やぶ》に潜んでいるのは狼《おおかみ》なのか虎なのか。どちらにしても、鋭い牙《きば》も爪も持つ。しかし、遠野屋は兎《うさぎ》でも鹿でもない。

餌にはならぬ。

誰であろうと、どれほどの相手であろうと狩られたりはしない。そのことを明らかに示す。示すべき時機が迫っている。

「信三。おまえに頼みがある」

「はい」

「急ぎ嵯峨に向けて発《た》ってもらいたい」

「心得ました」

僅かの躊躇《ためら》いもなく、信三は返答した。

「関所手形は用意してある。嵯峨で松吉《まつきち》と相談の上、二番船の出湊を進めてくれ。早急にだ」

松吉は、嵯峨の出店《でだな》の主として『遠野屋』から遣わした男だ。もとは履物問屋の手代《てだい》だったが、その店が閉じたとき清之介は迷うことなく声を掛け、『遠野屋』に雇い入れた。それほどの材だったのだ。地味で手堅い商いを踏まえつつ、機を見るに敏で、ときに大胆な手を打つ。それだけの度胸と才覚が具《そな》わった器だ。

その見立ては間違っていなかった。

三年前からは、嵯峨の出店を任せていた。松吉は紅花の商いを一手に引き受け、取り仕切り、回し、西国《さいこく》で奮闘している。

松吉の働きを知るたびに、清之介は空を仰ぐ。

月が出ていれば月を、雲が流れていれば雲を、晴れ渡った碧空《あおぞら》ならその碧を暫く見上げる。

松吉もまた、おりんの事件に纏《まつ》わって出逢《であ》った男だ。おりんの死は、清之介に何人もの男たちを結び付けた。

空を仰ぎながら束の間、想《おも》いに沈む。

想いはいつも、松吉を離れ漂い、どこか人ならざる気配を纏った男に辿《たど》り着く。

今は座敷に座り、筆頭番頭と向き合っている。頭上に空はない。しかし、想念は木暮信次郎に流れていった。

あの男なら、どう戦うか。まともな手を使うはずがない。定石通りの戦い方など頭の隅にも置くまい。だとしたら……。

「今日にも早飛脚《はやびきゃく》を出して、おまえが行くことを松吉には報せる」

信三は首肯《しゅこう》し、膝の上でこぶしを握った。

「旦那さま、水夫たちはいかがいたします。一番船のことを黙っておくわけにはいかないと思いますが。どのように伝えればよろしいでしょうか」

表情が曇る。海を生業《なりわい》の場とする男たちは、並《な》べて心身共に屈強だ。海賊を相手に一歩も退《ひ》かず船を守ったという強者《つわもの》も大勢いる。反面、ひどく迷信深く、事あるごとに験《げん》を担いだ。武器を携え襲ってくる輩《やから》には命知らずであっても、得体のしれないもの、人世《じんせい》の外にあるものに対しては驚くほど臆病になる。船の行方が杳《よう》として知れないとなれば、大半の水夫は二番船への乗り組みに尻込みするのではないか。

信三の思案が伝わってくる。

「水夫については案じなくていい。おれが手を打つ」

「手立てがございますか」

「ある。十人ばかりになるが、全てを承知で乗り組んでくれる者たちだ」

どういう者たちなのだと、信三は問わなかった。安堵《あんど》したように小さな息を漏らし、軽く頭を下げる。

「それならば憂いはございません。わたしは明日中に江戸を発ちます。川田屋さんと相談の上、大坂までの船に乗り込もうと考えておりますが」

「それがいいだろう。川田屋さんにも事の次第を記して早便《はやびん》を出しておく」

「ありがとうございます。嵯峨について二日もあれば船の用意は整うでしょう。整えばすぐに出湊すればよろしいのですね」

「うむ。おまえも乗船してくれ」

「畏《かしこ》まりました。では、江戸湊《みなと》まで荷と共に戻ります」

「いや、大坂で船繋《ふながか》りし、一旦、荷を降ろす」

「えっ」

信三の腰が浮いた。が、すぐに座り直し、主の話に耳を傾ける姿勢を取る。

「荷は全て降ろし、陸路で桑名《くわな》まで運ぶよう手配するつもりだ」

「桑名から再び、海路を使うのですか。宮宿《みやのしゅく》に渡るのではなく」

桑名宿から宮宿までは、七里《しちり》の渡《わた》しと呼ばれる東海道《とうかいどう》唯一の海路だった。諸大名の使う御座船《ござぶね》から庶人の乗る帆掛け船まで、様々な舟船《しゅうせん》で賑《にぎ》わっていた。

「そうだ」

「しかし、それだと荷送りの掛かりが、相当膨れ上がりますが」

「だな。どれくらいになると思う」

「それは……失礼いたします」

懐《ふところ》から算盤《そろばん》を取り出すと、信三は珠《たま》を弾《はじ》き始めた。商人が懐に呑むのは匕首《あいくち》ではなく、勘定のための小さな道具だ。

滑らかに動いていた指を止め、信三が顔を上げた。

「倍までは行きませんが、五割がたは増えるかと思います」

「そうか、おれは少なくとも六割増えると見たが、五割増しで抑えられるか」

「はい、十分かと」

「わかった。おれから大坂の出店に指図しておくから、おまえは、大坂で別の船に乗り換えて、江戸まで戻ってこい。その手配もしておく。ただ、このことは決して口外するな。松吉にもだ。嵯波での言動には細心の用心をしろ」

算盤を仕舞い、信三は僅かに眉を寄せた。

「心得ました。けれど、その成り行きですと、一番船は、空のまま大坂から嵯波に引き返させるというわけでございますか」

「いや、そのまま、江戸に向かわせる」

信三が目を見張る。

「それは……囮《おとり》として使うと?」

「有り体《てい》に言えば、そうなるな」

「旦那さまは、一番船と同じことが起こるかもしれないとお考えなのですか」

「わからん。おれに言えるのは、起こらぬとは断言できないと、それだけだ」

「しかし、それでは、万が一、同じ変事が出来したとしたら、どうなります。つまり、あの、再び船一艘が消えてしまう恐れが出てくるわけで。そうなると、あまりに剣呑《けんのん》ではありませんか。空船とはいえ水夫たちは乗っているわけですし……」

清之介は慌てる信三を見やり、微《かす》かに笑んだ。

「おまえはさっき、江戸湊まで荷と共に戻ると言ったぞ。剣呑さは同じだろう。いや、本物の紅餅が載っている分だけ剣呑さは増すかもしれない。それを承知で船に乗り込む覚悟をしたわけだろう。なのに、囮船の危うさには拘《こだわ》るのか」

信三の唇がもぞりと動いた。頰に赤みが戻ってくる。

「わたしは遠野屋の番頭です。店の荷があるのなら船であろうと荷車であろうと付いてまいります。それが仕事ですから」

「仕事か……。ならば水夫たちも同じだ。仕事として囮役を引き受けている」

信三は顎を引き、口元を引き締めた。その表情で小さく合点する。

「おまえは『遠野屋』の番頭として、嵯波での荷積みと大坂での積み替えの全てを差配してくれ。大坂で人足《にんそく》が足らねば急ぎ雇え。速やかに済ませろ。掛かりについての考慮は一切、無用だ。その代わり万事遺漏のないように目を配ってくれ」

「畏まりました」

「おまえの言う通り、この仕事はどう動いても危殆《きたい》が伴う。何より、この荷まで届かないとなれば、遠野屋の商いに差し障《さわ》りが出てくるのは明らかだ。だからこそ、他の者には任せられない。ただ、おまえたちの身に危害が及ばぬよう万全の手立てを講じる。そこは信じてもらいたい」

「わたしは」と、信三は声を潜めた。ほとんど囁《ささや》きに近い。

「旦那さまを疑《うたご》うたことなど一度もありません。けれど、旦那さまのお考えを察せられないことは、あります。かなり……あります」

身動《みじろ》ぎし、声をやや大きくする。

「以前は察せられないまま、旦那さまのお言葉通りに動いておりました。そうすれば間違いないと安心できましたので。でも、それでは駄目だとやっと思い至ったのです。何も考えず言われるがまま動いているだけでは、いつまで経《た》っても本物の遠野屋の番頭にはなれないと気付きました。なので、お尋ねすべきと思うたことは、お尋ねいたしました。そして、旦那さまからお答えをいただきました。これで納得の上で動けます。ただ一つ、大坂からは、わたしも陸路を行くことをお許しください。荷が江戸に着くまでを見届けるのが役目かと存じますので」

信三は手をつき、頭を下げた。

「わかった。しかし、無理はするな。先に言ったことと矛盾するが、少しでも身に危うさを感じることがあれば荷に拘《こだわ》るな。捨てて逃げろ。惜しむのは自分の命だけでいい」

「はい。命を捨ててまで、守らねばならないものなどそうそうないと、わたしにもわかっております。かつ、わたしが生きて励めば、紅の荷よりずっと遠野屋のためになると自惚《うぬぼ》れでなく思うておりますので」

信三が笑う。余裕さえ感じさせる笑みだった。

「それに、旦那さまは万全の手立てを打つとお約束くださいました。わたしどもが命を危うくする見込みは、万に一つもないと存じます」

清之介は奥歯を噛《か》み締めた。そうしないと、呻きが零《こぼ》れそうだったのだ。

「信三、頼む」

呻きを呑み下《くだ》し、清之介も頭《こうべ》を垂れる。

「だ、旦那さま、そんな真似《まね》はおよしください。さっき、他の者には任せられない仕事だと仰ってくださいました。これほど誇らしいことはございません」

一礼すると、信三は足早に去って行った。いつもより間の短い足音は、急ぐ心の表れだろう。仕事に段取りをつけ、旅の用意を整え、心構えを整える。そのための刻《とき》は一日もない。

清之介は座ったまま、去った奉公人とは別の名を呼んだ。

「まれ吉《きち》」

隣室の襖《ふすま》が開いて、中肉中背、丸顔の男が「へえ」と返事をした。目も鼻も口も丸い顔の中にちまちまと収まっている。余程のことがない限り誰の覚えにも残らない、いたって凡庸な顔つきだ。難なく人混みに溶け、紛《まぎ》れ、己を消し去れる。それが、この男の武器だった。

「嵯波の水夫の件、どうだ」

「へえ。清弥《せいや》さま……いえ、あの、えっと、旦那さまからの御文を出しとりますで、お指図の通りに動くのに違いねえですが。まだ、返事は来ませんけんど、みな、旦那さまのお役に立てるて喜んどるに相違ありません」

「そうだといいが……」

「ええっ」

まれ吉が頓狂な声を上げる。癖なのか、わざとなのか、驚きやすい性質《たち》なのか、まれ吉はしょっちゅう、こんな声を出し、目を丸くする。

「だ、旦那さまは、わしたちを疑うておられるんですかいの」

にじり寄ると、まれ吉は清之介の袖を摑んだ。一分の殺気もない。だから、好きなようにさせておく。

「わ、わしらは旦那さまに仕えておるつもりです。お手当もきちんといただいて、そいで、そいで……わしらは暮らしが立つようになって、源庵《げんあん》さまが亡くなって、みんな、ばらばらになっても旦那さまがわしらを雇うてくださるとわかって、戻ってきた仲間がおります。か、かなりの数、おりますで。『遠野屋』の出店で雇うてもろうた者も、紅花農家に婿に入った者もおります。みんな……旦那さまのおかげで……人らしく暮らせるのも、みんな旦那さまのおかげで、そこんとこ、みな、ようわかっとります。ほんに、ありがたいと……ううっ」

「まれ吉、止《や》めろ」

清之介は腕を引き、苦笑した。

「他人《ひと》の袖で涙を拭いたりするな。だいたい、泣くようなことではあるまい」

まれ吉は、影の者の一人だった。影の者とは、清之介の父、嵯波藩の重臣であった宮原中左衛《みやはらちゅうざえ》門忠邦《もんただくに》が作り上げた暗殺者、密偵たちの組だ。その名の通り影に生き、闇に潜む者たちでもあった。忠邦亡き後、居場所を失った影の者を清之介は束ね直した。誰かの権を守るためではなく、権力争いの具にするためでなく、人を殺すためでなく、遠野屋の商いのために使えると踏んだからだ。

嵯波のあちこちに散った者たちから、月に一度、詳しい報告を受け取る。こちらから、調べる事柄を命じることも多々あった。表とは違う裏からの報せは、ときに思わぬ手応えと重みを伴って、商いの力となった。

その仕組みは、まれ吉を手元に置き、頻繁に嵯波の仲間とやりとりをさせることで、より強固に、より確かに、より便利に変わっていった。

清之介の読みは外れなかったのだ。しかし、油断はできない。影の者たちは諸刃《もろは》の剣《つるぎ》に等しい。手軽く扱える代物ではなかった。それを忘れ、使い勝手のいい道具としか見做せなくなれば、必ず痛い目に遭う。美しい翅《はね》を持つ毒蛾《どくが》のようなものだ。迂闊《うかつ》に手を出してはならない。毒蛾には毒蛾なりの心があり、生き方が、使い方がある。

肝に銘じていた。

「水夫として十名、必ず集めてくれ。とりわけ腕の立つ者を、な」

「へ、へい。心得ておりますで。ご安心ください。すぐによいお報せをお持ちしますで。うう、ぐすっ、ぐすっ」

まれ吉が鼻水をすすり上げる。

清之介は立ち上がり、廊下に出た。

迷いが身の内を巡る。

これでよかったのかと己に問うて、唇を噛む。

万全の手立てを講じる。そう約束した。その約束を信三は微塵《みじん》も疑っていない。

旦那さまを疑うたことなど一度もありません。

わたしどもが命を危うくする見込みは、万に一つもないと存じます。

あれだけの信に、おれは応えられるのか。

江戸、嵯波、大坂、桑名……。頭の中で、信三に伝えた計画を思い返してみる。清之介なりに考え抜き、練り直し、組み立てたものだ。

しかし、どこにも綻びがないと言い切れるか。

信三や水夫たち。危うさを承知で船に乗り込んでくれる者たちを本当に守り切れるのか。

正体の知れない敵に怯え、成算の定かでない賭けに出ようとしているのではないか。

さらに強く唇を噛めば、血の味が薄く広がった。

この期に及んで迷うか。

胸の内がざわつく。気配を感じる。獰猛《どうもう》で容赦ない気配だ。

背後で、まれ吉が嚏《くしゃみ》の音を立てる。ぐすぐすと鼻汁をすする。

まれ吉ではない。現《うつつ》の、今ここにある気配ではなかった。清之介の勘に引っ掛かった気だ。このまま手を拱いて、静観していてはならない。反撃せねば、殺《や》られる。理屈でなく察した。一閃《いっせん》する刃《やいば》を避《よ》け、攻撃に転じる。その時機を逸してはならない。己の身であれば、観念もする。刃を交える戦いは、弱くとも、隙を作っても、不運であっても命を落とす。そこまでだったと諦めるしかないのだ。しかし、『遠野屋』を賭けての争いならば、敗れるわけにはいかない。

なんとしても守り通す。敵を炙《あぶ》り出し、潰す。

だから、迷いも躊躇いも無用。

「まれ吉」

「へ、へい」

「水夫の件、急げ。名はむろん、体軀《たいく》、歳《とし》、得物《えもの》、その性質。できる限り詳しく書き表せ」

「わ、わかりました。源庵さまの許《もと》で育てられた男たちで、みな、よう知っております。せ、清弥さま、あ、じゃのうて、えっと、あの旦那さまのお望み通りの者が揃《そろ》いますで」

まれ吉は這《は》いつくばるような恰好《かっこう》で、平伏した。

血の味のする唾《つば》を呑み込み、清之介は束の間、目を閉じた。


「おまえさん」

一声と共に、背中を強く叩《たた》かれた。

背骨に響くほどの強さだ。

「うっ、痛《いて》え。おふじ、何をしやがんだ。いきなり亭主をど突くたぁ、どういう料簡《りょうけん》だ」

思いっきり顔を歪め、女房を睨《にら》む。当のおふじは、小上がりの框《かまち》に腰を下ろしている亭主を睨み返している。袂《たもと》を白い襷《たすき》で括《くく》り、はたきを持ち、藍色の前掛けを緩みなく締めていた。『梅屋』

の大黒柱、働き者の女将《おかみ》そのものの姿だ。

こりゃあ、どうにも太刀《たち》打《う》ちできねえや。

伊佐治は胸の内で呟き、横を向いた。

「いきなりだって？　笑わせるんじゃないよ。さっきから、ずっと呼んでるじゃないか」

「え？　あ、そうか」

「都合、五、六回は呼んだよ。なのに生返事さえしないから、ちょいと小突いただけじゃないか。それを何だい。いきなりだの、料簡だのを持ち出して」

「あぁ、わかったわかった。つい、思案に暮れててな」

「何の思案だよ。また、死体だの下手人《げしゅにん》だの血腥《ちなまぐさ》い思案かい。うちは、料理屋なんだからね。変な臭いを振りまかないでおくれよ」

「馬鹿野郎。お頭《つむ》で考えてることに臭いなんかあるかよ」

「そうだねえ、臭くはないかね。鬱陶《うっとう》しいことこの上ないけどさ。さっ、もう夕方のお客が来るころだ。辛気臭い顔の爺《じい》さんに居座られてちゃ、商売あがったりになっちまう。店を手伝う気がないなら、どっかに行っておくれ」

おふじは伊佐治に向かい、はたきを振った。

「ほらほら、邪魔だよ」

「おふじ、この野郎。亭主を何だと思ってんだ」

「今は、辛気臭い爺さんでしかないね」

そこで、おふじは、ふうっと音を立てて長い息を漏らした。

「なんだってんだ。わざとらしく、ため息なんぞ吐きやがって」

「おまえさんの真似をしてんだよ。まったくね、気が付いてもいないのかい。朝から、ふぅはぁふぅはぁ、何度やったら気が済むのさ。やれやれ、どうしたわけか家でおとなしくしてると思ったら、こんなにぐたぐたになっちまってねえ。使い古した下穿《したば》きでも、もうちょい、しゃんとしてるよ。ねえ、おけい」

「ぷふっ」。上がり框を拭いていた、おけいが返事の代わりに噴き出す。笑い上戸で朗らかな嫁は、けらけらと遠慮のない笑い声を立てた。

「もう、おっかさんたら。譬《たと》えに下穿きなんか出さないでよ。でも、おかしいね。あははは」

「ほらほら、笑ってないで暖簾《のれん》を出しておくれ」

「はーい、わかりました。新調したばかりの暖簾だもの目立つよ、おっかさん」

「そうかい。どれどれ……。あぁ、いいねえ。紺地に白く梅の花を散らすなんて、粋じゃないか。思い切って新しくして、よかったよ。これで、ますます繁盛間違いなしさ」

女たちの姦《かしま》しいけれど生き生きしたやりとりを聞きながら、伊佐治は腰を上げた。

「おい、魚の下拵《したごしら》え、手伝うぜ」

袖を括り、前掛けを締めながら息子の太助に声を掛ける。鰤《ぶり》をさばいていた太助は顔を上げ、

「えっ」と小さく叫んだ。それから、曖昧《あいまい》にかぶりを振る。

「え、いや、いいよ。もう、あらかた済んじまったし」

「今日の品書きは何だ」

「あ、えっと、鰤大根と牛蒡《ごぼう》の大根巻だけど。鰤と大根のいいのが手に入ったんで。あ、けど、だいたいはできてんだ。これは、活《い》きがいいから刺身にしようかと思ってて……」

おふじの血を引いているとは信じられないほど口下手な太助は父親相手でも、ぼそぼそとしかしゃべらない。

「刺身か。じゃあ、敷きヅマがいるな。おれが拵えようか。この大根を使えばいいか」

「えっ、けど、まずは桂《かつら》剝《む》きにしなくちゃならないし……」

包丁を握り、伊佐治は息子を睨んだ。

「わかってらぁ、それくれえ。おまえ、親父《おやじ》を馬鹿にしてるのか。これでも料理人の端くれにいたんだ。桂剝きなんざ、目を瞑《つむ》っててもできるさ」

「目を開けてやってくれよ」

太助が肩を窄《すぼ》め、くすりと笑う。

「でも、たまには親父と並んで包丁を使うのも悪くないな」

「まあな」

「たまにで、いいけどな」

「そりゃあ、どういう意味だ?」

当てにはしていないという意味だろう。いつなんどき飛び出していくか、帰ってくるか見当のつかない者を頼りにできるはずもない。それに、料理人としての太助の腕は伊佐治より遥《はる》かに上だ。

何より料理に明け暮れる日々を心から楽しんでいる。そんな太助の料理に惹《ひ》かれ、嬉々《きき》として『梅屋』を訪れる客がいる。

伊佐治には成し得なかったことだ。

「おっ、さすがに上手《うま》いな。包丁の使い方、忘れてないんだ」

珍しく太助が冗談を言う。いや、太助の気性からすれば、本気で口にしたのかもしれない。

「だから、馬鹿にするんじゃねえよ。おれだって、それなりに修業はしてきたんだ。ずいぶんと昔のことじゃあるけどな」

そういうところがあった。おふじと一緒になり、義父《ちち》から『梅屋』を受け継ぎ、一生、料理人として生きるのだと信じていたころだ。それが幸せなのだと疑いもしなかった。

包丁を握り、仕事に精を出し、子を育て、いっぱしの料理人になった息子と並んで俎板《まないた》台の前に立つ。老いて全てを譲り、貧しいけれど穏やかな余生を過ごす。

絵に描いたような幸せだ。静かに変わらず過ぎていく一日一日がどれほど貴いかも、望んで手に入れられるものではないとも知っている。なのに……。

そうだ、おれは幸せ者なんだ。

そう自分に言い聞かせるたびに、伊佐治は落ち着かなくなるのだ。どうしてだか、迷い子のような心細さを覚える。たぶん、浮かんでこないからだろう。料理人であり続ける自分が、穏やかに老いていく自分が、何事もなく暮れていく一日をありがたいと手を合わせる自分が、まるで見えてこないのだ。その代わりのように、殺された男の横顔だの、黒く変わり腥さを増していく血の溜《た》まりだの、筵《むしろ》から覗いた足裏だのが眼裏《まなうら》を過《よぎ》ったりする。

全く、どうしてこう因果な男になっちまったのか。

漏れそうになったため息を呑み込んだとき、おふじの弾《はず》んだ声が聞こえた。

「まあ、遠野屋の旦那じゃありませんか」

え、遠野屋さん？

ぽたっ。帯のように長く、透けて見えるほど薄く剝けていた大根が切れて、落ちた。

包丁を置き、袖を解《ほど》く。

「遠野屋さん」

「あ、これは親分さん。おいでだったのですか」

遠野屋清之介が真顔を伊佐治に向けてきた。

「まさか、親分さんの料理人姿を目にできるとは思ってもいませんでした」

「まっ、遠野屋さん、そんなに驚かないでくださいな」

おふじが苦笑する。

「これでも一応は、『梅屋』の主ですからね。店にいることだって稀《まれ》にはありますよ。ほんと稀、ですけどねえ。でも、ほら、雁《がん》や燕《つばめ》だって毎年、間違えずに戻ってきますからね。六間堀町の三味線《しゃみせん》のお師匠さんが飼っていた猫は、ふいっと出て行って四月《よつき》も経ったころ、またふいっと帰ってきたって聞きましたしね」

「おい、いい加減にしやがれ。亭主を鳥や猫と一緒くたにするんじゃねえぜ」

「はいはい、わかってますよ。おまえさんは正真正銘の人間さまですからね」

口元を綻ばせたおふじから、遠野屋に視線を移す。

「遠野屋さん、驚いたってことは、あっしに用があったってわけじゃねえんで?」

遠野屋が驚いたとは思わないが、伊佐治を見て意外そうだったのは確かだ。つまり、森下町から尾上町まで来たのは、伊佐治に逢うためではないのだ。

「あ、はい。何だか急に、太助さんの料理が食べたくて我慢できない心持ちになってしまって。『梅屋』で夕餉《ゆうげ》をいただくつもりで参りました」

「あらまぁ」

おふじの表情が晴れやかになる。それだけで、二つ、三つは若返って見えた。

「ほんとですか。遠野屋の旦那がわざわざ来てくださるなんて、嬉《うれ》しいねえ。あら、でも、今日の品書きは……鰤大根だったよね、おけい」

「はい。鰤大根。牛蒡の大根巻。お刺身と蜆汁《しじみじる》です」

おけいがはきはきと答える。おふじが眉を顰《ひそ》めた。

「そんなもので、よろしいですかね。遠野屋さんのお口に合うかしら」

「十分です。よい香りもして空腹が一段と募ります。お膳をお願いできますか」

「もちろん。あ、お酒も付けましょうね」

「ありがたいです。それで、もしよろしければ親分さん、ご一緒していただけますか」

「あ、へえ。けど、遠野屋さん、そんな気を遣わねえでくだせえ」

手を左右に動かす。もしかしたら、遠野屋は一人になりたいのではと考えたのだ。でなければ、家の内で夕餉を済ますだろう。飯を食べながら一人で思案する刻《とき》が欲しいなら、同座など野暮なだけだ。しかし、遠野屋は生真面目な表情でかぶりを振った。

「もし、親分さんさえよければ、是非に」

伊佐治は僅かに顎を引いた。遠野屋の眼の中で一瞬、何かが揺れた気がしたのだ。その何かが何なのか、はっきりとはわからない。

焦燥、惑い、迷い……どれも違うようで、どれもが綯《な》い交《ま》ぜになっているようだ。遠野屋が寸の間と言え、こんな眼つきを見せるとは思いもしなかった。

「わかりやした。じゃあ、お言葉に甘えて、お相手させてもらいやすよ。おふじ、おれの膳にも酒を付けてくれ」

「あいよ」

上がり小間《こま》は衝立《ついたて》で仕切っただけの、文字通りの小さな座敷だ。膳が運ばれてくる間にも客が次々にやってきて、店の内は賑やかになる。

「相変わらずの繁盛ぶりですね」

「へえ、ありがてえことに、あっしが包丁を握っていたときとは雲泥の差でやすよ」

銚子《ちょうし》を取り上げ、遠野屋の盃《さかずき》に酒を注《つ》ぐ。その酒はもちろん、遠野屋から注がれた酒からも芳醇《ほうじゅん》な香りが立ち上《のぼ》ってきた。『梅屋』では滅多に出さない諸白《もろはく》の香りだ。

頰のあたりがむずむずする。

「どうしました？　何がおかしいのです」

遠野屋が盃を手に首を傾《かし》げた。

「いや、おふじのやつが妙に張り切っているんで、笑いそうになりやしたよ。あいつ、遠野屋さんが来てくれたものだから、ちょいと浮かれてやすね」

「わたしも浮かれますよ。この料理にこの酒。極楽だ」

「そうでやすか」

盃を置き、今度は伊佐治が首を傾けた。

「浮かれているようには見えやせんぜ、遠野屋さん」

遠野屋も盃を下ろし、伊佐治を見詰めてくる。

「では、どんな風に親分さんの目には映っておりますか」

少し笑んで、遠野屋は眼差《まなざ》しを緩めた。

「はい、おまちどおさま。これは、あたしからの気持ちですよ」

おふじが軽やかな足取りで酒と肴《さかな》を運んできた。小鉢と銚子を遠野屋の膳に並べる。

伊佐治が言い淀《よど》み、膳に目を落としたとき、

「ほう、これは豆腐ですか」

「ええ、煮やっこです。見た目よりもお味がしっかりしてましてね、酒の当てに意外なほど合うんですよ。ささっ、召し上がってくださいな。お酒、お注ぎしてもよろしいですか」

「『梅屋』の女将さんにお酌をしてもらえるとは、果報ですね」

「もう、遠野屋さんたら。ほんと口がお上手なんだから」

おふじが笑い声を響かせる。これは、かなりの浮かれようだ。

おい、いい加減にしとけよ。

顔つきだけで伝えたけれど、知らぬ振りをされた。おふじは昔から遠野屋の主を好いている。男だ女だという好き方ではなく、遠野屋の立ち居振る舞いの優雅さと為人《ひととなり》がいたく気に入っているのだ。倅《せがれ》と同じ歳ごろの男が一角《ひとかど》の商人となり、店を大きく強く育てている。その姿にほれぼれとしている風だった。反面、遠野屋清之介の得体のしれない凄《すご》みのようなものを感じ取ってもいた。感じ取れないほど鈍くはない。それでもなのか、だからなのか、遠野屋を相手にしているときのおふじは、いつもより上調子で艶《つや》っぽくなる。

「おい、おふじ。おれの分はどうした？」

「え？　おまえさんの何さ」

「惚《とぼ》けるな。おれには酒も肴もなしかよ」

「あら、これはご無礼を。すっかり忘れておりました。遠野屋さん、すみませんが、もう少し相手をしてやってくださいな。この人、このところやたらため息ばかり吐いて、辛気臭いんですよ。どうせ、どっかの死体のことを考えてんでしょうがねえ。どうして殺されたのか、誰が殺したのかって、ほんと、頭の中身はそんな思案ばっかりで困りものですよ。鬱陶しいかもしれませんが、よろしくお願いしますね」

「おーい、女将」

衝立の向こうで、野太い声がおふじを呼んだ。

「はいはい。すぐに行きますよ」

商い用の愛想笑いを作り、おふじは腰を上げた。

「なんでえ、あいつ。やっぱり調子に乗ってやがる」

愚痴に近い独《ひと》り言だったが、遠野屋は「違うでしょう」と答えた。

「おふじさんは心配しているのですよ」

「心配？　何を……え、あっしのことをでやすか」

「ええ、親分さんがため息を吐いて考え込んでいたとしたら、おふじさんとしては案じもするでしょう。わたしとでも話をして、気分を変えて欲しかったのではありませんか」

「そうですかねえ。そりゃあ、遠野屋さんの考え過ぎじゃねえですか。あっしは別に女房が気に掛けるほど……」

口をつぐむ。「うーん」と、思いも掛けず唸《うな》ってしまった。

「どうやら、女房に気に掛けられるほど思案に沈んでいたようですね」

「……でやすかね」

酒を飲み干す。銚子を持ち上げた遠野屋を身振りで制し、膝に手を置く。息を吸い、吐く。

「へえ、遠野屋さんに偉そうなことを言いやしたが、あっしの方も気に掛かってることがありやしてね。ええ、釣り針を呑み込んだ魚になった気分がするほど、この辺に」

胸から喉《のど》のあたりを手で撫《な》でる。その動きを遠野屋の眼が追った。

「引っ掛かってんでやすよ」

「釣り針とは、何なのです」

何が引っ掛かっているのだと、遠野屋は問うてきた。

もっともな問いだ。しかし、伊佐治は暫く黙り込んだ。

軽はずみな真似をしちまった。

唇を縫い付けたくなる。遠野屋の柔らかな物腰につい、気持ちが緩んでしまった。

こんなこと告げていいものか、どうか。このまま胸に納め、他愛《たわい》ない話に興じ、酒を酌み交わす。

そして、別れる。それが正しいのではないか。

黙したまま、考える。

遠野屋は先を促しも、苛立《いらだ》ちもしなかった。静かに盃を口に運んでいる。

「いや、つまらねえことを言っちまった。遠野屋さんに聞かせる類《たぐい》の話じゃねえんで。申し訳ねえ。忘れてくだせえ」。伊佐治が作り笑いを浮かべ、そう言ったなら、遠野屋はこの静かさのまま
頷くだけだろう。

「美味《うま》い。いやぁ、ここの料理の味を知っちまったら他の店じゃ満足できなくなるな。吉原《よしわら》の花魁《おいらん》とうちの嬶《かかあ》ぐれえの違いがあるぜ」

「あら、棟梁《とうりょう》のお内儀《かみ》さんは評判の別嬪《べっぴん》じゃありませんか。よく言うこと」

「女将の方が、よっぽど別嬪だがな」

「まっ、嬉しいけど、それをお内儀さんの前で言えるんですか。ほほほ」

おふじが朗らかに客をあしらっている。客は馴染《なじ》みの大工の棟梁だ。

伊佐治は顔を上げた。

ここまで来て、引き返すわけにはいくめえよ。

「うちの旦那の笑った顔でやすよ」

遠野屋の手が止まった。表情は変わらない。酒と料理を堪能している顔つきのまま、穏やかで落ち着いている。

「木暮さまの笑い顔、ですか。それは少し用心がいるかもしれませんね」

「かなりいりやすね。ただ、もうちょっと前のところから話をしなきゃなりやせん。旦那絡みでやすからね、どう転んでも楽しい話にゃなりやせんが」

遠野屋の膝の先が指物膳《さしものぜん》に当たり、器が揺れた。

「聞いてよい話なら、是非に聞かせていただきたいですが。むろん、他言はいたしません」

「へえ、そこんとこに懸念はありやせんよ」

遠野屋の口堅さを疑ったことはない。疑う余地はどこにもなかった。決して口外してくれるなと頼めば、一言も漏らさぬまま彼岸まで持っていく。そういう相手だと心得ている。だから、岡っ引として見聞きした事柄を伝えてきたし、今も伝えて差し支えないはずだ。ただ、微かな躊躇いがあった。信次郎のことを遠野屋に告げる。避けた方がいいのではないか。逆もまた……。そんな躊躇いに伊佐治は黙した。

うちの旦那の話を、わざわざ遠野屋さんに聞かせるか?

むしろ、できる限り遠ざけておくべきなのではないか。結び目を解いていくべきではないのか。

その問いに、もちろんそうだと己が答える。そのくせ、無駄だとの声も聞く。

無駄だ、無駄だ。おれがどう足掻《あが》こうと、旦那と遠野屋さんは絡まり合っちまうんだ。絡まり合って文様を作るのか、溶け合うのか、互いに千切れ、さらに切れ切れになりどこかに消えてしまうのか。とんと見当がつかない。

自分の主とこの商人の関わりをどうこうする力などない。このところ、伊佐治は半ば諦めの心境に陥ることが多々あった。

信次郎も遠野屋も、それぞれに類稀な才を持つ。ただ、それが世のため人のためになる、まっとうな才だとは言い切れない。遠野屋はともかく信次郎のそれは、確かに稀代《きたい》ではあるが誰かの、何かの幸せや安穏、利得に繋がるかどうか甚だ怪しいのだ。しかし、どんなものであっても才は才。自分が欠片《かけら》も持たない力を二人が具えているのは事実だ。

伊佐治は自分の凡庸さをよく解していた。凡庸である自分を受け入れていた。『梅屋』の面々にはたっぷり迷惑をかけもするが、そこに目を瞑れば、今の己に満足しているのだ。変わりたいとは微塵も望まない。そして、凡庸だからこそ、できる役目もある。木暮信次郎と遠野屋清之介の間に割って入るのは自分の役目の一つだと、伊佐治は思っていた。そして、役目を果たそうとしてきた。胸を張れるほどではないが、それでも何とか成してきたはずだ。少なくとも二人の男はまだ、生きている。これから先は見通せないが。

「親分さん、どうぞ」

遠野屋が銚子を持ち上げる。とっさに盃を差し出していた。

「以前、昼酒はひどく酔うと仰っていましたが、この刻《こく》なら大丈夫なのですね」

「あ、へい。昼八つも過ぎたあたりから平気になりやす。かといって、夜になったら無性に飲みてえってわけでもねえんで。根っからの酒好きじゃねえんでしょうね。遠野屋さんは、かなりいける口でやすね」

「飲めば飲めるというほどのものです。一人酒はめったにいたしませんね。ただ、今日の酒は掛値なしに美味い。太助さんの料理が美味いからでしょうが、幾らでも食べて、飲める気がしますよ。このままだと、帰りは駕籠《かご》を呼んでいただく羽目になるかもしれません。歩くには、足元が些か覚《おぼ》束《つか》なくなる気がします」

「それは、あり得ねえでしょう」

ほろっと本音が零れた。「ご心配、いりやせん。駕籠ぐれえ、いつでも呼べやすよ」と同調することができなかった。

遠野屋が歩くのもままならないほど酔うなど、とうてい考えられない。そこまで自分を緩められるなら、もっと違う生き方があっただろう。

いけねえ。何を考えてんだ。頭がとっ散らかっちまってるじゃねえか。酔いが回ってきたのは、こっちかよ。

「親分さん、木暮さまがお笑いになったのは、わたしに関わることで、ですか」

一足、遠野屋が踏み込んできた。踏み込んでくると感じていた。

「さいです」

はっきりと答えた。遠野屋に纏わる話の後、信次郎は薄く笑ったのだ。

「いや、その前に死体の話をしやすよ。男の死体でやす。この前、遠野屋さんにお邪魔したときです。突然に、押しかけて厄介かけた日でやすがね」

「厄介をかけられた覚えはありませんよ。あの日、源蔵さんが呼びに来て、弥勒寺と武家屋敷の間の路地で男が殺されていると告げたのですね。それで、親分さんは急ぎ、向かわれた」

「さいでやす。さすがに覚えがようござんすね」

薄暗い路地に血の臭いをさせて事切れていた男、白い足裏、そこに付いていた松の葉、匕首らしき傷痕、「親分、この男、町人じゃねえぜ」。信次郎の一言。

遠野屋は身動ぎもせず耳を傾けていた。

「で、あっしとしちゃあ、まずは死体の身許《みもと》を探らなきゃなりやせん。武家の出だろうって旦那の見立てが当たっていたとしても、まぁ十中八九、当たってんでしょうが、あっしの縄張りの内で町人の形《なり》をして死んでたのは事実でやすからね。じゃあ、こちらが手を出す一件じゃありやせんねと引っ込むわけにはいかねえんですよ」

「ええ、親分さんの気性からすればそうでしょう。曖昧《あいまい》なまま放っておくことなど、できない。木暮さまとすれば、百も承知なはずです」

「へえ。武士であろうと町人であろうと、仏さんが亡くなる前まで、あの形でいたのは確かでやす。身体《からだ》の傷と着ていたものの傷がぴたりと合ってやしたからね。とすれば、身分がどうあろうと、町人姿で動き回っていたのは間違いねえ。つまり、町人として振る舞っていたと考えるのが筋でやしよ。で、弥勒寺のあたりを軸にして手下《てか》に探させたんでやす。着物の柄、背丈や横幅、顔の様子を詳しく記して聞き込みをさせやした」

口の中が乾く。酒より熱い茶を飲みたい。

「しかし、目ぼしい手掛かりは出てきやせんでした」

数日、手下を走り回らせたが、獲物をくわえて戻ってきた者はいなかった。

「そのことを旦那に報せに行きやした。獲物があればもちろん、ないならないと伝えなきゃなりやせんからね。まぁ気は重かったけど仕方ありやせんよ」

八丁堀の屋敷に出向き、全てを告げる。全てといっても中身はほとんど何もなかった。

「けっこう目立つと思ってたんでやすがねえ」

語り終えて、吐息を漏らす。木暮家の屋敷は静まり返り、人どころか生き物の気配はどこにもない。ここに来ると伊佐治はいつも、自分が人でない何か、一本の柱とか縁の欠けた茶碗《ちゃわん》とか沓脱石《くつぬぎいし》の上で裏返っている草履《ぞうり》とか、そんな命を宿さない物に変じる気がした。ほんの一時で消えはする気分ではあるが、あまり心地よくはない。

「目立つ？　あの死体がかい」

「へえ。日に焼け込んでたし、顔立ちも悪くはねえ。飲み屋や女郎宿《じょろうやど》の女たちが袖を引きてえ類の男だと踏んだんでやすが。酒の匂いもさせてやしたし」

「なるほど、一理あるな。喧嘩《けんか》のごたごたから女に目の付け所を変えたってわけか」

信次郎が何度か頷く。機嫌は悪くない。

つまり、旦那は行き詰まってねえんだ。

信次郎が袋小路《こうじ》に入り込み、進む道を見失う。そんな場面に出くわしたことはない。出くわすとも思えない。一度ぐらいは目にしたいと、心密《ひそ》かに願ってはいる。

「けど、結局、何にも出てきやせんでした。あっしが飲み屋界隈《かいわい》に拘り過ぎて嗅ぎ回らせたのが、しくじりの因《もと》でやすかね。だとしたら、他に、どこを探せばいいのか、手下をどう動かせばいいのか、お指図いただけやすか」

そうさなぁと、信次郎は間延びした口調で答えた。

「そうさなぁ。暫くは休ませてやればどうだ」

「へ？　誰を休ませるんで」

「手下たちさ。この寒いのに、風の中を駆け回ってたんだろう。ご苦労なこった。この先、どう嗅ぎ回っても手応えはねえだろうし、元気の出しようがねえよな。連中、しょぼくれてんじゃないのか。ちょいと景気付けてやんなよ」

そう言って、信次郎は藤色の小さな布袋を伊佐治の膝元に投げた。音から、中身が銭金だと察せられた。

「それで、美味いものでも食わしてやんな。『梅屋』で振る舞ってやればいい」

「ありがてえ話でやすが、一休みした後はどうしたらよござんすかね。仏の身許がさっぱりなんです。しょぼくれてばかりもいられやせんし、美味いものを食ってお終《しま》いにもできやせん」

少し苛立つ。その苛立ちを隠しもせず物言いに滲《にじ》ませ、伊佐治は袋を手のひらに載せた。

「うむ、同じことをしてもらおうか」

「同じと、言いやすと?」

「飲み屋界隈に拘って、嗅ぎ回らせるのさ。ああ、けど、人は減らして構わねえよ。今の半分の人数で十分さ」

手の上の袋は、ずしりと重い。

「何に十分なんでやすかね」

打てる手は全て打った。手下たちは、それぞれに為すべきことを心得て動いた。それでも、何も出てこなかった。仏の足取りは摑めず、生きていたころの跡はどこにも見当たらない。そこを承知で、探索を続けろと命じる。

主の心内が読み取れない。もっとも、読み取れたことなど滅多にないのだが。

目を狭め、主を見やる。揺さぶるぐらいは、させてもらおうか。

「旦那、やけに悠々としてやすね」

「そういう風に見えるかい」

「見えやすよ。どういうこってす。あの仏さんの正体に見当がついてるんで?」

「いいや。ただ、親分の眼力《がんりき》に感心してるだけさ」

「何のこってす?」

我知らず眉を顰めていた。

「化けていようが成り済ましていようが、人はその形に合わせて動くってやつだ。的を射てるじゃねえか。あの仏が武士だとしても、その形に合った動きをする。だから、町人の出入りする飲み屋を探った。うん、さすがの目の付け所だ」

「そりゃあ、どうも……。けど、結局、蟻《あり》の子一匹引きずり出せなかったわけでやすからね。得意になって胸を張るわけにはいきやせんや」

信次郎は皮肉を言ったわけではない。本気で伊佐治を称《たた》えたわけでもない。そこまではわかる。その先がわからない。

皮肉でも称賛でもない言葉の真意は、どこにある？

「なぜ、引きずり出せなかった？　親分はもとより手下たちだって猟犬並みに鼻が利くじゃねえか。なのに、蟻の子ほどの獲物もなかった。なぜだ？」

「そりゃあ……あっしの見立てが間違ってたってこってしょ。見当違いの藪を突っついても獲物は捕らえられやせんからね。じゃあ、どこの藪を突《つつ》けばよかったのか。あっしには、皆目、見当がつきやせん。それこそ藪の中でさぁ」

「上手いことを言うな」

くすっ。信次郎が笑った。楽しげだ。苛立ちが膨れ上がる。伊佐治はこぶしを握った。

「旦那！　いいかげんにしてくだせえ」

膝を前に出し、にじり寄る。信次郎はまだ笑みを消していない。

揺さぶられているのは、こっちの方かよ。

胸の内で舌打ちをし、居住まいを正す。そのまま、少し後退《あとずさ》る。

「申し訳ありやせん。怒鳴ったりして……つい」

「親分には、しょっちゅう怒鳴られてるぜ。今さら、殊勝に謝るこたぁねえよ」

「旦那に怒鳴った覚えなんざ、とんとありやせんがね。言い掛かりは止《よ》してもらいてぇや。あっしにはさっぱりなことが旦那には見えている。そこの覚えはあり過ぎるぐれえ、ありやす。旦那を急《せ》かしても仕方ねえ、待つしかねえのもわかってやす。けど、手下たちを無駄働きさせるわけにはいきやせんや。あいつらは、あいつらなりに懸命に役を果たしてんだ」

信次郎はわざとらしく眉を顰めた。

「誰が無駄働きをさせると言った」

「旦那じゃねえですか。どう突っついても無駄だとわかってるのに、まだ、飲み屋を当たれたぁどういう料簡なんでやす」

「おれは嗅ぎ回っても手応えはねえと言っただけだ。無駄だと決めつけちゃいねえよ。親分の手下を無駄駒に使うなんて、もったいないことするもんかよ」

「はぁ？　けど、さっき同じことをしろと……」

口を閉じ、唾を呑み込む。

「同じことをしても無駄にならねえと、そういうこってすか」

そういうことなのだろう。

意味がわからない。まるで蒟蒻《こんにゃく》問答のようだ。しかしと、伊佐治は気息《きそく》を整えた。頓珍漢《とんちんかん》な問答に思えるのは自分だけで、師家《しか》である信次郎には道筋は見えている。ただ、まだ語るには至らない。片《へん》が足らないからだ。真実を一幅《いっぷく》の絵として示す。そのための片が足らない。そして、片を信次郎の許に運ぶのが自分の仕事だ。そのための手立ては一つも浮かばないが、浮かばないからこそ、命《めい》を待つ。

「わかりやした。手下を二人ばかり同じようにうろつかせやす。で、あっしと残りの者はどう動きやしょうか。お指図をくだせえ」

「指図か……親分」

「へい」

「おちやはどうしてる?」

前のめりになっていた身体を起こし、伊佐治は口を薄く開けた。

「おちやさんて、遠野屋さんのところの、でやすか」

「そうさ。おちやって名の女はごまんといるだろうが、今のところ、おれが知っているのは森下町の小間物《こまもの》問屋の奉公人、一人だな。親分がどうかは知らねえけどよ」

「あっしも知りやせんよ。けど、どうして、ここで、おちやさんの名が出てくるんです? まるっきり関わりねえじゃねえですか。あっしは、弥勒寺裏の仏さんの話をしてたんですぜ」

伊佐治の詰《なじ》り口調を、信次郎は受け流した。睫《まつ》毛《げ》一本さえ動かさなかった。ただの物音ぐらいにしか聞こえていないのかもしれない。

「遠野屋の内がわさわさしている。親分はそう感じたと言ったよな」

「わさわさかごたごたかしれやせんが、遠野屋さんは、ちょっとした厄介事が持ち上がったと言ってやした。商家《しょうか》に厄介事は付き物で、何事もなく一日が暮れる日の方が珍しいとも、ね」

「ふーん。また上手いこと誤魔化すじゃねえか」

「誤魔化しじゃありやせんよ。もっともな説でやす。商売と厄介事は切っても切れねえ仲でさあ。どんな店だって、何かしらの厄介事を抱えてるもんでやす」

「だろうな。些細《ささい》なものなら日々、湧き出しもしようぜ。けどよ、『遠野屋』の主自らが認めるほどの厄介事となると、何かしらとか、些細なんてところじゃ収まらないと思うがな」

伊佐治は顎を引き、小さく唸った。

その通りだ。客が喧嘩を始めたの、菜売りの老婆が倒れたのと、したり顔にしゃべりはしたが、よくよく考えてみれば、いや、考えるまでもなく『梅屋』と『遠野屋』では店の格がまるで違う。虎と猫ほどにも、鯛《たい》と鰯《いわし》ほどにも違う。『梅屋』なら店内で起こったことごとくがいやでも伝わってくる。が、『遠野屋』であればたいていのことは手代、番頭のあたりで片付けてしまうだろう。清之介の耳に入ったとしても、既に埒《らち》が明いたものとして伝えられるはずだ。番頭では片付けられない、主に直《じか》の差配を仰ぐほどの厄介事となると、相当だ。相当に大きく、手強《てごわ》い。

「けど、やっぱり、関わりありやせんぜ」

と、伊佐治は引いた顎を持ち上げた。

「遠野屋さんの厄介事とやらが、どんなものかあっしには見定められやせん。ええ、もしかしたら、おちやさん絡み、『八代屋』絡みかもしれやせんね。けど、それが何なんでやす？　あの仏とは、全く無縁の話じゃねえですか。それともなんですかい、おちやさんが下手人だなんて言い出すおつもりなんで？　いや、まさかね」

捲《まく》し立てる。息が切れて寸の間、口を閉じた。ちらりと主の面《おもて》を窺ったけれど、むろん何の情も読み取れない。もともと、浮かんでいないのだから、読みも推し量りもできようはずがなかった。気息を整え、続ける。

「へっ、冗談にもなりやせんよ。遠野屋さんとあの仏。どこをどういじったって結び付きゃしやせんぜ。それとも、旦那は結び付くとでも考えてんですか」

思わず知らず、奥歯を嚙み締めていた。

考えているのだ。

信次郎は遠野屋を気に入っている。世間で使う〝気に入っている〟とは、ずれても、異質でもあるけれど気に入っているのは確かだ。狼が兎を好むのに似ているかもしれない。遠野屋を兎に譬えるのは、些か無理があるだろうが。

気に入っている。だからといって、確かな根拠もないまま事件の糸を結び付ける。情に搦《から》め捕られ、思案の先を違《たが》える。そんな愚挙を信次郎が犯すはずがない。犯してくれれば、うちの旦那も人の子だったかと安堵できたかもしれない。

信次郎の頭の中では一切の情は除かれ、考慮だけが巡る。誰よりよく解しているではないか。だとしたら……。

「拠り所は何なんでやす？　旦那が結び付くと考える、その拠り所ってのは何なんですかね。それを教えちゃもらえやせんか」

口の中に唾が湧いてくる。呑み下す。

「もうちょい、待ちな」

返答はそっけなかった。このそっけなさにも慣れている。そのはずなのに、どうしてか苛立ちが募る。伊佐治は僅かに胸を張った。

「どれくれえ待てばいいんですかね。あまり焦《じ》らされると、苛々し過ぎて心《しん》の臓《ぞう》がいかれちまうかもしれやせんぜ。まぁ、ぽっくり逝《い》けるなら、それもよござんすがね」

「親分の心の臓がそう容易《たやす》く壊れるとは思えねえなぁ」

「どうですかね。歳が歳なもんで、あまり雑に扱わないでもらいてえもんだ。旦那みてえに、何を言われても柳に風と受け流せたら楽なんでしょうがね」

口元を曲げ、肩を竦める。これくらいの嫌味では、信次郎のどこにも刺さりはしない。承知している。それでも、一言、投げつけねば気が済まない。そんな、荒《すさ》んだような、陰険な心持ちになっていた。信次郎といると、時折、己の内に淀んでいる醜悪さを目の当《ま》たりにしてしまう。普段、内の内、奥の奥に仕舞い込んでいた醜さだ。

優しいだけの善人じゃ、うちの旦那に太刀打ちできやしねえよ。

自分で自分に言い聞かせたとき、信次郎が口を開いた。

「親分、遠野屋をもうちょい探ってみな。今度は真剣に、だ」

「探るって……何をでやす」

「厄介事の中身さ」

本気で顔を顰めていた。頬のあたりがひくつく。不意を襲われたわけではない。こう、くるだろうと構えはしていた。それでも、口元も目元も歪んでしまう。

「何で、そんなことを探らなきゃならねえんです。言わせてもらいやすが、旦那、鼻を突っ込み過ぎじゃねえですかい。この前から、遠野屋さんの内を探れ探れって、あっしは納得できやせんし、する気もありやせんぜ。まして、遠野屋さんの商いにまで踏み込んで、どうしようってんです。あっしたちが厄介事そのものになっちまいやすよ。そんなの真っ平だ。御免蒙《こうむ》りやす。遠野屋さんとは長《なげ》ぇ付き合いだ。恩もたんとありやす。そういう相手をこそこそ嗅ぎ回るなんて、幾ら旦那のお指図でも従えやせん」

再び、捲し立てる。声を張り上げていないと、渦に吸い込まれそうな気分になっていた。

渦？　何の渦だ？　どこに吸い込まれる？

「こそこそ嗅ぎ回れなんて、一言も言ってねえだろうが。全くよ、年々、思い込みが強くなってんじゃないのか。声もでかくなるし、歳を取ると碌《ろく》なことになんねえな」

耳の穴を小指でほじくり、信次郎が首肯する。

「けどまあ、言い分は承ったぜ。親分は遠野屋に恩を感じている。いろいろと、な。で、義理堅《がて》え性質《たち》なもんで、恩ある相手を探るなんてとんでもねえって、首を横に振ってるわけだな。うんうん、まぁわからねえこともねえ。一理、あるな」

伊佐治は少し腰を浮かす。信次郎に同意されると、なぜか腰が浮くのだ。背筋も冷える。

「だったら、遠野屋に直《じか》に尋ねてみちゃあどうだい」

そこで、信次郎は薄く笑った。

「厄介事ってのは、浦賀の番所あたりに繫がってるのかってな」

かたっ。

遠野屋が盃を置いた。五、六分目、まだ酒が残っている。

「浦賀の番所、木暮さまがそう仰ったのですか」

「へい。言いやした」

伊佐治も盃を伏せた。

もう、酒はいい。寛《くつろ》いで、和やかにやりとりをするのはここまでだ。

正直、ずっと迷っていた。信次郎の言葉の意味が摑めない。唐突に浦賀の番所が出てきたわけも、そこに、遠野屋やおちやがどう関わり合うのかも、まるで摑めない。信次郎は事も無げに、直に尋ねてみればと言い捨てたけれど、躊躇いが先に立ち、森下町に足が向かない。

岡っ引の生き方は性根に染み込んでいるつもりだ。どんな手を使っても、主が望む獲物、事実の一片を狩ってくる。そういう生き方をしてきたし、これからもしていく。

しかし、伊佐治は自分が解してもいないあやふやな問いを遠野屋にだけは、ぶつけたくなかった。向き合うなら隠し立てなく、本音でやりあいたい。そういう方法しか、この商人には通用しない。通用しないやり方で何を探ろうと、無駄でしかないだろう。伊佐治なりに思案し、思案は躊躇いを生み、躊躇いは動きを鈍らせた。

だから、このところ『梅屋』にこもっている。天の神とやらはひねくれているのか、あれほど忙しく、江戸を駆け回っていた日々が嘘《うそ》のように、ここ数日は、さしたる事件も起きず、穏やかに刻が流れていた。何もかもを忘れさせてくれるまで、のめり込む。そういう仕事が途切れてしまったのだ。勢い、ため息を吐いて物思いに沈み込むことが多くなり、おふじに鬱陶しがられている。

が、どうやら、それも今日で終わりらしい。

遠野屋の眼差しが横に流れ、誰もいない壁の隅に注がれる。

「なぜ」

呟きが漏れた。呻きに近く、掠《かす》れて低い。

「なぜ、木暮さまは、そのようなことを……」

伊佐治は膝に手を置いた姿勢で、若い商人を見詰める。

動悸《どうき》がした。鼓動が強くなり、心の臓がせり上がってきそうだ。

繋がっているのか？

耳奥に血の流れる音が聞こえる。どっどっと物騒な足音に似て、響く。

「遠野屋さん、あの、何度も言いやすが、あっしには旦那の言ってることがまるでわかりやせん。いつものことじゃありやすが、今回はさらに、さっぱりでさぁ」

少し戯《おど》け口調で告げる。不意に張り詰めた場の気配を緩めなければ、そう感じたのだ。遠野屋は応じなかった。盃を取り上げ、中身を飲み干す。「なぜ」とまた、呟いた。

「なぜ、わかった」と呟きは続いた。

繋がっているのだ。

伊佐治は息を呑む。酒の酔いも料理の味もとっくに消えていた。

おちや、井平、八代屋、弥勒寺裏の路地、そこに転がっていた死体、遠野屋、厄介事、浦賀の番所、そして、主のあの薄笑い。

数珠《じゅず》のように珠一つ一つが糸で繋がれ、連なっている。では、では……。

動悸は収まらない。本当にこのままでは、心の臓が持たないのではないか。

では、糸とは何になる。まるで結び付かない人や出来事を繋いでいく糸とは、何なのだ。

それを突き止める。伊佐治、おめえは岡っ引なんだぜ。

己の声に己が頷き、動悸が和らいでいく。

「遠野屋さん、話してもらえますかね」

努めて静かに、語り掛けた。

「遠野屋さんが『梅屋』に来られたのも、落ち着きたかったからじゃありやせんか。あっしが言うのも何ですが太助の美味い飯でも食って、気持ちを休めたかった。違いやすかね」

美味い料理も酒も過ぎなければ、人の心を慰める。舌と心はわりに密なのだ。悲しみに暮れていても、災厄に打ちひしがれていても、口に入れた食べ物なり飲み物を美味いと感じられるなら、その者は必ず立ち上がれる。歩み出せる。だからつまり、岡っ引より料理人の方が百倍もまっとうな生き方なのだ。よくよく承知している。

ただ、遠野屋が乱した心を静めたくて『梅屋』を訪れたことは、これまで一度もなかった。義母のおしのや、娘のおこま、奉公人のおみつやおうのを伴って料理を楽しむためなら、何度も足を運んではくれたが。

「そこのとこと、旦那の言ってることってのは重なっているんで」

バキッ。異様な音がした。寸の間だが、伊佐治は身を竦めた。

「遠野屋さん」

遠野屋の手の中で盃が砕けていた。破片が床に転がる。

「と、遠野屋さん。いけやせんぜ。怪我《けが》をしちまう。あ、血が」

細い血の筋が遠野屋の手首を伝った。

慌てて、手拭いを取り出したけれど、遠野屋は見向きもしなかった。

「大事な盃を壊してしまいました。弁償せねば」

「は？　あ、いや、構やしませんよ。てえした器じゃありやせん。遠野屋さん、それより血が出てやすよ。水洗いした方がいいんじゃねえですか。膿《う》むと大変でやす」

血が一滴、遠野屋の膝の上に落ちる。納戸色の縞《しま》の小袖に染みていく。

伊佐治は尻をつけるように、座り込んだ。身震いがする。

「親分さん」

遠野屋が呼ぶ。いつも通りの静かな物言いだ。乱れも、荒々しさも、尖《とが》りもない。殺気など微塵も伝わってこなかった。

「木暮さまにお逢いできるでしょうか。いえ」

遠野屋が身動ぎする。血に汚れた手を握り込む。

「お逢いできるように、取り計らっていただきたいのです」

願いでも頼みでもない。遠野屋は、信次郎と逢うと告げているだけだ。

「それは……いつでやす」

「なるべく、早く。今夜にでもいかがでしょうか」

即答できない。段取りなど容易い。手下の一人を八丁堀まで走らせれば事足りる。

しかし、いいのか。

今、この遠野屋とあの主を逢わせていいのか。

伊佐治が拒めば、遠野屋は一人、同心《どうしん》の組屋敷《くみやしき》に向かうだろう。伊佐治の拒みなど、なにほどの障りにもならない。

「なにとぞ、お願いいたします」

遠野屋が頭を下げる。

衝立の向こうから煮物の甘い匂いが漂ってきた。その匂いも客たちの笑い声も、遥か彼方《かなた》で揺らめいているようだ。伊佐治は固く、こぶしを握った。

五　裸火《はだかび》

日の暮れが早い。

これから冬が長《た》けていく時季、急《せ》くように日が沈み、滑るが如《ごと》く夜が広がっていく。当たり前のことだ。普段なら、青から紫、茄子紺《なすこん》、濃紺とみるみる色を変えていく空や刻々と力を失っていく下午《かご》の光に移ろいを覚える程度だろう。傍《かたわ》らに誰かいれば「知らぬ間に日が暮れてしまうな」とも「庭の木は、すっかり葉を落としてしまったな」とも、ありきたりで穏やかな台詞《せりふ》を口にしたかもしれない。それだけのことだ。

今は、闇は地に溜《た》まり、流れ、纏《まと》わりついてくる。袖口から、襟元から入り込み、肌に染みてくる。八丁堀までの道すがら、清之介は幾度か唇を嚙《か》み締めた。闇を闇として捉えられず、無為に気持ちを尖《とが》らせている己に気付く。その度に嚙み締めるのだ。落ち着け、逸《はや》るなと己を戒めるために。

「遠野屋さん」

傍らを歩く伊佐治が声を掛けてきた。

「八丁堀まで行っても、旦那《だんな》は留守かもしれやせんよ」

『梅屋』でのやりとりの後すぐに、伊佐治は手下《てか》の一人を木暮家の屋敷まで走らせてくれた。その手下によると、信次郎はいないと、奉公人のおしばから伝えられたそうだ。いつ、帰ってくるかもわからないとも告げられたとか。半刻《はんとき》ほど前のことだ。

「うちの旦那がどこにいるかなんて言い当てられる者はいやせんからねえ。気儘《きまま》にあちこち、ふらふらしている御仁《ごじん》でやす。待っていてもいつ帰ってくるか、お釈迦《しゃか》さまぐれえしかわかりゃしやせん。いや、もしかしたら、どこぞの悪所《あくしょ》にしけ込んでるかもしれねえな。そしたら、一晩、帰って来やしませんぜ。待ちぼうけを食わされるだけでやすよ」

「ええ、それでもお待ちします」

「いつ戻ってくるか見当がつかない相手をでやすか」

伊佐治がちらりと見上げてくる。岡っ引の眼差《まなざ》しが横顔をすっと撫《な》でた。

「お待ちします。おしばさんに頼めば、台所の隅ででも待たせてくれるでしょう」

「おしばさんは遠野屋さんを好いていやすからね。疎《おろそ》かには扱いやしやせんよ。客間に通されて茶菓子ぐれえは出るんじゃねえですかい。あっしは水ぐれえかもしれやせんが」

伊佐治らしい軽い冗談だ。が、笑う気にはなれなかった。

「親分さん、木暮さまはいらっしゃいますよ」

伊佐治が足を止める。清之介も立ち止まり、老岡っ引を見下ろした。

「そんな気がします。親分さんはしませんか」

伊佐治が目を逸《そ》らした。袷《あわせ》の胸元に手をやり、きちんと合わせる。「わかりやせんね」。吐き捨てるように言うと、再び歩き出した。やや、足早だ。

清之介は黙したまま、横に並ぶ。

「遠野屋さん、手下をやったとき、屋敷に旦那がいなかったのは確かでやすよ。人の気配が全くしなかったと言ってやしたからね。まぁ、うちの旦那なら気配を消すぐれえの芸当はやっちまうかもしれやせんが、わざわざ居留守を使う用がねえでしょう。それに、おしばさんが嘘《うそ》をついている風もなかったようで。だからきっと、旦那はいなかった。けど、今はどうかと尋ねられたら、わかりやせんとしか答えようがねえんで」

そこで、伊佐治は長い息を吐いた。

「ただ、遠野屋さんがいると踏んでるなら、いるんでしょうよ」

これも、伊佐治らしからぬぞんざいな物言いだった。腹を立てているようでも、苛立《いらだ》っているようでもある。同行するという伊佐治を清之介は一度、断った。

「親分さんが忙しいのは重々承知しております。木暮さまにお逢《あ》いしたいのは、わたし一己《いっこ》の事情です。これ以上、ご迷惑をかけるわけには参りません」

「あっしが賄《まかな》いをしてたのはご存じでやしょ。忙しいわけがありやせんよ。ついていきやすぜ、遠野屋さん」

伊佐治の口調には有無を言わせぬ響きがあった。そして、自分から先に表通りに出て行った。これ以上つべこべ抜かすなと言い切るように、棒縞《ぼうじま》小袖の背中は角張《かどば》っていた。

木暮信次郎は屋敷にいた。居室で書き物をしていたようだ。墨が微《かす》かに香る。

伊佐治と共に通されたその部屋は、さほど広くもないのに広さと空きを感じさせた。いつも、そうだ。一輪の花も飾っていないからか、文机《ふづくえ》と行灯《あんどん》の他に家財らしきものがないからなのか、足を踏み入れるたびに、人そのものを拒む気配が伝わってくる。

ただ、今日は、火鉢に炭が熾《おこ》っていた。行灯にも灯《ひ》が入っている。

「木暮さま、約定《やくじょう》もなくまかりこしました。無礼をお許しください」

下座に腰を下ろし、通り一遍の挨拶をする。「されど」と続ける。伊佐治が身動《みじろ》ぎした。

「木暮さまは、わたしが往訪することなど見透かしておられたのでしょうが」

おしばが茶を運んでくる。湯吞《ゆのみ》を配り、去るまで一言も発しなかった。

不意に信次郎が笑った。小気味よく明るい声が漏《も》れる。

「驚いたね。おしばのやつ、遠野屋の旦那には相応のもてなしをするんだな。親分一人だと、こうはいかねえよなぁ」

「でやすね。おしばさんに茶を出してもらった覚えは、とんとありやせんや。まぁ、おしばさんなりに遠野屋さんに恩義を感じてるんじゃねえんですか。いろいろ世話になってやすからね。そこんとこ、よぉくわかってんですよ。あっしだってわかってやす」

そこで息を吐き、伊佐治が膝を進める。

「旦那だって、わからなきゃならねえと思いやすぜ。なんだかんだ言っても遠野屋さんに、散々厄介をかけてきたのは旦那なんでやすからね」

信次郎は口元に笑みを残したまま、肩を竦《すく》めた。

「えらい言われようだな。どうしたい、親分。いつにも増して機嫌が悪いじゃねえか」

「あいにく、機嫌よく笑っていられる気分じゃねえんでね。あっしだって、顰《しか》めっ面《つら》をさらすより和やかに笑っていてえのは山々なんですけどね。そうもいかねえ事情がてんこ盛りでさ」

伊佐治が捲《まく》し立てる。誰にも口を挟ませない、そんな勢いだ。

「あっしの機嫌を良くしてやろうなんて気が旦那に少しでもあるなら、いやどうせ『薬にしたくてもない』と言われちまうんでしょうが、それでも、話を聞かせてもらいやすぜ。遠野屋さんが言った通りなんですかい？　旦那には、遠野屋さんが来るってわかってたんですかい。え、どうなんでやす。いつもみてえに、惚《とぼ》けてお終《しま》いにはしやせんからね」

「惚けたりしねえさ。だから、落ち着けよ、親分」

そこで、また、信次郎は軽やかに笑った。笑声《しょうせい》に押されたように伊佐治が口をつぐむ。

「少しは、遠野屋の旦那にもしゃべらせてやんなよ。それとも、しゃべらせたくねえのかい」

伊佐治は唇を結んだまま、横を向いた。

「そんなに心配することぁねえよ。遠野屋だって喧嘩《けんか》を売りに来たわけじゃねえだろう。それほど暇な御仁じゃなかろうさ。おれだって、凄腕《すごうで》の刺客だった相手と殺《や》り合うほど、命知らずじゃねえしな。安心しなよ」

伊佐治の顔が歪《ゆが》む。老岡っ引が何か言い出す前に、清之介は口を開いた。

「木暮さま、仰せの通り、わたしには今、余計なことに費やす刻《とき》はありません。ですから、ここへも来なければならぬから参りました。と、いうより」

背筋を伸ばし、薄く笑む男を見据える。

「来ざるを得なかったのです。木暮さまがぶら下げた餌《えさ》に引き付けられ、のこのことやってきた。そういうところでしょうか」

「おれが狩り手で、そっちが獲物だと認めんのかい」

信次郎の眼差しが絡んでくる。

「どうなんでえ、遠野屋。獲物なら皮を剝がれても、軒下にぶら下げられても、切り刻まれても文句は言えねえぜ。それだけの覚悟をして、のこのこお出ましになったってか」

覚悟。胸の内で呟《つぶや》く。

どれほどの、どこまでの覚悟を持って、ここにいる。

信次郎はそう問うている。

息が詰まる気がした。伊佐治から伝えられた信次郎の一言、「厄介事ってのは、浦賀の番所あたりに繫《つな》がってるのかってな」。それを聞いたとき、炙《あぶ》られた。驚きと恐れと仄《ほの》かな望みが綯《な》い交ぜになり、青白い炎になって心骨を炙る。己の心が焦げる臭いさえ嗅いだ気がした。その臭い、その炎、その痛みに駆られ、やってきた。覚悟を決めてなどいなかった。

「ずい分と追い込まれているみてえだな、遠野屋」

目の前の男はまだ、薄ら笑いを消していない。

手のひらが鈍く疼《うず》いた。重みを伴う疼きが指先まで伝わってくる。

盃の欠片で傷ついた疼きではない。人を斬った手応えだ。十五の年、初めて人を斬った。すげという老女だった。誰からも打ち棄《す》てられたに等しい赤子の自分を育ててくれた。母と呼んだのは義母のおしの一人だが、幼いころの清之介にとって、最も母親に近い女だった。

すげを斬った。その刹那《せつな》、手のひらから指先までが、重く鈍く疼いたのだ。

よみがえってくる。江戸の同心《どうしん》屋敷の一間に座しながら、十五の疼きが生々しく呼び覚まされる。

なぜなのか、摑《つか》めない。

清之介は知らぬ間に握り締めていた指を開き、もう一度、目の前の男を見据える。

斬りたいのか。

おれは、この男を斬った刹那を知りたいのか。手のひらに、指に何が伝わるか……。

まだだ。声が聞こえた。

まだ、早い。

「木暮さま」

その場に平伏する。

「お教えくださいませ。なぜ、『遠野屋』の厄介事と浦賀の番所をお繋げになりました。その拠《よ》り所をなにとぞお聞かせくださいまし。伏してお願い申し上げます」

「てことは、やはり繫がってるわけか」

答えた声音は思いの外《ほか》、硬かった。その硬さのまま、信次郎は「遠野屋」と呼んだ。

「はい」

「話してみな。『遠野屋』の内で何が起こったか。起こりつつあるか。包み隠さずにだ」

「はい」

もとより、そこまでの覚悟ならできている。清之介は能《あた》う限り詳しく丁重に、ここ数日の出来事を伝えた。伊佐治は耳をそばだてながら、時折、目を見開きも息を呑《の》み込みもしたが、信次郎の表情はほとんど変わらない。波風が立つわけでなく、翳《かげ》りが走るわけでなく、鋭さが加わるわけでもなかった。むろん、和らぎもしない。

語り終え、渇きを覚えた。おしばの運んできた茶は既に冷めていたが、喉に染みて美味《うま》い。

「船が消えるって、そんなことがあるんで？　信じられやせんよ」

伊佐治が〝信じられない〟を身体《からだ》で表すように、かぶりを振った。

「いってえ、どんな絡繰《からく》りがあるんだ……。え？　旦那にはわかってんですかい」

伊佐治は身を乗り出し、主《あるじ》をまじまじと見詰める。清之介も信次郎から眼差しを外さない。いや、外せなかった。見極められるものなら見極めたい。

わかっているのか。見通しているのか。どこまでを？　全てを？

「なるほどね」

信次郎が膝を崩し、胡坐《あぐら》をかいた。一気に気配が緩む。

「さすがに抜け目がねえな。上手《うま》いことやってるじゃねえか、遠野屋」

「はい？」

投げつけられた言葉が解《げ》せない。寸《すん》の間だが、伊佐治と顔を見合わせていた。

「源庵の手下だったやつら、いや、おぬしの親父《おやじ》が飼っていたやつらか、そいつらの使い道のこった。ずい分と手際よく纏《まと》め上げ、便利に使ってるよな。なかなか、真似《まね》のできねえ仕事さ。表でなく裏、日の下でなく闇の中で動いてくれる。そういう駒は入り用だ。よく働く奉公人とは全く別の意味でな。それを短《みじけ》え間に、好きに操れるようにしているとはな。いや、感心するしかねえよ。てえした手腕だ。ふふ、おぬしは嫌がるだろうが、親父の稀《まれ》な才をしっかり受け継いでるみてえだな」

「畏《おそ》れ入ります」

辛《かろ》うじて答え、清之介は頭を下げた。平心を保つため、小息を漏らす。

父から才を継いでいる？　考えたこともなかった。いや、考えようともしなかった。考えたくはなかった。そこを衝《つ》かれるとは思慮の外だ。思いも寄らぬ一太刀《ひとたち》が思いも寄らぬ方角から打ち込まれた。そんな震恐《しんきょう》が身体を貫く。

「よく働く奉公人がいる。そんな商家《しょうか》は幾らでもあるだろうぜ。繁盛している店なら当たり前のことかもな。しかし、日の当たらねえ裏側で勝手よく動く輩《やから》を飼っている。そういう商人は、まあ、そうそういやしめえ。ふふ、その才の四半分《しはんぶん》でも、あの凡庸な兄貴に譲ってやれたらよかったのにな。まぁ、人の才だけは、あちこちできる代物でもねえが」

伊佐治が膝を滑らせて、前に出てくる。

「別段、旦那が口出ししなくてもよござんすよ。遠野屋さんにどんな才があっても、あっしたちの手柄にゃなりやせんからね。だいたい、てえしたもんだと感心してる場合じゃねえでしょうが。何のために、遠野屋さんを呼び出して、話をさせたんでやす」

「おれが呼び出したんじゃねえ。そっちが二人、雁首《がんくび》並べて来たんじゃねえか」

「来るように仕向けたのは旦那でやすよ。だいたいね、旦那は」

「わかった、うるせえな。きゃんきゃん吠《ほ》えるな、耳が痛くならあ。で、遠野屋」

「はい」

「おぬしのところの、まれ吉。あいつも、まあ闇の者の一人じゃあるんだな。源庵に育てられたとか言ってたからよ。あれは、どのくれえ使えるんだ」

「と、言われますと？」

「他人の屋敷に忍び込んで、いろいろと見聞きする術《すべ》は具《そな》えてるのか。以前のように誰か一人を見張るって楽な仕事じゃねえ。天井裏か床下にでも潜んで、盗み聞きなり盗み見なりをしっかり熟《こな》してもらいてえのよ。そこんとこ、どうだ？」

「えっ」と声を上げたのは、伊佐治だった。

「旦那、探索をするのなら、それは、あっしたちの仕事ですぜ。命じてくれさえすれば、すぐにでも手下を動かしやすが。床下に潜るぐれえ、厭《いと》わずやりやすよ」

「親分の手下が優れものなのは承知している。しかし、今回は使わねえ方がよかろうぜ」

「なんででやす」

「忍び込む先が武家屋敷だからだ」

「武家屋敷」。伊佐治が目を剝《む》く。清之介は膝の上で指を握り締めた。

「どなたのお屋敷でございますか」

「平塚佐門次《ひらつかさもんじ》という男が主だ。場所は、ここになる」

信次郎は文机の上から半紙を一枚、摘《つ》まみ上げた。柳川《やながわ》半紙らしい質のよい一枚だ。そこに、本所深川の一角が書き込まれている。一か所に朱筆で丸がついていた。信次郎の指が朱丸を押さえる。

「ええっ」。伊佐治が腰を浮かした。

「旦那、ここはこの前の殺しの場じゃねえですかい」

「そうさ。あの男が転がっていた路地は、平塚の屋敷の裏手になる」

「いや、いやいや、ちょっと待ってくだせえ。あの殺しと平塚ってお武家が関わりあるんでやすか？　いや、あったとしても遠野屋さんはありやせんよ。関わりなんか全くねえじゃねえですか。それを巻き込んでどうしやす？」

「関わりはあるさ、おそらく、だがな」

「どのようにでございますか」

清之介は指を開き、気息《きそく》を整えた。

「平塚は昨年まで、浦賀奉行所与力《よりき》を務めていた」

「浦賀の……」

整えた息が乱れる。ここでこう繫がってくるのかと、鼓動が速くなる。繫がった先にどんな現《うつつ》が控えているのか……見えない。何も見えない。闇があるだけだ。

伊佐治が傍らで低く唸《うな》る。

「まさか、あのお屋敷が浦賀と関わり合うとは、思ってもいやせんでした」

顔を主に向ける。睨《にら》みに近い眼《め》つきだった。

「憚《はばか》りながら町方のことなら縄張りの内は、ほぼ頭に入ってやす」

「そうさな。親分の覚えのよさには、何度も舌を巻いたもんだ。どこぞの家で猫が子を産んだだの、油屋の女房が差込みの痛みに気を失っただの、古手屋《ふるてや》の子どもが犬に噛まれただの、細けえことまで、よく摑んでると」

「感心してもらわなくて結構でやす」

主の物言いをぴしゃりと遮り、伊佐治は顎を上げた。

「町方はあっしの領分でやすからね。頭に入るものは入れておきやすよ。けど、お武家は領分の余程外にありやす。猫が犬の子を産んだって、家中《かちゅう》がみんな差込みに襲われたって知りゃあしませんや。持ち場が違いやす。それは旦那も同じじゃねえですかい。旦那は定町廻《じょうまちまわ》りのお役人だ。なのに、どうして平塚ってお武家のことを、浦賀奉行所の与力であることを知ってたんでやす？」

信次郎が眉を寄せた。わざとらしい顰め面を作る。

「調べたからに決まってるだろうが」

「何で調べようと思ったんでやす。遠野屋さんは関わりありやせんよね。旦那はまだ、遠野屋さんの抱えたごたごたがどんなものか、知らなかったんでやすから。え？　それとも、あのとき既に知ってたんでやすか」

「知るわけねえだろう。おれは千里眼じゃねえよ」

「鬼眼《きがん》をお持ちかと思うておりました」

やんわりと口を挟む。

「人の世の底の底に沈んだ真実を見通す鬼眼を、木暮さまは具《そな》えておられる。もしや、鬼と人の間にお生まれになった方ではと疑《うたご》うた覚えが、幾度かございます」

「褒《ほ》めているつもりか」

「むろん」

信次郎の眉間《みけん》の皺《しわ》がさらに深くなる。わざとではない本気の渋面《じゅうめん》が現れた。現れ、束《つか》の間で消える。後には薄ら笑いの面《おもて》だけが残っていた。

「遠野屋、真相を見るのは眼じゃねえよ。頭の中身さ。ふふん、そっちもなかなかに出来のいいお頭《つむ》が乗っかってんじゃねえのか。おれがなぜ、平塚を調べる気になったか見当はついてんだろう。種明かしをするほどのもんじゃねえ。五つの子どもも騙《だま》されねえような代物さ」

「路地で殺されていた身許《みもと》のわからない仏。その件との絡みでございますか」

「そうさ、それしかなかろうよ。あの仏は町人の形《なり》をしていても武士だった。どこぞから歩いてきた風も運ばれてきた風もない。とすれば、まずは殺しの場に近い武家屋敷を怪しむ。そりゃあ理に適《かな》ってる思案だろうが」

「いや、けど、それなら、あの男は屋敷内で殺されて、路地に捨てられたってこってすか」

今度は伊佐治が割り込んできた。急いた口調だ。その口を閉じ、かぶりを振る。

「違いやすよね。幾らなんでも死体を屋敷裏に捨てるなんて、馬鹿な真似しねえでしょう。夜になるまで待って、大川にでも流した方が余程、片付きまさぁ。それこそ、五つの子どもでもわかることです」

「岡っ引の台詞とは、とても思えねえな」

信次郎が苦笑した。伊佐治は仏頂面を緩めない。

「とすりゃあ、男は屋敷から出て路地でぶすりと殺られたわけでやすね」

「いや、ぶすりは屋敷内でだろうさ」

「けど、血溜まりがありやしたぜ。血の痕は路地には付いてやせんでした。だから、あそこで殺されたとばかり思ってやしたが……」

「おそらく、あの男は背中に匕首《あいくち》を突き立てたまま裏口から路地に逃げ出たんだろうよ。昼間だったから閂《かんぬき》も掛かってなかったのかもしれねえな。けど、何とか逃げ出たところで匕首を引き抜かれた。で、蓋《ふた》を外された血がたっぷりと噴き出したって寸法さ。溜まりを作るぐれえにな。腕も腹も傷そのものは浅かったよな」

「へえ。頬にも掠《かす》り傷がありやしたが、血が流れるほどのものじゃありやせん。路地に血が落ちてなかったのはそのせいでやすか」

伊佐治の面からはもう、不機嫌さは微塵《みじん》も窺《うかが》えない。熱っぽい高揚が、じわりと湧き上がって満ち始めている。清之介の目にはそう映った。誤ってはいまい。

「それと、親分が着くまでに野次馬が何人も集まっていたんだろう。お種の悲鳴を聞いて寄ってきたんだろうが、死体の周りをかなり踏み荒らしてくれたからな。小さな血の痕など泥と一緒に捏《こ》ねられちまったろうよ」

「でやすねえ。手下がすぐに追い払いはしたんでやすが、後の祭りでさ」

伊佐治が切なげなため息を吐《つ》いた。

「それに、お種は半《なか》ば気を失っていた。死体を屋敷内に運び入れるまでの間はなかったが、裏口あたりの血を拭きとるぐれえは何とかなったのかもな」

「それだけでございますか」

清之介は心持ち身を乗り出し、問うた。信次郎の黒目が僅《わず》かに動く。

「平塚さまとやらの屋敷内で男が襲われ、殺された。男が路地まで逃げ出したのは思いの外の出来事であったのでしょうが、男は町人の形をしていたがために、木暮さまや親分さんの扱う事件となった。そして、木暮さまは男が武家であることを見抜き、平塚さまの屋敷を疑った。そこまでは、わかります。確かに理に適ったお考えでしょう」

「奥歯に物が挟まったような言い方をするんじゃねえよ。そこまでわかったってなら、どこからが納得いかねえんだ、遠野屋」

「木暮さまにしては雑過ぎるように感じました」

「雑?」

信次郎の眉がひくりと一度だけ動いた。

「はい。木暮さまの語られたことは理に適ってはいても、推察でしかありません。推察を裏付けするための手立てを、これまでの木暮さまなら必ず打たれました。今回も、推察を推察のまま放っておくような雑をなさるとは思えません。何か手を打たれ、何かしらの事実をお摑みになった。それが、『遠野屋』の難儀にどう結び付くのか、まるで思い及びませんが」

ちっ。信次郎が舌を鳴らす。

「ふふん、なるほどね。ずい分とわかったような口を利いてくれるじゃねえか」

「いえ、ほとんど何もわかっておりません。ですから、お話を伺いたいのです。そして、お助けいただけるのなら、お力を……どうか、お力をお貸しください」

もう一度、深く低頭する。伊佐治が息を吐き出す音が聞こえた。

自分が一糸纏《まと》わぬまま平伏している気がした。己を守る何物も持たず、裸身を晒《さら》し懇願する。巣から落ちた雛《ひな》のように弱い。飢えた犬のようにあさましくもあるだろう。

最も晒したくない姿を最も晒したくない相手に晒している。心《しん》の臓《ぞう》が潰《つぶ》れ、胃の腑《いふね》が捩じ切られそうだ。しかし、ここにしか道はない。

あの、この件、木暮さまにお話ししてみてはいかがでしょうか。

躊躇《ためら》い勝ちに告げられた信三の一言。耳奥によみがえってくる。それを失言だと切り捨て、心して動けと戒めまでした。けれど、正鵠《せいこく》を射ていたのは信三の方だ。

「木暮さま、なにとぞ……」

迷う余裕すらなかった。ただひたすらに、助力を乞う。

嗤《わら》われても蔑《さげす》まれても、乞い続ける。

「遠野屋さん」

伊佐治が腰を浮かす。見えぬ何かを払うように手を振った。

「頭なんて下げるこたぁありやせんよ。お武家であろうと町人であろうと、下手人《げしゅにん》は捜し出さなきゃなりやせん。あっしたちに手が届くかどうかは別にしても、やれるとこまでやるのが旦那の役目ってもんでやすよ。それが、遠野屋さんの力になれるのか、あっしにはさっぱりでやすが、なれるなら、どうしたらなれるのか、あっしにはえ遠野屋さんに世話になったか、それくれえはお頭に入ってやすよね。ちゃんとわかっちゃいるんでしょう」

信次郎は答えなかった。壁にもたれ、行灯の揺れる炎を凝視していた。立ち上がり、もう一基、行灯に灯を入れる。油の仄かな香りが立ち上り、座敷が明るくなる。

「あの騒動の後、御菰《おこも》たちを平塚の屋敷に張り付けてみた」

座り直し、言う。淡々とした情のこもらない声だ。嗤笑《ししょう》も侮蔑も含まれていない。

「御菰を、でやすか」

伊佐治が唾を呑み下《くだ》した。

「そうだ。見張りだけなら親分の手下より目立たねえからな。路地にうずくまってたって誰も気に留めねえ。なかなかに、重宝なやつらさ。その御菰たちによれば、あの日から後、医者の出入りがかなりあったらしい。跡を付けてみたら一人は金瘡《きんそう》の医者だったとよ」

「金瘡ってのは……あっ」

伊佐治が背筋を伸ばした。目が見開かれる。

「そうさ、屋敷内に刀傷を負ったやつがいるんだろう。何人か、な。てことは、斬り合いがあったと考えてもおかしかねえだろう」

「あの仏さんなりに刃向かったってこってすかね。そういえば、かなりの遣い手かもしれないと旦那、仰《おつしや》ってやしたね」

「死んだやつの腕の程までは測れねえが、黙って殺られるほどのお人好しでもなかったんだろうさ。酒を飲まされていたようだから、どこまで腕を振るえたかは怪しいところだが。ただな、話の肝はここからだ。屋敷の裏口から出入りしてたのは、医者だけじゃねえらしいのさ」

信次郎は腕を伸ばし、文机の上の紙をもう一枚、摘まんだ。

「御菰の一人に絵心のあるやつがいてな。その昔、高名な絵師に弟子入りまでしていたが、絵の才より色欲の方が勝ってたらしく、師の娘に手を出した。それがばれて叩《たた》き出されたとよ。それで御菰にまで転がり落ちちまったと、珍しくもねえ顚末《てんまつ》だな。仲間内でもエシと呼ばれてるみてえだが、本人も満更でもなさそうで……。ふふ、御菰の話なんぞ、どうでもいいって顔してるな、親分」

「どうでもよござんすね。坂を転がり落ちちまったやつなんて、たんと見てきやしたから。半分は色か金の欲に負けたやつ、残り半分は運に見放されたやつですかね。御菰なんて犯科人《ぼんかにん》まで堕《お》ちてねえだけ、マシでやすよ。けど……どうでもよくねえのかもしれねえな。旦那、そりゃあ似顔絵でやすか」

伊佐治が目を狭める。口元が引き締まった。

「そうさ。殺しがあってからずっと、平塚の屋敷にエシを張り付けて、描ける限りの似顔絵を描かせてみた。その内の一枚がちょいとおもしろくてな」

信次郎が指を離す。似顔絵は伊佐治と清之介の膝の前に落ちた。カサリと乾いた音がした。

「これは」。伊佐治の喉が、くぐもった重い響きをたてる。

「井平じゃねえですか」

清之介も似顔絵を覗《のぞ》き込む。長い顔に、気弱そうな細い目と、意外に強く固く結ばれた口、それに筋の通った鼻がついている。見覚えがあった。

『八代屋』の手代《てだい》、井平だ。

「井平がなんで、お武家の屋敷に出入りしてんだ」

伊佐治が呟く。頬に赤みが増して、みるみる眼つきが張り詰めた。

「旦那、井平は度々、屋敷を訪れてんですかい」

「エシが知っている限りだと一度だけだそうだ。それも、すぐに出てきたってことだから、屋敷内でなにか相談したり、話し込んだりしたわけじゃねえらしい。文《ふみ》でも携えてきたか、言付けを運んできたか、そんなところだろうぜ。ただし」

信次郎はさらに何枚かの紙を摑んで、清之介たちの前にばらまいた。

「商人風の男たちは他にも何人か出入りしているようだ。みんながみんな『八代屋』の奉公人かどうかはわからねえがな。エシに言わせりゃあ、皆、それなりにいい身形《みなり》をしてたとよ。だから、小商いの商売人じゃやない、とな」

猪首《いくび》で強面《こわもて》、細面《ほそおもて》の優男、初老の丸顔……男たちはそれぞれに描き分けられていた。エシの腕は、なかなかのもののようだ。

しかし、どの男も以前に会った記憶はなかった。

じりっ。灯心が燃える。油が香る。闇が深くなる。

「浦賀奉行所の元与力の屋敷に、『八代屋』の手代が訪れる。いったい何の用があるんだか、な。どう思うよ、遠野屋さんは」

清之介は暫《しばら》く返答ができなかった。まさか、という思いが渦巻く。

「『八代屋』は呉服を扱う。だから反物を担いで、与力屋敷を訪れるのもありかもしれねえ。なんて、誤魔化しはなしだぜ。井平も他の男も荷らしきものは担いでも、抱えてもいなかったとよ。まぁ、遠野屋の旦那だ。そんな柔《やわ》な逃げ方はさすがにしねえよな。海で『遠野屋』の船が消えた。二艘目も消えるかもしれねえ。そして陸《おか》では、『八代屋』と浦賀奉行所の元与力が何やら懇《ねんご》ろになっている節がある。これは事実だぜ。覆《くつがえ》しようがねえ、な。海と陸とで起こった、起きつつある事実は別々のもの、まるで結び付いていない。そう言い切れる度胸は、おれにはねえな。胡散臭《うさんくさ》さがぷんぷんしてらぁな」

結び付いている。絡み合っている。

そうなのか、やはり……。

「しかも、その元与力の屋敷裏に男の死体が転がっていた。足の裏の綺麗《きれい》な死体がな」

「あ、そうでやすね。履物が転がっていたにもかかわらず、足の裏は汚れちゃいやせんでした。あれは、どうしてでやす」

「履物を履いていたからさ。路地に倒れて息絶えた後、脱がされた。そうとしか考えられねえだろう。たぶん、形《なり》に合わなかったんだろうな」

「形に合わなかった……。そりゃあ、町人の履くものじゃねえちょっとした草履《ぞうり》とかって意味ですか。確かに、仏さんは小袖一枚の、町人としても裕福な身形じゃありやせんでしたね。どっちかと言うと粗末な方かもしれねえ」

「そうさな。その形に武家の履物は不釣り合いだろう。殺された男がどういう経緯《いきさつ》で不釣り合いなものを履いたかまではわからねえが……。庭に出ようと誘われたのかもしれねえな。沓脱石《くつぬぎいし》の上にあった草履を引っ掛けたが、それが存外、いい品だったってところか」

「殺した後、そこに気が付いた者がいて、慌てて脱がせ、他の粗末なやつを投げ捨てておいたって、そういうことになりやすか」

「多分な。履かせるまでの余裕がなかったんだろうさ。まぁ、そこらへんは追々《おいおい》、はっきりしてこようぜ。ただ、足の裏には松の葉がくっついていた。路地には落ちてねえ葉っぱさ。平塚の庭に三葉の松の木が植わっているかどうか、そこんとこも、まれ吉に確かめてきてもらおうか。頼むぜ、遠野屋」

清之介は似顔絵から目を上げた。

「木暮さま、八代屋さんは、本気で『遠野屋』を潰そうとしている。そうお考えですか」

「わからねえよ」

信次郎が右肩をひょいと上げてみせた。

「商人が何を考え、どう動くかなんて考えても仕方ないからな。けど、八代屋太右衛門を名乗って間もない男が、平塚あたりと組んで何かを企てている様子は見え見えじゃねえか。まったく滑稽なほどあからさまに動いてくれるぜ。八代屋ってのは世の中をちっと舐《な》めている節があるな。まぁ、世間知らずのお坊ちゃまなら仕方ねえだろうが、辣腕《らつわん》と評判だった先代が、あの世で歯軋《はぎし》りしてるんじゃねえのか」

そこで、伊佐治に向けて顎をしゃくり、信次郎は言葉を続けた。

「親分、あの仏、ずい分と焼け込んでいただろう」

「へい。赤銅色《しやくどういろ》ってんですかね。着物や髷《まげ》の形だけでなく、あまり日焼けしていたので、お武家とは思いもしやせんでしたが、えっ」

伊佐治が口をつぐんだ。無言のまま、清之介に視線を向ける。清之介は背筋を走る熱気を覚えた。現に目にしていないはずの亡骸《なきがら》の、黒い肌が眼裏《まなうら》を過《よぎ》る。潮の香りさえ嗅いだ。

「赤銅色に焼け込んでいる、それは、まるで水夫《かこ》のようだと……」

「へえ。その通りでやす。あれは、潮風とお天道《てんと》さまに焼かれた肌の色じゃねえでしょうか」

「殺された男は水夫だった、いえ、水夫に扮《ふん》した武士だったわけですか」

自分の物言いを稚拙《ちせつ》にも間抜けにも感じる。たどたどしく、心許《こころもと》ない。しかし、拘《こだわ》っている暇などない。信次郎の許《もと》を訪れて、まだ幾ばくの刻も経《た》っていないはずだ。にもかかわらず、目まぐるしく光景が変わる。行灯の灯《とも》った座敷の様子ではなく、心の内に映る有り様が千変万化するのだ。濁った沼の底から、真実がゆっくりと浮かび上がってくる。

まだ、不十分だ。手を伸ばし、摑み上げたいと焦《じ》れるけれど摑めるほど、明らかではない。

「恰好《かっこう》だけじゃねえ。実際に、水夫として働いていたんだろうよ。でなきゃ、あんなに日焼けはしねえはずだ」

「お武家が水夫として働く……でやすか」

「そうさ。しかも、そいつは元与力の屋敷で殺された見込みが高い。どうでえ、ちょいとおもしれえ成り行きになりそうじゃねえか」

伊佐治はいやいやの仕草で、頭を振った。

「おもしれえとは、思えやせんね。けど、そうだとしたら、仏さんが乗っていた船ってのは、遠野屋さんのところの……今、行方《ゆくえ》がわからなくなってる船ってことも考えられやすね」

「十分にな。遠野屋」

「はい」

「水夫の手配は誰がやってるんだ」

「江戸湊《みなと》の河岸《かし》問屋『川田屋』に一任しております」

「じゃあ、その問屋に問い合わせれば、ある程度の目星がつくかもしれやせんね。あっしは、似顔絵なんぞは描けやせんが、仏さんの身の丈や顔様なら、しっかり覚えてやす。書き出してみやしょうか」

「どうだかな」

信次郎の物言いは、いかにも気が乗らない風に聞こえた。

「水夫なんて皆、似たような身体つき、肌の色、だろう。お抱えの者ならいざ知らず、一時雇いの流れ水夫だとしたら、問屋側も一々覚えちゃいめえ。名前はむろん帳面に記してはいるだろうが、その名前とどんな男だったかが一致するかどうか、怪しかねえか」

「けど」伊佐治が唇を尖らせた。

「何だってやらねえより、やった方がよかねえですか。無駄を承知でやってみて、思いも掛けねえお宝にぶち当たったって、そんなこともありやすぜ。稀の稀にでやすが」

「なるほど道理だ。さすがに尾上町の親分の意見は深《ふけ》ぇや。てことだとよ、遠野屋」

「はい。確かに道理かと……」

信次郎の目が細まった。針先に似た鋭さを潜ませて、清之介を見る。

「どうした。心ここにあらずって顔をしてるぜ。思案をどこに飛ばしている？」

清之介は居住まいを正し、膝の上に手を置いた。

「木暮さま、まれ吉の件、心得ました。あの者なら天井裏にも床下にも潜むのは容易《たやす》いでしょう。帰り、そのように命じます」

そうかと信次郎は頷《うなず》いたけれど、眼つきは和らがない。

「しかし、二六時中、潜んでいるわけにはいくまい。八代屋本人とは言わねえが、商人風の来客があったときに忍び込ませたいが、それがいつか摑める手立てはねえ」

「そうでやすね。そいつらが来てからじゃ間に合いやせんしね。かといって、天井裏で寝泊まりするわけにもいかねえし。ちっと難問でやすね。手立てか……ねえなあ」

「なければ作ればよろしいかと」

信次郎と伊佐治の眼差しが、同時にぶつかってきた。

「作るって、遠野屋さん、どういう意味でげす」

伊佐治が瞬《まばた》きを繰り返す。清之介の表情を窺うように覗き込んでくる。

「八代屋から誰かが、平塚さまのお屋敷を訪れざるを得ないよう仕向ける。そうすれば、適宜に動くことができます」

「筋は通ってるな。で、どうやって仕向ける。どういう仕掛けを拵《こしら》えるんだ」

「わかりません」

伊佐治が顎を引いた。目元の皺が深くなり、老いを露《あらわ》にする。

「これから思案いたします。そう刻はいりますまい」

唐突に、信次郎が笑声を上げた。大きくはない。しかし、よく響く。からからと乾いた声に、闇まで揺れて見える。

「こりゃあ愉快だ。さっきまで妙に深刻ぶっていた御仁が、急に強気になったもんだ。はは、息を吹き返したってとこかい、遠野屋」

「はい。木暮さまのおかげでございます」

真意を告げた。笑い声が止《や》む。一瞬だが、座敷は静寂に包まれ、闇に囲まれる。

「木暮さまのおかげで、戦うべき相手が見えてまいりました。幻ではなく、現の姿が見えてきたのです。それなら、戦う方法も凌《しの》ぐ方策もございます。むろん、攻めの手段も」

信次郎が似顔絵の紙に目を落とす。微かな風が紙の端を揺らした。

『八代屋』は江戸でも屈指の大店《おおだな》だ。『遠野屋』の倍の構えはあるだろう。その大店の後ろに、元とはいえ浦賀奉行所の役人が控えている。もしかしたら、八代屋太右衛門は奉行所そのものさえ手の内に入れてるかもしれねえ。なかなかの大敵だぜ。勝算はあるのか」

「いえ」

「ねえんですかい。それじゃ、どうするんでやす」

伊佐治が慌てて自分の口を押さえた。声音の弱々しさに自分で驚いたのだ。

「これから作り上げます。おめおめ負けるわけにはいきませんので」

この戦《いくさ》、どうあっても敗れるわけにはいかない。おしの、おこま、おうの、信三、おみつ、おくみ、弥吉《やきち》、三之助、道太……。『遠野屋』に生きる者たちが脳裏を過ぎていく。敗れるわけにはいかないのだ。

「遠野屋」

「はい」

「札《ふだ》は三枚だぜ」

「はい」

「わかってんだな」

「えっ、何のこってす？　札って何の札なんで」

伊佐治は中腰になり、主と清之介を交互に眺めた。信次郎は指を一本ずつ、折っていく。

「相手の札さ。平塚が一枚、八代屋が一枚、それだけじゃ足らねえ。もう一枚、残ってる」

一本の指を立て、ゆっくりと握り込む。

「三枚揃《そろ》わねえと、今回の絡繰りは成り立たねえと、おれは見ている」

「はい」

「ふふん、わかっているならそれでいい。まあ、存分にやってみるんだな。親分も手助けを惜しまないだろうよ、なっ」

「あ、へい。そりゃあ、遠野屋さんの助けができるなら何でもやりまさあ。けど、まあ、札がどうのと言われても、さっぱりわかりゃしやせんがね。ええ、やれるこたぁやりやす。やらせてくだせえ、遠野屋さん」

清之介は両手をついた。

「木暮さま、親分さん。心より御礼申し上げます。まことに、ありがとうございました」

「斬ればよかろう」

下げた頭の上に、冷めた声が被《かぶ》さってきた。首筋に尖った気配が刺さってくる。

殺気。

顔を上げ、刹那殺気を放った男と目を合わせる。

「八代屋を斬っちまいな。それで、事は全て片付く」

宵の風が障子を鳴らした。行灯の炎は揺れて、闇は命あるもののように蠢《うごめ》く。

伊佐治が長い息を吐き出した。

六　火片《かへん》

「まぁ、これはいいんじゃないかね」

おうのの声が明るく響く。

「ほんとに、思ってたよりずっと見場《みば》が上がりますね」

おちやも思わず、声を弾ませていた。

畳の上には一枚の小袖が広げられている。朽葉色《くちばいろ》の無地で木綿《もめん》の普段着だ。しかも、おうのが古手屋《ふるてや》で仕入れてきた古着だった。そこに、黒繻子《くろじゅす》の半襟を載せる。黒の半襟はおちやたちには馴染《なじ》みの衣料だった。襟の傷みや汚れを防ぎ、着物の寿命を延ばす。武家の女は使わない。町方だけの小物だ。

何の変哲もない黒い半襟に、黄色い糸で数匹の蝶《ちょう》が縫い取られていた。蝶は風に舞っているのか、それぞれに向きが違っている。

「これで裾模様に蝶の模様を散らすか、裏布や蹴出《けだ》しに同じ黄色を持ってくれれば、ずい分と映えますよ、おうのさん」

「ええ。半襟はなかなかに使えますね。襦袢《じゅばん》の半襟も合わせ方一つで粋になりますしね」

「はい、粋にも華やかにも可憐《かれん》にもなりますね、きっと。裾模様や帯と合わせたり、方形《ほうけい》や菱形《ひしがた》を縫い取ってみたり、幾らでも使い方ができますもの」

「あら」と、おうのは目を見開きおちやを見やった。

「半襟に方形や菱形の模様ですか。それは、また、おもしろそうですね」

そこでくすくすと笑い、おちやの膝を軽く叩《たた》く。

「ほんとに、おちやさんはすごいわ。次から次に、新しい思いつきが湧いてくるのねえ。たいした才をお持ちだわ。感心してしまう」

「あ、いえ、そんな」

真っすぐに褒められた。嬉《うれ》しい。気恥ずかしくもあるけれど、嬉しい。掛け値なしの嬉しさだ。頰が熱くなるのがわかった。

「このお仕事が楽しくて、やりがいがあるんです。その上、おうのさんに才があるなんて言われたらもったいなくて、ほんとに嬉し過ぎます」

「その才の四半分《しはんぶん》でも掃除や洗濯に回してくれれば、こっちは助かるんだけどねえ」

部屋の隅から、おみつがすかさず茶々を入れてきた。笑っているけれど、半分ぐらいは本気が混ざっているだろう。おちやは我知らず、身を縮めてしまった。

この前は灰汁桶《あくおけ》の中身を派手に零《こぼ》して、土間を汚した。翌日は小鉢を割ったし、今日は拭き掃除をしていておみつにぶつかり、危うく庭に転《まろ》び落ちそうになった。拭いた跡も掃いた跡も斑《まだら》で埃《ほこり》や汚れが残っている。自分でも情けない。

「これ、おみつ。みんなが気持ちよく働いているのに、嫌味なんか言うんじゃないよ」

大女将《おおおかみ》のおしのが咎《とが》めるように、顔を顰《しか》めた。

『遠野屋』の裏座敷には、おくみも入れて女ばかり五人が集っている。『遠野屋』では年に数回、帯を扱う『三郷屋《みさとや》』、履物問屋の『吹野屋《ふきのや》』と組んで、新しい催しを開いていた。小間物、帯、履物だけでなく他の種の商いも巻き込んで、女の装いを一か所で揃《そろ》えるという、文字通り新しい企てだ。おちやは、ほんの一端ではあるが関わっている。小物合わせ、色合わせの才をおうのに見出《みいだ》され、助手《すけて》を務めているのだ。それが誇らしい。『八代屋』にいたときは着飾るだけの人形に過ぎなかったけれど、今は自分の才覚で仕事ができている。

誇らしくてたまらない。

今日は、おうのの声掛けで、次の催しに並べる古着と小物、とりわけ半襟の合わせ方をあれこれ試しに集まっていた。お大尽や大身《たいしん》の女たちだけでなく、小店《こだな》商いや裏長屋住まいの女たちも購《あがな》え、身を飾れる品々を並べる。そんな、さらに新たな試みを遠野屋の主《あるじ》たちは思案しているようだ。その一助になれるのなら、誇らしさは一際増すではないか。

「さて、こんな風でどうだろうか」

おしのが筆を擱《お》き、数枚の短冊を差し出した。

「あら、どれも綺麗《きれい》ですね」

おうのが目を見張る。おちやもその通りだと頷《うなず》いた。

綺麗だ。

短冊には、それぞれに絵具で梅が描かれていた。枝に咲くもの、花だけのもの、流水に浮かぶもの。どの梅も薄紅色《うすべにいろ》の花弁を付けている。短冊を半襟に見立てての梅の文様だ。さっき、五人で思うところを言い合い、おしのが筆を取って図にした。

「大女将さん、お上手ですね。玄人《くろうと》みたいです」

おうのの賛辞に、おしのは仄《ほの》かに笑《え》んだ。

「下手《へた》の横好きってやつですよ。でも、おうのさん、今から梅文様の半襟を注文するつもりかい？　これから冬本番の季節だよ」

「ええ、この中の何枚かを下絵にして、拵《こしら》えてもらうつもりなんです。今度の催しは〝春〟を主役にしたいと遠野屋さんが仰《おつしや》ってましてね」

「清《せい》さんが？　へえ、春を主役にってのはどういう意味なんだい？」

おしのが首を傾《かし》げた。

遠野屋の大女将は、ちょっとした仕草に艶《つや》を滲《にじ》ませる。もう、五十に近い年でありながら初々しい色香を保っているのだ。そのことに、おちやは驚く。若さを失っても残る美しさがあり、年を経たからこそ身に付く風格がある。おしのを見ていると、自分の行く末を励まされている気がした。

「ちょっとした小物に春を散らすんですよ。この黒襟の蝶々とか梅とか。冬の盛りに春めいた品を並べる。季節の先取りです。お江戸の女は気が早い。悪い意味じゃなく先へ先へと目が行くでしょ。

この催しは喜ばれるんじゃないでしょうか」

「なるほど、納得しちまうね。よく、お考えだよ」

「すみません。あたしじゃなくて、遠野屋さんのお考えなんですよ。できれば、座敷に桃や桜の花を飾りたいのだがと仰ってました」

「まあ」と、おしのが顎《あご》を引いた。

「それは、如何《いか》な清さんでも無理だろう。薩摩《さつま》や琉球《りゅうきゅう》だって咲いていないのと違うかい」

「本物はね。でも、作ればどうかと思うんですよ」

「あら、いいですね。お芝居の舞台みたいじゃありませんか」

おみつが口を挟む。豊頬《ほうきょう》がふるっと揺れた。

「お高《たか》さんに頼んでみたらどうでしょうね。あの人なら作れそうですよ」

「お高さんて弥吉と所帯を持った、あのお高さんかい？」

「そうそう。お針の腕は折り紙付きですし、ものすごく器用なんですよ。端切れで花を作るなんてお茶の子さいさいだと思いますよ」

お高はこの春、さる事件に巻き込まれ、あやうく殺されかけたと聞いた。

殺されかける。

口にすればひと言だけど、現《うつつ》には身も心も凍り付くほど、恐ろしい出来事だ。

ただ、その事件がきっかけになり、お高は遠野屋清之介に針の腕を認められ、弥吉とは夫婦《めおと》になれた。人の運命《さだめ》とはつくづく先の読めないものだと、おちやは驚嘆する。

先が読めないから、おもしろいし、怖い。

おうのが音を立てて手を打った。

「そうだわ、お高さんがいた。あの人なら見事なお花を拵えてくれますね。それを木の枝にくっつければ、花が咲いている風になりますよ」

「あの、だったら」おちやは身を乗り出す。

「あたしとおくみちゃんで作ります。あの、お花はお高さんに拵えてもらって、あたしたちは木の枝に緑の布を巻いてそこに花をくっつけて、お座敷を彩る飾りを作りますから」

「おくみは忙しいんだよ」

びしりとおみつが言った。

「台所仕事から洗濯、掃除、やることは山ほどあるんだ。飾りを作る暇はないね」

おちやは口を押さえた。

あたし、またやっちゃった。

そうだ、おくみは忙しい。おちやの何倍も働いている。周りに頼られ、当てにされている。これ以上、仕事を増やすのは無理だ。

わかっていたのに、おくみちゃんの忙しさはすぐ傍《そば》で見ていて、誰よりわかっていたのに。あたしったら何も考えずに……。

どうしてこうなのだろう。

おちやは顔を伏せた。恥ずかしさに耳朶《みみたぶ》まで熱くなる。周りに気が配れない。周りを慮《おもんぱか》れない。気持ちのままに言いたいことを言ってしまう。これでは昔のままだ。何も知らず、知ろうともせず生きていた〝八代屋のお嬢さま〟のままだ。

「あたし、やりたいです」

顔を上げる。おくみの眼差《まなざ》しを感じた。

「やってみたいです。おちやちゃんの言うように二人で飾りを作ってみたいです」

「だって、おくみ、おまえは……」

「大丈夫です。朝、早起きして掃除、洗濯は済ませます。そしたら暇ができますから」

「暇ったってねえ。表座敷を飾るんだよ。一本や二本じゃ足らないんだ。ね、おうのさん」

「そうですねえ。できれば、大きな甕《かめ》にどっさりと飾りたいし……少なくとも十本、二十本は入り用でしょうね」

おうのがおちやとおくみを見やり、告げた。おみつが男のように腕を組む。

「ほら、ごらん。催しまでに一月《ひとつき》もないんだよ。無理に決まってて」

「おみつさん、あたし、やりたいです。やらせてください」

おみつを遮り、おくみは膝を前に進めた。

「おちやちゃんと二人で頑張らせてください。あたしも、何かを作ってみたいんです。商いのお役に立ちたいんです」

おみつは眉を顰《ひそ》め、暫《しばら》く黙っていたが、ゆっくりと腕を解《ほど》いた。

「言っとくけどね、おくみ。掃除だって、洗濯だって、賄《まかな》いだって『遠野屋』の商いに十分、役に立ってるんだ。算盤《そろばん》弾《はじ》いたり、帳面をつけたり、何かを作ったり、売り買いする仕事だけが店を支えてるんじゃないよ」

「あ……はい」

「おまえは自分のやってることが表の仕事に比べて、劣ってるなんて考えちゃいないだろうね。もしそうなら、とんだ御門《おかど》違いだよ」

そこで、おみつは胸を張った。

「あたしたちの働きなしには店は成り立たないのさ。覚えておきな」

はははと、おしのが笑った。よく響く、明るい声だ。

「おみつの啖呵《たんか》、久しぶりに聞いたね。でも、その通りだよ。ここにいる誰か一人欠けても、『遠野屋』は回っていかない。だから、みなさん、よろしく頼みます」

「あらまっ、嫌ですよ、大女将さん。頭なんて下げないでください」

おみつが慌てて、手を左右に振った。

「で、おみつ、ここからは相談だけどさ」

おしのは笑みを残した顔つきで、心持ち声を低くする。

「暫くの間でも通いの女中を雇っちゃあどうだろうかね。あたしに一人、心当たりがあるのさ。おくみのようにはいかないだろうけど、下働きならしっかりできる人だよ」

「そうですね。大女将さんが言うなら、あたしは別に異存はありませんけど……。でも、旦那さまにお伺いしてみませんとね。新しい人を雇うとなると、あたしや大女将さんの一存じゃ決められませんでしょ」

「ご冗談を。前に清さんが言ってたよ。『遠野屋』の内で、おみつに逆らえる者などいないってさ。店の主が言うんだから、おまえの一存でどうにでもなるさ」

「なりますかね。ええ、なりますね、きっと」

おしのとおみつは顔を見合わせ、くすくすと笑った。長い年月、共に生きてきた者同士の親密で揺るがない気配が漂う。

あたしとおくみちゃんも、こんな風になれるかな。

ふっと思う。何年も何十年も『遠野屋』の中で一緒に働いて、泣いて笑って生きていけるかな。生きていけたらいいな。

生きていきたい。

「じゃあさ、おまえたち二人で端切れを買いに行っておいで」

おみつが顎をしゃくる。おちやとおくみは、同時に「えっ」と声を出していた。おくみの黒眸《くろめ》が揺れる。

「これからですか」

「そうだよ。善は急げって言うじゃないか。おまえたちがやるって言ったんだ、端切れ選びから自分たちでおやり。その端切れを持って、こうこうこういうものを作りたいって、お高さんにお願いしにいきな。手間賃については……どうしたもんですかね、おうのさん」

「そうですね、どれくらいの手間がかかって、どれくらいの数を作るかによるでしょうが。番頭さんと相談してみます。遠野屋さんを煩《わずら》わせるほどじゃないでしょうからね。お高さんの言い分もあるでしょうし」

「てことだよ。そこらへんも、ちゃんとお高さんに伝えて、返事を貰《もら》っておいで」

「これからですか」

おくみが同じ問いを口にする。

「そうだって言ってるだろ。決めたんなら、さっさと動かないと催しに間に合わなくなるよ。お高さんが、すぐに仕事を引き受けてくれるとは限らないんだ」

「でも、あたし、夕餉《ゆうげ》の用意があって」

「あたしがやるよ。おまえの代わりぐらい、まだ十分にできるからね。二人でしっかり働いておいで。みんなが夕餉を済ますまでに帰ってくればいいからね。ああ、そうそう。六間堀町に評判の端切れ屋があるよ。そっちにも回ってみるといいさ、さっ、行っといで」

おみつに押される恰好《かっこう》で、おちやとおくみは廊下に出た。

「おくみちゃん、行こうか」

「うん、行こう」

気持ちが弾む。胸の中で小気味よく跳ねる。

おちやは胸を押さえ、深く息を吸い込んだ。

「おみつさん、いつもながら粋な計らいですね」

おうのは女中頭《がしら》に笑みを向け、肩を窄《すぼ》めた。

「おや、そうですか。若い者に用を言い付けただけですけどね」

おみつが惚《とぼ》ける。こちらも、たっぷり肉のついた肩を上下に動かした。

「おちやさんとおくみさん、二人で力を出し合えば今以上にいい仕事ができる娘《こ》たちです。でも、おくみさんは、まだちょっと、おちやさんに遠慮がありましたものね。飾り花を作ることは仕事としては小さいけれど、あの二人が一緒に何かを為《な》す、その一歩になります。そこまで考えての言い付けでしょ」

「おや、見抜いてましたか。さすがですね。あ。ちょっと失礼。肥えたせいか正座が辛《つら》くてね。ちょいと膝を崩させてもらいますよ」

おみつは「どっこいしょ」と遠慮ない掛け声を出し、横座りになった。

「おくみはねえ、苦労して苦労して育ってきた娘なんですよ。食うや食わずの暮らしもしていたみたいでね。うちに奉公に来たころは、今にも折れてしまうんじゃないかと心配になるぐらい痩せてたものです。ずい分と元気にはなりましたけど。まぁ、でも、もともと頭もいいし、気性もいい。よく気も回る娘なので次の女中頭にと、大女将さんとはときどき話してるんですよ」

「そうですね。おくみさんの素質があって、おみつさんに鍛えられるのですから、いい女中頭に育ちますよ」

本心を伝える。おみつが真顔で頷いた。

「けど、おちやが来てから、何というか少し臆したみたいなところが出てきて……。江戸でも指折りの豪商の縁者。持って生まれた華やかさと育ちの良さに気圧《けお》されたんでしょうね。仲良くなればなるほど、自分との違いが見えてしまう。心の奥底で、どうしても比べて、自分を卑しいと思うんでしょう。あたしは、そうじゃないって、おくみに教えたいんです」

おうのは黙って、首肯《しゅこう》する。

貧しさのどん底で生きてきた者と絹で包《くる》まれて育ってきた娘。二人の間に隔たりはないと、教えたい。おみつの言葉が重い。

おうのの思案は、ここにいない男に流れていった。

遠野屋さん、どうでしょうか。どこに生まれ、どう育てられるか。人には選べやしません。運命《さだめ》と言うしかないんです。その運命を人は己で変えられるものですかねえ。

あたしはどうだろうか。

おくみやおちやの年のころ、もう既に男を扱うコツを覚えていた。三十の峠をとっくに越して、今、人とはそう容易《たやす》く扱える代物ではないと気が付いた。その、人の中に自分も含まれる。己で己を容易く扱わない。その心構えを『遠野屋』で手に入れた。おみつもそうなのだろう。だから、おくみに教えたいのだ。伝えたいのだ。

「おくみさんもおちやさんも、先が楽しみですね」

二人とも、このまま伸びてくれれば『遠野屋』の太い柱になる。支柱になる。掛け値なしに楽しみではないか。できるなら、二本の若い細木が太く逞《たくま》しくなっていく様を傍《かたわ》らで見ていたい。育ち切るまでを見届けたい。

「ほんとにね」おみつが相槌《あいづち》を打った。

「楽しみで仕方ありませんよ」

「でも、あたしたちにもあたしたちの仕事がありますよ。それをしっかり果たしましょうか」

おうのは短冊を並べ、おしのとおみつを見やる。

「半襟の文様をどうするか。あたしたちである程度決めてから、番頭さん、それから遠野屋さんにご意見を伺わなくちゃいけません」

「信三と清さんね」

おしのが顔を上げ、障子の外へと眼差しを投げる。

「この前から何かと忙しそうだよ。信三は急ぎの旅に出ると言ってなかったかい。おみつ」

「はい、そういう風に聞いています。あたしも旅支度を整える手伝いをしたんですが、急に決まったらしく、ずい分とどたばたしてましたよ。旦那さまも、今日の夕餉は外で済ますと仰ってましたが……。寄り合いではないから、『梅屋』にでも行かれるのかしら」

「何だか落ち着かないけど、大丈夫かね」

おしのの眼つきが翳《かげ》る。

「大女将さん、何の心配をしてるんです？　旦那さまや信三の身体《からだ》のことですか。二人とも、まだ若いのですもの、ちょっとやそっとでは疲れたりしませんよ。それに旦那さまは言うに及ばず、信三だってああ見えて、わりにしっかりした身体をしてますからね」

「そうだね。そこの心配はないかねえ。けど……商いの方で何かごたごたしてるんだろ。何か不味《まず》いことがあったんだろうかね」

「あら、そっちの方なら、もっと大丈夫ですよ。何があっても遠野屋の商いが揺らぐことなんて、ありませんからね。大女将さん、気にし過ぎですよ。嫌ですね。取り越し苦労をするのは歳を取った証《あかし》ですよ。あはははは」

「まあ、おまえは本当に言いたいことをお言いだね。あまり大口を開けて笑うと屑籠《くずかご》と間違えられて、塵《ごみ》を投げ入れられるよ」

おしのが苦笑いしたとき、ドンと音がした。障子に黒い影が過《よぎ》る。女三人は一瞬だが身体を硬くした。すぐに、おうのは立ち上がり障子を開ける。黒い影はどこにもなかった。冷えた風が吹き込んできただけだ。

「何かぶつかったのかい」

「ええ、これが廊下に落ちてました」

黒い羽毛をおしのに見せる。風が手のひらから羽毛をさらい、ふわりと宙に浮かせた。宙に浮き、漂い、ゆっくりと落ちていったそれを目で追いながら、おしのは「鴉《からす》」と呟《つぶや》いた。おみつは畳の上の鳥の羽根を忌み物のように睨《にら》んでいる。

「ええ、鴉がぶつかってくるなんて珍しいですね。諍《いさか》いでもしたんでしょうか」

おうのが言い終わらないうちに、庭で鴉の声がした。長く伸びて、震えながら消えていく。女の悲鳴のようだ。

「不吉な声だねえ。気味が悪いよ」

おしのが眉を顰める。おうのは、わざと音を立て障子を閉めた。

鴉がまた一声、鳴いた。


「旦那」

息を吐き出した口元を、伊佐治は思いっきり歪《ゆが》めた。

「お忘れかもしれやせんがね、旦那は定町廻《じょうまちまわ》りのお役人でやすよ、お・や・く・に・ん。斬れだの殺せだの、他人《ひと》さまを煽《あお》ってどうすんです。まったく、南雲《なぐも》さまのお耳にでも入ったら説教ぐれえじゃすみませんぜ」

信次郎の上司となる与力《よりき》の名を出す。何程の効き目もないとはわかっていたが、他に諫《いさ》める言葉を思いつかなかった。

信次郎も遠野屋も何も言わない。無言のまま、対峙《たいじ》している。

この一時、この気が嫌だ。

身体の軸がぶれて、視界が揺れる。冷えた不快な汗が滲む。口の中と唇が乾いてひりつく。

本当に嫌だ。

「木暮さま」

遠野屋が信次郎を呼んだ。この口調も嫌だ。静かで穏やかで、険しさなど欠片《かけら》もないのに、耳から流れ込んで心身を強張《こわば》らせる。

「八代屋さんを斬れば片付く。本気でそうお考えなのですか」

「おぬしは考えねえのか。うろちょろ目障《めざわ》りな狐《きつね》なら、一嚙《ひとか》みして始末する。狼《おおかみ》ならそうするだろうよ。それが一番、手っ取り早いからな。あぁ心配はいらねえぜ。八代屋の死体が大川に浮いたって日本橋《にほんばし》の脚に引っ掛かったって、おれたちは騒がねえ。遠野屋の旦那が殺《や》ったなんて噯《おくび》にも出さねえからよ。なあ、親分」

「知りやせんよ。日本橋はあっしの縄張《シマ》りじゃありやせんからね」

突慳貪《つっけんどん》な物言いをして、伊佐治は横を向いた。

「この一件、裏に八代屋が構えているのは確かだろうぜ。おぬしだとて、そこを疑ってるわけじゃあるめえ」

「確かに。浦賀の奉行所まで手を伸ばせるとなると、並の者には無理でしょう。が、八代屋さんほどの力があればさほど難しくはありますまいな」

ふふと信次郎が笑む。

「政《まつりごと》を動かす主役は既に武士から町人に移っている。おぬしの持説だったな」

「世の真実でございますよ。木暮さまなら、とっくに気が付いておられますでしょう。この世を回しているのは刀ではなく町人たちの生業《なりわい》です。この先も、その恰好は強まりはすれ、弱まることはないはず。戦国の世は遥《はる》か遠く、もはや刀で変えられるものなどないのです」

信次郎が僅《わず》かに目を狭めた。

「八代屋を斬っても何も変わらないと、そう言いてえのか、遠野屋」

「何も変わりませんでしょう。『八代屋』の主の首が挿《す》げ替えられるだけのこと。それでは、些《いささ》かおもしろうございませぬ」

「おもしろくない……とは」

「八代屋さんが狙ったのは船一艘ぶんの積荷ではありますまい。紅餅三駄《べにもちさんだ》の荷など大店《おおだな》『八代屋』にとって、何程にもならないのですから」

信次郎が顎を引く。薄笑いが浮かんだ。

「だな。たっぷり食い物があるのに、駄菓子を盗むみてえなものだ。しかも、結構な手間暇をかけてる。平塚が手を貸したのは金絡みだろう。ちっと突《つつ》いてみたところ、借財がかなりあるらしくてな。一時、吉原あたりで派手に遊んでいたってこったから、どうにも首が回らなくなっちまったんだろうよ」

「吉原の遊びに嵌《は》まってたんでやすか。そりゃあ、いくら金があっても足らねえや」

ふと、呟いていた。

吉原は江戸に咲く徒花《あだばな》だ。幻の美しさで心を奪う。奪い、搦《から》め捕り、溺れさせる。幻に魅入られて財も家も家族も、これまでの人生で懸命に積み上げ、育ててきた全てを失った、そういう男を幾人も伊佐治は見てきた。

吉原に通い詰め、現に帰れなくなる。酒毒《しゆどく》に侵されたようなものだ。飲むために、幻に酔うために、たいていの男がたいていのことをやってしまう。

「八代屋と平塚がいつから関わり合っているのか。そこまでは知らねえが、平塚は金が喉から手が出るほど欲しかった。そして、八代屋は唸《うな》るほど金を持っている。それをちらつかされて、平塚は手もなく八代屋の鉤《はり》に食いついた。ああ、なるほどな」

信次郎が自分の膝をぴしゃりと叩いた。

「ここでも、金が主役か。大枚の前に武士の矜持《きようじ》など吹き飛んじまう。なるほどねえ。遠野屋の旦那の言う通りだ」

「お武家のみんながみんな、そうじゃねえでしょ。一分《いちぶん》を貫き通すお方も旦那みてえに変に曲がって、易々《やすやす》鉤に食いつかねえ魚もおりやすよ」

遠野屋と主が黙り込むのが嫌で口を挟む。信次郎が鼻で嗤《わら》った。

「ふふん。ともかく、八代屋は平塚を使って『遠野屋』の船を消した。荷駄《にだ》が届かないよう企てたわけだ。遠野屋の言い分だと、荷駄は駄菓子に過ぎねえってこったがな」

「いえ、それは木暮さまが仰ったのです」

「そうだったかい？　まぁどうでもいいことさ」

信次郎は肩を竦《すく》め、だらしなく壁にもたれかかった。

「八代屋の狙いは荷駄じゃねえ。だとしたら何だ？　答えは明らかだよな」

「何なんでやすか」

伊佐治は逆に居住まいを正し、心持ち身を乗り出した。

「わかんねえかい、親分」

「わかりやせんよ。八代屋さんほどのお大尽が欲しがるものなんて、あっしには見当の〝け〟の字も思い付きやせん。自慢じゃねえが、こちとら金銀とはまるで縁のねえ、鳥目《ちょうもく》で生きている身でやすからね」

鳥の目に似た穴明き銭《せん》は、伊佐治たちには馴染みのものだ。それを数えて暮らしている。何千両という金を扱う豪商の胸の内など、どう頭を捻《ひね》っても窺《うかが》い知れない。

「だとよ。教えてやったらどうでえ、遠野屋」

遠野屋が身動《みじろ》ぎする。

「八代屋さんは、おそらく、『遠野屋』全てを呑《の》み込むつもりなのでしょう」

「へっ？ それは、どういう意味でやす」

間の抜けた物言いだし、おそらく間の抜けた顔つきになっている。伊佐治は自分の頰を叩き、息を強く吸い込んだ。

「『遠野屋』を潰《つぶ》して、紅花の商いごと手中に収める。そう考えておられるようです。この度の船の件は、その一歩かと思います」

「そこが、わかんねえんですよ。そんなこと、ありやすかね」

伊佐治は遠野屋の目の前で、かぶりを振った。

「旦那だってさっき、わからねえと言いやしたよね。八代屋さんが本気で『遠野屋』を潰そうと考えているのかどうか、わからねえって。あっしは、どうしても合点がいかねえんですよ。『八代屋』と『遠野屋』が同じ商売で競っているってなら、納得もできやすよ。けど、そうじゃねえでしょ。そりゃあ紅花を扱えば、大層な商いになるってのはわかりやす。商人なら、みんな欲しがりもするでしょうよ。けどね」

下唇を舐《な》め、二人の男に目をやる。信次郎は膝を崩した恰好で、あらぬ方向に眼差しを向けていた。遠野屋は端座したまま、伊佐治を見据えている。

聴いている。しどけない姿の同心《どうしん》も端然と座る商人も、伊佐治の一言一言に本気で耳を傾けている。

これが、おれの役目の一つだ。

もう一度、舌の先を唇に這《は》わす。

信次郎はむろん、遠野屋の思案にも伊佐治は追いつけない。事の裏に隠れ、うずくまる真相に掘り進み突き刺さる武器を持たないのだ。しかし、しゃべることはできる。頭に浮かんだあれこれをできる限り素直に、思い浮かぶままにしゃべる。そのしゃべりが無駄ではないと、これまでの年月、信次郎の後ろに控え、ときに諫め、ときに感嘆し、ときに呆《あき》れ、ときにおもしろいと感じて生きてきた日々が教えてくれる。

伊佐治は自分が凡庸な者だと心得ていた。その凡庸さが天賦《てんぷ》の才と同等に貴重なのだとも心得ていた。凡庸な思案や言葉が天賦の才を揺り動かすことだって、稀《まれ》にだがある。

「けど、『八代屋』は一身代《しんだい》築いているじゃありやせんか。公方《くぼう》さまとはさすがに言いやせんが、小さな大名ぐれえなら凌《しの》ぐほどの身代ですぜ。その大店がなんで今さら『遠野屋』を手に入れようなんてするんです。しかも、こんな企てまでして。浦賀のお奉行所まで手を回して。なんで、そこまでするんです。おかしかねえですか。あっしには、とんと」

わからねえと続けようとして、伊佐治は口をつぐんだ。

よく似たやりとりをした。

そうだ、旦那と、八代屋さんと遠野屋さんについて、よく似たやりとりをした。あれは……あれはいつだ。そんな昔じゃない。つい、この前だ。

伊佐治は主に顔を向け、一度、唇を噛んだ。

「旦那、あの日、言いやしたよね。先代の八代屋は遠野屋さんを始末したかったんだと。殺すとかじゃなく、取り込んで飼い殺しにしたかったんだと、言いやしたよね」

「あの日ってのはいつだ」

「井平さんを新大橋のところで捕まえた日でやすよ。無理やり水茶屋に連れ込んで、あれこれ問い質《ただ》した日でやす。忘れちゃいねえでしょう」

おちやたちに絡む八代屋の手代《てだい》を見つけ、不穏を感じた。それを信次郎は綻《ほころ》びだと言い切った。八代屋が迂闊《うかつ》にも見せてしまった綻びだと。綻びは大きな破れ目《やめ》にもなる。そうとも言った。この耳で確かに聞き、記憶に刻んでいる。

「ああ、あれな。井平が寒そうにしていたから熱い茶を馳走《ちそう》してやった日だな」

「さいでやす。井平さんは余計に寒くなったみてえでしたがね。あのときから、旦那は八代屋さんの企みを察しておられたんで」

「そんなわけねえだろ。ただ、八代屋が妙にじたばたしていると感じただけさ。まぁ、今、遠野屋の旦那からいろいろと聞かせてもらったからよ、やっとこ、繋《つな》がるところは繋がり、収まるところは収まって、見えてきたものがあると、そういうとこさ」

遠野屋の眼つきが瞬時に鋭くなる。伊佐治も腰を浮かせていた。信次郎が壁から背中を離し、胡坐《あぐら》を組み直す。

「遠野屋」

「はい」

「おぬし、さっき、おめおめ負けるわけにはいかねえと言ったな」

「申しました」

「八代屋を斬る気もないと言った」

「本音です。刀で片を付ける気はございません」

「八代屋は本気だぜ。本気で牙《きば》を剝《む》いている。悠長に屁理屈《へりくつ》を並べていて大丈夫なのか」

「狐ならば何とかなるでしょう。虎であれば厄介ですが。木暮さまは、はっきり狐だと仰いましたので少し安堵《あんど》しております」

「なるほど、ふふ、勝算はないなどと言いながら、遠野屋の旦那のお頭《つむ》の中には、勝ち戦の下絵がしっかり描けている。そうらしいぜ、親分」

「あっしは旦那のお頭の中に何が収まってるのか、そっちの方が気になりますさぁ」

苦口《にがぐち》を叩きながら、横目で遠野屋を窺う。

勝ち戦？　あの『八代屋』を相手にしてか？

「ただ、親分さんと同じく、わたしも合点がいかないのです。八代屋さんは、なぜここまで『遠野屋』を欲しがるのか。潰そうとするのか。正直、わかりかねます。木暮さまには、そこも見えておられるのですね」

「そうさなあ。多分と一言、くっつくが所詮、八代屋は狐、虎じゃなかったってことさ」

伊佐治と遠野屋は顔を見合わせ、互いに眉を寄せた。

「親分」

「へい」

主に呼ばれた。その呼び方に背筋が伸びる。為すべき仕事が回ってきたようだ。

「八代屋の仮祝言の話、あれを穿《うが》ってみな」

「と、言いやすと、相手の娘についてでやすか」

「どうして仮祝言なのかってところさ。八代屋の正妻になるってこたぁ、そこそこ釣り合うほどの家格《かかく》、身代の娘だろう。それがなぜ、仮祝言で止まっているのか。本祝言の話は進んでいるのか、探ってもらいてえのさ」

「お安い御用でやす。半日もいただけりゃあ、ざっと調べ上げてみせますぜ」

狐だの虎だのという話と八代屋の仮祝言がどう結び付くのか、謎ではある。しかし、もういい。謎に首を傾げるより、主の命《めい》に沿って少しの漏《も》れもないように動く。足と耳と目と口を頼りに働く。その方が性に合っている。

「すっかり長居をいたしました」

遠野屋が障子の向こうの闇に、眼差しを投げた。

「おかげで何とか道筋が摑《つか》めた気がいたします。事が片付きましたら、改めまして、お二人に御礼の席を設けさせてください」

「そんな気遣いはいりやせんよ」

伊佐治は右手を横に振った。

「何度も言いやすが、遠野屋さんには洗濯盥に山盛りの恩がありやす。まだ、半分も返せていねえ。そこんとこは、よくわかってやすからね。あっしも旦那も」

〝旦那も〟と力を込めて口にする。ここで抑えておかないと、どんないたぶり言葉を口にするか知れたものではない。

しかし、信次郎は何も答えなかった。見返りを求めることも、皮肉を口にしようともしない。片手で頰を支え、無言でいる。

「木暮さま?」

立ち上がろうとしていた遠野屋が座り直す。

「木暮さま、いかがなさいました」

「甘いな」

「え?」

「甘いな、遠野屋。いつの間に、そんな鈍《なまくら》になり下がった」

遠野屋が息を呑み込む。横顔が硬く張り詰めた。唇が動き「鈍」と声が漏れる。

「刀を捨てようと足掻《あが》くのも結構、世を変えるのが商いだと信じ込むのも結構。けどな、無理なんだよ。おぬしは所詮、人斬りだ。商人にはなれねえ」

「旦那！」

伊佐治は中腰になり、腹の底から声を張り上げた。

「いいかげんにしてくだせえ。どうして、そうも他人を貶《おとし》める罵言《ばげん》を吐けるんでやすか。しかも、見当違いも甚《はなは》だしいじゃねえですか。恥ずかしくねえんですかい」

「親分さん」

遠野屋が伊佐治の袖を引いた。

「お座りください。わたしは、木暮さまのお話を聞きたいのです」

「けど、遠野屋さん……」

遠野屋が首を横に振った。伊佐治は唇を結び、腰を落とす。そして、そのまま後退《あとずさ》った。口を出すなと言うなら黙っている。黙って見ていてやる。

膝の上でこぶしを固める。遠野屋は逆に、信次郎に僅かににじり寄った。にじり寄り、「続きを」と、促す。ほとんど囁《ささや》きに近い声音だった。

「続きをお聞かせ願います。木暮さま」

信次郎は頬から手を離し、仄かに笑む。

「たいした話じゃねえよ。人は無理をすると歪みが出ると、それだけのこった。人を斬るために生まれてきた者が商人の型に嵌まろうとする。無理に無理を重ねてな。だから、鈍くなる。研ぎ澄まされていたはずの勘が鈍り、甘い見方しかできなくなる。そんなんじゃ狐を狩るのは難しいのと違うか」

何のことだ。

伊佐治は心内で呟く。

うちの旦那は何を言っている？　まるで判じ物みてえじゃねえか。

遠野屋の背中が強張った。

「まさか」と叫ぶ。囁きの何倍も大きい。

「そう、やっと気が付いたかい。この一件、札は三枚じゃねえ。四枚だ。裏側にもう一枚、隠れていたってわけさ。四枚の札があって初めて事が動き出したんだよ、遠野屋。だから、おちやが入り用だったんだ」

ますます、わけがわからなくなる。わからないからなのか、心《しん》の臓《ぞう》が脈打つ。とくとくとくとく、いつもよりずっと速い。気分が悪くなるほどだ。

なんでだ。なんで、ここにおちやさんが出てくる。札ってなんの札だ？　花札や歌留多じゃねえだろう。三枚が四枚に増えて、どうなるってんだ。

「おちや……」

「そう、あの娘っ子、どうしている？　『遠野屋』にいるのか。それとも」

遠野屋が立ち上がった。身をひるがえし、出て行く。

伊佐治は一瞬、迷った。後を追うべきかこのまま留《とど》まるべきか決めかねたのだ。しかし、瞬《まばた》きする間に、迷いは消えた。

「遠野屋さんを追っかけやす」。主に告げる。

「八代屋さんの件もお任せくだせえ。すぐに手下《てか》を動かしやす」

「ああ、頼む」

信次郎はいつの間にか、きちんと膝を揃えていた。腕を組み、散らばった似顔絵を見詰めている。伊佐治を一瞥《いちべつ》もしない。

何か言い残したことがある気がした。しかし、すぐに伝えるべきことは何もないと気付く。

伊佐治は廊下に飛び出し、遠野屋の後を追った。


「よかったね」

と、おくみが笑った。安堵の笑みだった。

「うん、よかったよ。お高さんが引き受けてくれて本当によかった」

おちやも笑みを返す。それから、その笑顔のまま続けた。

「お高さん、ぜひ、やりたいとまで言ってくれたでしょ。正直、あんなに乗り気になってくれるなんて思ってもなかったから、嬉しいけどびっくりもしちゃった。やっぱり、ご亭主の弥吉さんが『遠野屋』の手代だから、力を貸さないといけないって考えてくれたのかしらね」

おくみは暫く考え、「違うと思うよ」と首を横に振った。

「え、違う?」

「うん、弥吉さんのことは関わりないと思う。飾り花を作るのって、お高さんにしてみれば新しい仕事、今までやったことがない仕事でしょ。それが嬉しかったのと違うかなあ。だってね、お高さん、こんな風に」

おくみは指で自分の瞼《まぶた》を持ち上げた。

「目を大きくして、きらきらさせてたでしょ」

そう言われればと、おちやは別れてきたばかりのお高に心を向けた。

目をきらきら……。

「まぁ、あの催しの飾りですか。それをわたしに任せてくださるんですか」

拝むように手を合わせ、お高は目を輝かせていた。

「催しの開かれるお座敷を見せていただけますか。どんな風に飾り付けるのか、ご相談もしたいですし。まぁ、ほんとに？　おうのさんもご一緒に考えてくださるんですか。おちやさんやおくみさんも？　まぁ何て嬉しいこと。ええ、もちろんです。もちろん、お引き受けいたします。いえ、引き受けさせてくださいな。精一杯、頑張りますから」

そう告げたとき、頰は薄紅色に染まっていた。

そうだ。嬉しそうだった。気を昂《たかぶ》らせているようでもあった。亭主の名前など一度も口にしなかった。三月《みつき》前に夫婦になった弥吉が『遠野屋』の手代であることは、あのとき、お高の頭のどこにもなかったのだろう。若いころから針の技を頼りに生きてきた女は、自分の腕への矜持も新たな仕事への熱も溢《あふ》れるほど持っていた。

おちやはため息を吐《つ》いた。ちょっと切なげに響いた。

「どうしたの、おちやちゃん」

歩きながら、おくみが顔を覗《のぞ》き込んでくる。二人は森下町の木戸を出て六間堀に沿って歩いていた。北ノ橋を渡り六間堀町に行くつもりだった。六間堀町の外れに端切れを扱う店があるのだ。二軒長屋の小体《こてい》の店だが商う布切れ、端切れの種が多く、更紗《さらさ》や天鵞絨《ビロード》といった名物裂《めいぶつぎれ》もあると聞いていた。おみつが評判だと教えてくれた店でもある。

「気分でも悪くなった？　どこかで休む？」

「ううん、そうじゃなくて……まだまだだなあって思って」

「まだまだだって、何が？」

「人を見る眼。おくみちゃんみたいに深く見られないの。上辺だけで決めつけちゃって……」

「お高さんのこと？」

「うん。あたし、お高さんが弥吉さんのお内儀《かみ》さんてことだけしか考えてなくて、お高さんをちゃんと見てなかった。おくみちゃんみたいに、ちゃんと見られなかったの。だから、おくみちゃんはすごい。敵《かな》わないなあって感心してしまったの」

おくみが瞬きする。それから、朗らかな笑声《しょうせい》を立てた。

「おちやちゃんて、ほんと素直だね」

それから真顔になり、おちやの背を軽く叩いた。

「あたしなら、そんな風に他人《ひと》のこと認められないかもしれない。すごいとか敵わないとか、感じていても口に出せないかも……。あたしね、十の歳に奉公に出るまでは遠縁の家を転々として大きくなったの。どこでも厄介者扱いされた。それもしょうがないんだ。どの家も貧しくて食うや食わずの暮らしだったから、あたしがいるとみんなの食い扶持《ぶち》が減るんだものね。厄介でしかないよね。厄介者だとわかっていたから。あたし我慢してた。どんなにお腹《なか》が空《す》いていても、食べちゃ駄目だって我慢してた。だから『遠野屋』に来て、白いご飯をお腹いっぱい食べていいって言われたとき、信じられない気がしたの。夢かと思った」

おちやは相槌一つ、打てなかった。

白い飯も、たっぷりのおかずも、出汁《だし》の効いた味噌汁《みそしる》も当たり前のように口にしていた。ありがたいとか、もったいないとかすら感じたことがなかった。まして、この一口、この一すすりが叶《かな》わない誰かがいるなんて考えてもいなかった。飢えを知らなかった。我慢を知らなかった。何も知らないで生きていた。

「あたし、『遠野屋』での暮らしを手放したくなかった。ここにいたらお腹が空いて寝られない夜とは無縁でいられる。読み書きまで教えてもらえる。何があっても『遠野屋』で生きていくって決めたの。それで、必死で仕事を覚えた。おみつさんに言われたことを全部、覚えて、言われないことまでできるようになろうって、そうしたらいつまでも『遠野屋』にいられるって思って」

「……うん」

どう答えていいかわからない。答える術《すべ》がないようで、おちやは俯《うつむ》いた。六間堀からの風が身に染みる。

「あたし、だから……あたしより仕事ができる人が嫌だった。おみつさんは別だけど、女中仲間であたしより、掃除や洗濯や台所仕事が上手な人、手際のいい人が嫌でしょうがなかった。その人がおみつさんや大女将さんに褒められてたりしたら気が気じゃなかったんだ。あたしの居場所を奪われたらどうしようって……怖くてたまらなかった。その人が病になったときは、治らなきゃいいのにって思ったぐらい。治らなくて、『遠野屋』で働けなくなったらいいのにって、本気で願ったこともあるの」

おちやは息を呑んだ。おくみは、己の内に踏み込んだ話をしている。踏み込んだ先の暗さや醜さを語っている。

「でも、おちやちゃんってそんなところ、全くないでしょ。あたしのことも本気ですごいとか、褒めてくれるし」

「だって、本当にすごいって思うんだもの」

「そんな風に素直に誰かを褒められるの、そっちの方がすごいよ。あたし、おちやちゃんに逢《あ》ってから、おちやちゃんみたいになれるように頑張ろうって決めたの」

「あたし?」

足が止まった。おくみも立ち止まる。おちやをまじまじと見詰めてくる。

「うん。おちやちゃんみたいになりたい。どんなときも、素直に他人《ひと》を認められる。そんな人になりたい。誰かを羨《うらや》んだり、妬《ねた》んだりするんじゃなくて、認められる人。それで、いい手立てを見つけたんだ」

おくみが歩き出す。おちやも足を前に出した。歩きながら尋ねる。

「手立てって?」

「ふふ。あのね、誰かを妬みそうになったら、お呪《まじな》いを呟くの。『おちやちゃん、おちやちゃん、おちやちゃん』って。そしたら、妬心《としん》なんてみるみる縮んじゃう気がする」

「あ、じゃあ、あたしは掃除やお洗濯の前に『おくみちゃん、おくみちゃん、おくみちゃん』って唱えればいいね。そしたら、きっちり仕事ができて、おみつさんに怒られなくなるかな」

「うーん、それは難しいかなあ」

「わっ、おくみちゃん、ひどいよ」

おくみと顔を見合わせて笑う。しかしすぐに、おくみの笑顔が強張った。再び足を止め、あたりを見回す。北ノ橋の近くだ。堀に沿って柳が植えられている。夏のころなら刃針《はばり》に似た葉が茂り、緑の匂いを濃く漂わせもするのだが、今は葉の落ちた裸の枝が風に揺れているばかりだ。

日は暮れかけ、薄闇が地を這い始めている。

おくみの黒眸が落ち着かなく動く。

「おくみちゃん？　どうかした」

「あ、いや。誰かに見られているような気がして……ごめん、勘違いだった。さっ、行こう」

おくみがおちやの手を握ったとき、風が強く吹いた。柳の枝が大きく揺れる。

「あ」おくみが身体を硬くした。柳の後ろから男が一人、現れたからだ。いや、現れたのは一人だけではない。二人の男が板壁の陰から姿を見せた。三人とも縞《しま》の小袖を尻絡《しりから》げし、手拭いを額に巻いていた。駕籠《かご》かきのように見える。腰に刀を帯びているわけではない。匕首《あいくち》をちらつかせてもいない。しかし、三人が三人、妙に尖《とが》った気配を放っていた。三方から、無言で迫ってくる。

おちやとおくみは後退る。背中が塀に当たった。もう下がれない。

「何ですか、あなたたちは」

半歩前に出て、おちやは声を張り上げる。

「あたしたちに何か用ですか。あなたたちは何者です。名ぐらい名乗りなさい」

矢継ぎ早に言葉を繰り出すが、男たちは一言も返してこなかった。

「おちやちゃん、逃げよう」

おくみが手を引っ張る。おちやが駆け出すより僅かに早く、男の一人が飛びかかってきた。おちやを後ろから羽交い締めにする。

「きゃあ、止《や》めて。放して、放しなさい」

身を捩《よじ》って暴れたけれど、男の腕は些かも緩まなかった。おちやの腰に手を回し、ずるずると引きずっていく。

「おちやちゃん」

おくみが男にむしゃぶりつく。

「うわっ」と男が叫び、おちやは地面に転がった。

「この女《あま》、嚙みつきやがった」

男の怒声と共に、おくみが地に叩きつけられる。華奢《きやしや》な身体が土煙《つちけむり》を上げて横倒しになった。

おちやは悲鳴を上げる。男の足がおくみを踏みつけたのだ。さらに蹴り上げる。おくみはもう声も出さない。目を閉じ、鼻から真っ赤な血を流している。

「小娘の分際で逆らいやがって。蹴殺《けころ》してやる」

男が足を後ろに引いた。

「止めて、止めてーっ」

おくみちゃんが殺される。

止めなきゃ、あたしが止めなきゃ。

おちやはおくみの上に覆いかぶさり、叫び続けた。

「助けてーっ。誰か、助けてっ。誰か来てーっ」

身体が持ち上がる。男の肩に抱え上げられる。

「いやーっ、放して。放して。おくみちゃーん」

道の向こうから人が走ってくる。異変に気付いてくれた人たちがいるのだ。

おちやは思いっきり手足をばたつかせた。しかし、男の腕は緩まない。

「静かにしろ。騒ぐなら、あの娘を殺すぞ」

もう一人の男が耳元で囁く。

殺す？　おくみちゃんを？

おくみは道の真ん中に横たわっていた。手も足も投げだし、仰向《あおむ》けに倒れている。薄い闇を通しても、横顔が血に塗《まみ》れているとわかる。

「おくみちゃん！」

助けて、お願い。おくみちゃんが死んでしまう。助けて、旦那さま、おみつさん、おうのさん。

助けて、おくみちゃんを助けて。旦那さま。旦那さま。

駕籠に押し込まれる。みぞおちにどすりと重い衝撃が来た。

おちやは闇に包まれ、吸い込まれていった。


遠野屋が勝手口から台所に飛び込む。伊佐治も後に続いた。

「まっ、旦那さま、親分さんまで、どうなさったんです」

たすき掛けのおみつが竈《かまど》の前から立ち上がった。

「おちやは、おちやはどこにいる」

遠野屋が女中頭に詰め寄る。詰め寄られたおみつは、束《つか》の間、主を見上げていた。おそらく、驚いているのだ。長い年月、一つ屋根の下で生きてきたおみつでさえ、ここまで慌て、息を切らした遠野屋清之介を見たことがなかったのだろう。

「旦那さま……」

おみつの喉が上下に動いた。唾を呑み込んだのだ。

「おちやはおくみと一緒に、使いに出しました」

「どこへだ」

「お高さんのところです。芳之助《よしのすけ》店《だな》ですよ。その後、六間堀町の端切れ屋を回って帰ってくると思いますけど」

おみつは一言一言、主の顔を窺いながらしゃべった。

「出て行ったのは、いつだ」

「え？　それは……夕暮れのちょっと前あたりでしたけど」

おみつは格子窓の外にちらりと目をやった。夜の帳《とばり》が下りようとしている。竈の火があたりを臙脂色《えんじいろ》に照らし出し、人の面《おもて》に深い陰影を作っていた。

「遅い」遠野屋が呟いた。おみつの頬から血の気が引いていくのが見て取れる。

「あたしが、ゆっくりしてきていいって、六間堀町まで行ってみなさいと言ったんです。評判のいい端切れ屋さんがあるものですから。あ……でも、確かに遅いですね。もう帰ってきてもいいころですが……。でも、旦那さま、ほんとにどうなさったんです。どうして、今日に限って、おちやのことを心配されるのですか」

「おちやが帰ってきてから話す。ともかく、迎えに行ってくる」

踵《きびす》を返そうとした遠野屋を伊佐治は身振りで止めた。

「六間堀町でやすね。あっしが見に行ってきやしょう」

本所深川は伊佐治の縄張りだ。庭といってもいい。毎日のように歩き、走り、探り、嗅ぎ回っている。どこにどんな店があり、抜け道があり、人が住み、性根の悪い男たちがたむろしているか頭に叩き込んである。六間堀町の評判の端切れ屋というのも見当がつく。万に一つも迷うことはない。

そういう諸々《もろもろ》を眼差しに込める。遠野屋は読み取り、頭を下げた。

「おちやの身に何かあったんですか。そんな、まさか、まさかですよね」

後ろ手に勝手口の戸を閉める寸前、おみつの縋《すが》るような声が背中にぶつかってきた。

伊佐治は表通りに出ると足を速めた。

信次郎と遠野屋のやりとりは、解《げ》せないところだらけだった。だからといって、焦りはしない。腹立たしくもない。いつものことだと割り切れる。今、怒りに近い焦りを覚えるのは娘たちが心配でならないからだ。

ただ、ただ、心配だった。

おちやとおくみ。あの二人がどんな渦に巻き込まれようとしているのか気が気ではない。いい娘たちなのだ。働き者で明るく、嘘《うそ》がない。その美質を磨いたのは『遠野屋』での日々だろうが、『遠野屋』の気配もまた、娘たちによって磨かれていると信じられた。

おちやさん、おくみさん、無事でいてくだせえよ。

星の瞬き始めた空を祈るように見上げる。

その目を地上に下ろしたとき、伊佐治の足が止まった。

男が自分に向かって真っ直ぐに走ってくる。

「親分」

「源蔵、どうした」

手下の名を呼ぶ。古参の手下は息せき切って、伊佐治の前にやってきた。暫く、はーはーぜーぜーと喉を鳴らし、汗を滴《したた》らせた。

「親分……六間堀町で……」

頭から水を被《かぶ》せられた。一瞬だがそんな幻を覚えた。

「六間堀町で何があった。源蔵、しゃんしゃんしゃべれ」

口調が荒くなる。手下の胸倉を摑みたい情動を辛《かろ》うじて抑え込む。

「ろ、六間堀町で女が一人、勾引《かどわ》かされたそうです」

「勾引《かどわかし》だと」

「へ、へい。それで、もう一人の女が怪我《けが》をしてて……。その女に、おれ、見覚えがあって、えっと、たぶん、『遠野屋』の女中さんじゃねえかと思うんですが。いや、たぶんじゃなくて、間違いなくそうです。何度も『遠野屋』で逢ってるんで。えっと、おくみさん、うん、おくみさんって名前の娘っ子です。きりきりよく働いてる子ですよ」

源蔵が気息《きそく》を整え、額の汗を拭いた。

手下たちは、ちょくちょく『梅屋』に顔を出す。伊佐治からの用命がないかどうか確かめるためだ。もっともおふじの面倒見の良さに手下たちが集まってくる。そちらの面の方が大きいかもしれないが。

源蔵と力助が『梅屋』にいたときに、六間堀町の自身番《じしんばん》から勾引の話が伝えられた。源蔵は現場に走り、力助が八丁堀に報《しら》せに向かった。

ぼそぼそと伝える源蔵の口を伊佐治は途中で遮った。

「それで、おくみさんはどうしたんだ」

「えっと、今、こっちに運んでもらってます。ひどい怪我をしてるみたいなんで、医者とか呼ばないとと思って……」

伊佐治はもう一度、踵を返し、『遠野屋』に向かって駆け出した。

きれいな花が咲いている。

きれいだけれど、どれも作りものだった。赤、青、白、朱色。格子縞、大小霰《あられ》、波……いろいろな色と文様の布でできている。

おちやとおくみは、笑いながら花を摘んでいた。

「この花、本当の桃の花みたいだよ」

おくみが薄紅色の花を摘み取る。

「ほんとだ、可愛いね。あ、でもこっちの薄紫もいいんじゃない。ほら、見て」

おちやはおくみに花を差し出した。

おくみは受け取らない。返事もしない。両手をだらりと下げて立っている。

「おくみちゃん？　どうしたの」

「おちやちゃん……ひどいよ」

「え？」

「どうして、こんなひどいことするの。どうして、あたしを殺したの」

「え、え、おくみちゃん、何を言ってるの？　殺すって……なに？」

不意におくみが泣き出した。

「痛いよ。とっても痛い」

その額が割れ、血が噴き出る。おちやは悲鳴を上げた。


目が覚める。

柔らかないい香りがした。覚えがある香りだ。『八代屋』にいたころ、着物に焚《た》き込めていたお香のものではないだろうか。

ここは、どこ……。

おちやはゆっくりと起き上がった。みぞおちが鈍く疼《うず》いて、吐き気がする。

白いふかふかの夜具に寝かされていた。枕もとに行灯《あんどん》が灯《とも》り、仄かに明るい。

ここは……。

奥歯を噛み締める。地面に転がっていたおくみの姿が浮かんだ。

おくみちゃん、おくみちゃんはどうなったの。まさか、あのまま、放っておかれたりしてないよね。まさか、まさか……。

かたり。後ろで音がした。

障子戸が横に滑る。開いていく。

おちやは、さらに強く歯を噛み締めた。

七　業火《ごうか》

うーむと男は唸《うな》った。

四十絡み、本道《ほんどう》を専《もっぱ》らとしているが外科の腕も評判の医者だ。

「先生、どんな具合でしょうか」

おみつが総髪《そうはつ》の医者ににじり寄る。

「骨は折れてはいないようです。かなりの傷ですが、ざっと診た限り命取りになるものはないようですな。血もだいたい止まっておりますし」

「まあ、よかったぁ」

おみつが胸を押さえ、大きく息を吐き出した。

「しかし、先生」

遠野屋が身を乗り出す。

「それならば、おくみはなぜ、目を覚まさないのです？　さっきから名を呼んでも応じる気配がありませんが」

そこで、医者はもう一度、重く唸った。

遠野屋の奥座敷におくみは横たわっている。ここに運び込まれ、医者が呼ばれ、かれこれ半刻《はんとき》だ。座敷には蠟燭《ろうそく》が幾つも灯《とも》され、炎が揺れていた。その明かりに照らし出されたおくみの横顔は無残に腫れて、血が滲《にじ》んでいる。

ひでえことをしやがる。

伊佐治は膝の上で指を握り込んだ。おくみは華奢《きゃしゃ》な少女だ。力も弱く、槍刀《やりかたな》が遣えるわけでもない。無法な打擲《ちょうちゃく》を防ぐ、どんな手立ても持っていなかった。そういう相手をここまで痛めつける。容赦なく叩《たた》き潰《つぶ》す。

人の心があれば、できることじゃねえ。

「そこが、わたしも気になっておりましてな」

医者が眉を曇らせた。

「もしかしたら外の傷ばかりではなく、頭の内が傷ついておるのかもと……。ひどくぶつけたり、殴られたりすると頭の内に傷ができることもありますのでな」

「まっ」おみつの表情と口調が強張《こわば》る。

「せ、先生。そ、それってどういう意味なんです。頭の内に傷ができるとどうなるんです」

「身体《からだ》の外にできた傷なら血は流れ出ます。しかし、身の内の傷から出た血は流れる先がないため、溜《た》まるのですよ」

「血が溜まる……」

おみつは大きく目を開き、唇を震わせた。

「血が溜まれば身体に悪い影響が出る。頭の内ならなおさらです。傷が治っても手足が思うように動かせなくなったり、言葉が上手《うま》く出てこなかったりと……まぁ、その、中風《ちゆうぶう》に似た様子になることもあるのです」

医者はおみつから目を逸《そ》らし、それでも、はっきりした声で告げた。

「あたしの父親は中風で亡くなりました」

おしのが口を挟む。真《ま》っ直《す》ぐに医者を見据えていた。

「突然倒れて二日後に目を覚ましたけれど呂律《ろれつ》が回らなくなって、左手も足も動かなくなって、それで、一年も経《た》たずに亡くなりました」

「大女将《おおおかみ》さん」

おみつの声がさらに強張る。おしのは医者から目を離さないまま念を押す。

「先生、大丈夫ですよね。おくみはまだ若いんです。父親のように亡くなったりしませんね」

暫《しばら》くの間があった。蠟燭の明かりが医者の横顔を朱色に染めている。廊下の雨戸を閉める音が、地を這《は》うように重く伝わってきた。

「何とも申し上げられない。頭の内を覗《のぞ》くことはできませぬからな。ただ万が一、血の溜まりができているとしたら……命が危うくなる、その見込みはあります。このまま三日も目を覚まさないようなら覚悟がいるかもしれません。明日までに気付いてくれるとよいのですが、そこは何とも約束できぬのです。それと」

医者の朱色の喉元が動いた。息を呑《の》み込んだのだ。

「頬の傷ですが、さっきも申した通り、血も止まり命を左右するものではない。けれど、かなり深い。つまり、治り切らないと思われます」

おしのの眉が、大きく吊《つ》り上がった。

「先生、おくみの顔に傷痕が残ると仰《おっしゃ》ってるのですか」

「そうです。回復して元気になっても頬の傷は消えますまい。口元から耳下にかけて引き攣《つ》れになると思います。年月が過ぎれば多少薄くなるかもしれませんが、治り切ることはまずないと覚悟しておいてください」

「そんな、先生」

おみつが腰を浮かす。顔全体が赤らんでいるのは、蠟燭のせいではない。血が上っているのだ。赤い顔の中で、両眼《りょうめ》が潤んでぎらつく。

「そんな、そんな殺生な話がありますか。おくみは嫁入り前の娘なんですよ。その娘に傷痕が残るなんて、あんまりじゃありませんか」

「おみつ。止《や》めなさい」

遠野屋が口調で女中頭《がしら》を抑える。笞《むち》を打つに似た厳しさがあった。おみつが口を閉じ、座り込む。医者はおしのに薬包《やくほう》を幾つか手渡した。

「これを湯に溶いて、匙《さじ》で飲ませてください。飲ませ方は、わかりますかな」

「はい。亭主が長患いをいたしましたから、コツはわかっております」

「では、お願いします。ただ、無理に押し込んだりはせぬように。明日の朝、診療に伺いますので、それまで誰かが付いていていてください。できれば、時折、名を呼んであげればよろしいかと思います。呼びながら手を握ったり、足をさすったりしてみてください。それと、身体が冷えないように気をつけて、手先足先が冷えて擦《こす》っても温まらないようなら、すぐにわたしを呼びに来るようにお願いします」

医者は幾つかの指図を残し、去って行った。おしのが見送りに立つ。座敷を出るとき、ちらりと遠野屋を見やり、唇を噛《か》み締めた。

「おくみ、おくみ、何でこんなことに」

おみつがさらしの巻かれたおくみの腕を取り、嗚咽《おえつ》を漏らす。

「おちやは連れ去られたというし……旦那《だんな》さま、どうしてこんなことになったのでしょう。おくみ、おちや、堪忍しておくれ。あたしが端切れなど買いに行かせたばかりに、とんでもない目に遭わせてしまって……。あぁ、おくみに、おちやに万が一のことがあったら、どんなに詫《わ》びても詫び切れない。ほんとに、どうしよう。どうしよう」

気の強いおみつが泣き崩れるのを目にして、伊佐治は居たたまれない心持ちになる。

おみつさんのせいじゃない。あんたのせいじゃないんだ。

そう慰めるのは容易《たやす》いし、出まかせを口にしているわけでもない。おみつに何一つ、落ち度はなかったのだから。

しかし、そんな慰めなど一時の気休めにもならないだろう。

伊佐治はさらに固くこぶしを握った。

おくみは、医者とおくみ自身の生きる力に縋《すが》るしかない。岡っ引が手を出せる事《こと》の心《こころ》ではなかった。しかし、おちやは違う。勾引《かどわ》かされて、行方知れずになっている。しかも、六間堀近く、伊佐治の縄張りでだ。

ふざけやがって。必ずお縄にしてやる。

嚙《か》み締めた奥歯が、伊佐治の耳底で不穏な音を奏でた。

旦那は、何をしてんだ。

八丁堀へは手下《てか》の一人が走った。おくみの怪我《けが》もおちや勾引《かどわかし》のことも、とっくに耳に入れている。しかし、いっかな動きが見えてこなかった。

「知っている限りのことは、伝えました。けど、木暮の旦那は『そうか』と言ったきり、黙っちまって。で、暫くしてから『これから、親分が忙しくなるだろうから、さっさと帰って助《す》けてやんな』と、こういう風に」

八丁堀まで走った手下、力助は自分の右手を前後に振った。犬、猫を追い払う仕草だ。

「出て行けみたいな身振りをしたきりで、何のお指図もありませんでしたぜ」

その報《しら》せを聞いて、伊佐治はこれまでにない苛《いら》立《だ》ちと腹立たしさを覚えた。

旦那、何を考えてんでやす。助けてやんなって、旦那が動かなくてどうすんでやす。胸裡《きょうり》で主《あるじ》を罵《ののし》る。しかし、それで何が片付くわけでもない。

旦那が知らぬ振りを決め込むなら、おれは好きにやらせてもらう。

よしと、気息《きそく》を整える。

遠野屋が立ち上がった。

「おみつ。おくみの看病を頼むぞ」

「はい、もちろんです。今夜はずっと付いておりますから。でも、旦那さま、おちやは……おちやは、どうなったのでしょうか。あの娘《こ》も命を危なくしているのではないでしょうか」

「心配するな。無事に連れ戻す」

遠野屋が出て行く。伊佐治も腰を浮かせた。

「おみつさん、おちやさんのことは、あっしたちに任せてくだせえ。遠野屋さんの仰る通り、必ず無事に連れ戻しやすから」

一言、おみつに告げる。これは、その場凌《しの》ぎの慰めではない。伊佐治の為《な》すべき仕事だ。

「親分さん、なにとぞ、なにとぞお願いいたします。あの娘を守ってやってください」

おみつが額を擦《こす》り付けるほど深く低頭した。伊佐治も一礼し、廊下に出る。

「遠野屋さん」

遠野屋の背中に追いつき、声を掛ける。

「通旅籠町に行くおつもりで」

「いえ、常盤町に参ります」

常盤町には八代屋の別邸がある。先代八代屋太右衛門が惨《むご》く殺された場所でもあった。あの事件の後、取り壊されたが、夏の初めあたりに、前にも増して豪壮な屋敷を新たに建てている。八代屋の本店《ほんだな》は通旅籠町にあるが、分店《ぶんてん》や別邸は江戸内は言うに及ばず、京、大坂にもその西にも多くあった。

〝江戸の商家《しょうか》〟と括《くく》れないほどの商いの幅なのだ。

「常盤町におちやさんが連れ込まれていると、お考えで？」

「おくみとおちやが襲われたのは北ノ橋のあたりです。あそこからなら、八代屋さんの屋敷の内では常盤町の別邸が一番、近いでしょう」

「さいで」

遠野屋の背中を見ながら、頷《うなず》く。同じことを考えていた。手下が探ってきたところによれば、数人の男たちが娘を駕籠《かご》に押し込んでいたとのことだ。娘とはいえ人一人を無理やり駕籠で運ぶのは、かなりの骨折りだ。おそらく、おちやは気を失っていたか、失わされていたのだろうが、いつ正気に戻るかわからない。両手両足を縛っていたとしても、暴れられたら厄介この上ないだろう。少しでも早く、人の目に付かない場所に運び込みたい。そう考えるのが人情……いや、こんな悪行をしでかす輩《やから》に人情の欠片《かけら》もなかろうが、厄介事を早く片付けたいと望むのに善人、悪人の違いはあるまい。

だとしたら、常盤町の別邸はうってつけだ。

近く、広く、おちやを呑み込んで、その気配を僅《わず》かも外に漏れさせない。

「あっしも同行させてもらいやすぜ」

遠野屋が振り返る。伊佐治は手を前に出し、頭を下げようとする遠野屋を止めた。

「あっしの縄張りで、娘らを痛めつけ、勾引かした悪党がいる。放っておくわけにはいきやせん。遠野屋さん、あっしはあっしなりに役目を果たさせてもらいやす。一人残らずしょっぴいて償いをさせてやる。むろん、おちやさんは取り戻しやすよ」

遠野屋は頷き、また歩き出した。

少しも猛《たけ》ってはいない。伊佐治の方が余程、気を荒立たせているようだ。

猛っていない……のか。遠野屋の底にある猛々《たけだけ》しさを伊佐治が読み取れないのか。遠野屋が読み取らせないのか。

「旦那さま、どちらへ」

遠野屋を出る寸前、信三が提灯《ちょうちん》を手に駆け寄ってきた。

「親分さんと出掛けてくる。おまえは供をしなくていい」

「え？ あ、でも……」

提灯を受け取り、遠野屋ははっきりとかぶりを振った。何の変哲もない仕草だが、相手を黙らせるだけの力があった。信三が唇を結ぶ。

「それより、出立《しゅったつ》の用意はできたのか」

「はい。大方、整いました。でも、こんなことがあって出掛けてよいものでしょうか」

「構わない。おまえは、あらかじめ決められていた通りに動け。相談事が一つ、二つあるが、それはおれが帰ってからにする」

「承知いたしました、お帰りをお待ちしております。親分さん、旦那さまをよろしくお頼みいたします」

番頭の顔になり、信三は伊佐治にも提灯を手渡した。

遠野屋の暖簾《のれん》紋の入った提灯は大振りで、明るい。それでも刻々と力を増す江戸の闇に呑み込まれそうだった。空に月はなく、星だけがさんざめいている。足元を風が吹き過ぎて、冷えが這《は》い上ってくる。提灯の光にさえ、舞い上がった土埃《つちぼこり》が白く浮き出た。

「遠野屋さん」

横に並び、薄闇に浮かぶ横顔をちらりと窺《うかが》う。

「はい」

「腹を立ててやすか」

何の飾りも、誤魔化しもなく問うてみる。

「はい」と、これも生直《きすぐ》過ぎるほど生直な答えが返ってきた。

「こんなに腹立たしさを感じるのは久々です」

「そういやあ、遠野屋さんがひどく腹を立てているのを見たことって、ありやせんね」

いきり立つ姿も悲嘆に暮れる様子も目にした覚えがない。喜び勇む場に出くわしたこともない。

しかし、豊かなものは感じ取っていた。

喜怒哀楽。遠野屋の底には、人の情と呼べるものが豊かに湛《たた》えられている。それは常に律せられ、唐突に噴き出すことはないけれど、緩やかに滲み出てくる。

そのあたりが、うちの旦那と違うところだろうな。

あの主の底に何があるのか。伊佐治には見通せない。何もないのではと考えることは多々ある。何もない。あるいは、真冬の蝦夷地《えぞち》のようにどこまでも凍《い》てた風景が広がっているのかもしれない。とは言え、伊佐治は蝦夷地の冬など知らない。どこまでも凍り付いて、どこまでも白いと聞いた覚えがあるだけだ。ただ、冬が終わり春が訪れると、かの地は一変するとも聞いた。緑に覆われ、ありとあらゆる花が咲き乱れ、桃源郷もかくやと思わせる美しさに満ちるのだとか。

伊佐治が蝦夷の地を踏むことはない。白一色だろうがあらゆる色に彩られていようが、その風景を目にできるはずがないのだ。なのに、ふと、思案が流れてしまった。

まあ、旦那じゃ花や草なんぞ一本も生えてねえだろうが。

凍てた地を掘り進んでも、凍てた地しかないように思う。それでも一点、熱を放つ物事があるとすれば、人が人を殺す、その真相に向けてだろうか。

怒りに任せ刺した。憎しみが高じ首を絞めた。相対死《あいたいじ》にを企て毒を飲んだ。そんな曲《くせ》のない殺しではない。人と人との念やら情やらが絡み合い、悪意や企《たくら》みや欲、望みがさらに絡む。それらは幾重にも張り巡らされた幕のように、真相を覆い隠してしまう。その幕を剝がし、裂き、引き千切り、事の実相を引きずり出す。

そこにだけ熱はある。

「……失っておられるのでしょうか」

遠野屋の声が耳朶《じだ》に触れた。思案から現《うつつ》に気が引き戻される。

「え？　遠野屋さん、何て仰いやした。すいやせん、ちょいと物思いをしてやした」

言い訳しながら、頬が赤らむ心地がした。

今、気持ちを向けるのは主ではなくおちやではないか。

そうだ。旦那なんてどうでもいい。お頭《つむ》の中から弾《はじ》き出せばいいんだ。

「木暮さまは、既に此度《こたび》の件に興を失っておられるのでしょうかと、そうお尋ねしました」

「へ？　旦那でやすか？」

「はい。木暮さまは、おちやの身に起こることをある程度、見通しておられました。ですから、わたしの甘さを指斥《しせき》されたのです」

先刻の信次郎の振る舞いは指斥というより戯弄《ぎろう》の気配があった。いや、煽《あお》りに近かったのではないか。

「さいでやすね。旦那は早くから、少なくともあっしたちよりずっと早くから、見通してはいたんでしょうよ。底が見えると、とたん興を失う。いつものこってすからね。けど……」

伊佐治はそこで唇を結んだ。その結びを緩め、軽く舐《な》める。微《かす》かに塩《しよ》っぱい。

「けど、今度ばかりはいつものことだからと許されるわけにはいかねえ。こんな有り様になると察していたなら、こうならないうちに手を打たなきゃならなかったんでやすよ。興が湧く、湧かないって話で済まされるもんじゃねえんだ」

暫くの沈黙の後、遠野屋は短い息を吐いた。

「さすがの木暮さまも、おくみがあそこまでの怪我を負わされるとは思っていなかった。そういうことでしょう」

「……でやすかね」

「わたしはそう思います。木暮さまは、おちやの身に異変が起こるところまでは思い至っておられたのです。異変は異変だけれど、心身を害するような狼藉《ろうぜき》には及ばないとも見抜いておられた」

伊佐治は血の味のする唾を呑み込んだ。

「けど、おくみさんが巻き込まれ、あんな目に遭うとは考えなかったってこってすね」

「おちやとおくみは、いつも一緒にいたわけではありません。二人がたまたま連れ立っていたときに狙われるとは、いかな木暮さまでも見通せるわけがありません」

今度は、伊佐治が黙り込んだ。

遠野屋は正しい。確かに、おくみがあれほどの災厄に巻き込まれるとは、神仏でもない限り察せられるはずがないのだ。そして、木暮信次郎は確かに人だった。人にしては冷えているし歪《いびつ》でもあるけれど、人であることに間違いない。

伊佐治は首を横に振った。

「けど、いけねえや」

吐き捨てるように、告げる。

「これは、いけやせんよ、遠野屋さん」

「いけないとは？」

「旦那は見通さなきゃいけなかったんだ。おくみさんの身に何が起こるか、そこまで推察しなきゃならなかったんですよ」

「親分さん。でも、それは……。木暮さまとて人の子です。ときに、この方は鬼眼《きがん》をお持ちかと背筋が寒くなることが……いえ、ときにではなく度々ありました。それでもやはり、人の子です。さすがに無理が」

「旦那は見てるんですよ」

遠野屋を遮る気はなかったのに、声を張り上げてしまった。

「旦那もあっしも見てるんです。おくみさんとおちやさんが一緒にいるところをね」

「親分さん……」

「八代屋の手代《てだい》が、井平がおちやさんを連れ戻そうとした場を見てるんですよ。あのとき、おくみさんもいやした。おちやさんがおくみさんを引っ張るようにして、井平から逃げ出したんで。あっしたちは一部始終を見てやした」

「はい。そのことは親分さん自ら、話してくださいましたが」

「そう、遠野屋さんに話した通りでやすよ。だとしたら、用心しなきゃいけなかったんでやす。せめて、おみつさんにおちやさんを外に出すな、暫くは遠野屋から出すなって、それくれえは伝えとかなくちゃならなかった。けど、旦那は……あっしは何にもしなかった。旦那は知りやせんが、あっしは全く考えが浮かびやせんでした。八代屋がじたばたしているのを感じながら、おちやさんのことも、まして、おくみさんのことも気に掛けなかったんで」

それは、手落ちだ。言い逃れできない過ちを犯した。挙句が、この有り様だ。おくみをとんでもない目に遭わせてしまった。いまさら、取り返しはつかないが、悔いはする。

「厳しいですね」

遠野屋が呟《つぶや》いた。

「親分さんは、いつもご自分に厳しい。わたしは、そこまで自分を追い込めませんでした。今も、こういう成り行きを作った相手に憤りながら、己へは怒りを向けていなかった。でも、親分さんの言う通りです。もう少し慎重になるべきでした。商いにかまけて、おちやにもおくみにも気が届いていなかったのは、わたしの落ち度ですね」

「へえ、あっしも遠野屋さんも旦那もしくじっちまった。そういうこってす」

遠野屋が無言で首肯《しゅこう》した。

遠くで犬が吠《ほ》えている。五位鷺《ごいさぎ》だろうか不気味な声を残して、夜空を過《よぎ》る鳥がいた。堀を渡る風に微かな潮の香りが混ざり、闇が濃さを増す。

「おくみは強い子です」

「へえ。そうでやすね。しっかりした娘っ子だ。傍《はた》で見ているだけで、わかりやすよ」

「ええ、とても強い芯を一本、己の内に通しているのです」

「なるほど一本の芯か……。苦労して、苦労して育ってきたんでやしょうね」

背負わざるを得ない苦労のために心を曲げてしまう者もいる。人を怨《うら》み、世を怨み、己を閉じてしまう者たちだ。しかし、おくみはそうはならなかった。むろん、『遠野屋』という奉公先を得たことも大きかっただろう。運が良かったのだ。けれど、それだけではない。おくみは幸運を活《い》かせるだけの資性を具《そな》えていた。苦労を芯に変えられる力があった。

確かに、強い子だ。人として強い。

「ですから、大丈夫です。こんな理不尽なやり方で、むざむざ命を奪われたりはしません」

遠野屋が言った。伊佐治にではなく自分に言い聞かせているのだろう。

「へい」と一言だけ、伊佐治は返した。

遠野屋の足が速くなる。提灯はほとんど揺れぬまま、その足元を照らしていた。


おちやは我知らず、身を引いていた。座ったまま、後退《あとずさ》りしたのだ。

「おちや、久しぶりだねえ」

障子戸の向こうから、男が一人、入ってきた。続いて、二人の女がそれぞれに、灯《ひ》のついた行灯《あんどん》を座敷の隅に置いた。闇が払われ、男の姿がくっきりと見える。

「長太郎兄さん……」

「おやおや、また、懐かしい呼び方をしてくれるじゃないか。だけどね、おちや」

男はおちやの前に座り、にんまりと笑った。女たちは一声も出さぬまま、出て行く。障子だけが音を立てて閉まった。

「わたしは、今や八代屋の主だ。八代屋太右衛門を名乗っている」

「……知っています」

長太郎が八代屋の主になったことは耳に入っている。しかし、おちやにとって、太右衛門は伯父《おじ》の名だ。強引で尊大で他人を見下《みくだ》して顧みない一面もあったけれど、おちやを慈しんでくれたのも我が子同様に大切に育ててくれたのも事実だ、父とも思える人だったのだ。ただ、名前などどうでもいい。どう名乗ろうと人の質が変わるわけではないのだ。名を誇り、恥じない生き方を志すならまだしも、名にもたれかかり努めを忘れれば廃《すた》れるだけだ。人も商いも。

少なくとも、伯父は八代屋太右衛門の名に甘えてはいなかった。

「なぜ、こんな真似《まね》をなさるのです」

おちやは顔を上げ、目の前の男を見据える。

「八代屋のご当主ともあろうお方が、こんな狼藉を働くなど信じられません」

「狼藉を働く？　そんなつもりはとんとないが」

「おくみちゃんをどうしました！」

身を起こし、叫んでいた。

「おくみちゃんをあんなに傷つけて、よもや、あのまま放ってはおかなかったでしょうね」

長太郎の口がぽかりと開く。

決して醜男《ぶおとこ》ではない。むしろ、評判の佳人《かじん》だった伯母《おば》に似て整った顔立ちをしている。江戸屈指の大店《おおだな》の惣領《そうりょう》息子、なかなかの男振りに加えて、芸事にも秀でていた長太郎を女たちが放っておくはずもなく、おちやが知っているだけで十指に余る浮名を流していた。その浮名を女との遊びをどこまで商いの肥やしにできるのか、それだけの器なのかと、伯父と伯母がため息を吐《つ》いていた。

たまたま見て、聞いてしまった。踊りの稽古から帰り、帰宅の挨拶に出向いたときだ。二人は伯父の居室で、声を潜めるでもなく吐息交じりの話をしていたのだ。おちやに気付き、伯母はぎこちなく微笑《ほほえ》み、伯父は眼差《まなざ》しを天井に向けて唇を結んだ。

どうしてだか昔の場面が意外な鮮やかさでよみがえり、脳裏を過って消えていく。

「おくみってのは、誰だい」

長太郎が眉を寄せた。

「あたしと一緒にいたでしょう。あの男たちがひどいことをしたんです。蹴り上げて……あたしを守ろうとしたおくみちゃんを力任せに蹴り上げて……」

身体が震える。伯父や伯母よりずっと生々しく、おくみの姿が浮かんだ。地面に横たわっていた。目を閉じていた。血に塗《まみ》れていた。赤い血に塗れて……。

悲鳴を上げそうになる。それを何とか呑み込んで、おちやは立ち上がった。

帰らなくちゃ。遠野屋に帰らなくちゃ。おくみちゃんと逢《あ》わなくちゃいけない。

おくみちゃん、お医者さまに診てもらえた？　傷の手当てをしてもらえた？　ごめんね。本当にごめんね。あたしのせいで、あんな目に遭わせてしまった。ごめんね、許して。

「おい、待ちなさい」

障子に手をかけないうちに腕を摑《つか》まれ、引き戻された。

「放して、放してください。あたし、帰らなきゃいけないんです」

「帰る？　何を言ってるんだ。落ち着きなさい、おちや。おまえ、どこに帰るつもりなんだ」

「遠野屋に帰ります。あたしを帰してください」

長太郎の指が、さらに強くおちやの腕を締め付けてくる。振り払おうとしたけれど、びくともしなかった。

「痛い、放して」

「おちや、いいかげんにしなさい。おまえの家はここだ。八代屋なんだよ」

「違います。あたしは遠野屋の奉公人です。あの店で働いているんです」

あの場所で生きているんです。

「奉公人？　八代屋の身内が小間物《こまもの》問屋風情《ふぜい》で働いているだと？　馬鹿なことを言うんじゃないよ。まぁ、こちらも悪かったんだ。親父《おやじ》があんな死に方をして、いろいろと大変だったんだよ。後を継ぐのも八代屋ほどの身代《しんだい》となると、あれこれしきたりも多くてね。だから、つい、おまえのことを後回しにしてしまった」

長太郎はべらべらしゃべりながら、おちやを座敷の真ん中あたりまで引っ張っていった。

「しかし、可愛《かわい》い子には旅をさせよと言うじゃないか。他の家の飯を食うのも、おまえにとっては悪くないだろうと少し、様子を見ていたんだよ。わたし自身も取引先の他店に預けられ、商いを教わったからね。遠野屋だって商人だ。八代屋の身内を疎《おろそ》かには扱わないだろうとも考えていた。まさか、おまえに奉公人紛《まが》いの真似をさせるなんて思いもしなかったわけだ。いや、わたしが甘かった。遠野屋のやつめ、少し図に乗っているんだろう。八代屋の威光を知らないわけじゃあるまいに。畏《おそ》れ入るってことができないのかねえ。これだから成り上がりは性質《たち》が悪い。悪かったね、おちや。もっと早く迎えに行くべきだったよ」

「いいかげんにして！」

身を捩《よじ》ったけれど、やはり指は離れなかった。

「ふざけないで。あんな迎えのやり方があるわけないでしょ。あれは人さらいです。ならず者たちを集めて自分が何をしたか、兄さんはわかっているの」

涙が零《こぼ》れる。悔しい。こんなところで泣くものかと歯を食いしばったけれど、涙は容赦なく流れ、頬を伝い、滴り落ちていく。

「わかってるの？　あいつらはおくみちゃんに怪我を負わせたのよ。血だらけにしたのよ。それで、迎えに来た？　ふざけないで。馬鹿にしないで」

「おちや、落ち着けと言ってるだろう。おくみだって？　知らんよ、そんな女。遠野屋の奉公人か？　そういえば井平が新大橋の近くでおまえを見つけたとき、もう一人娘がいたとか何とか言っていた気もするな。今回もその娘と一緒だったのか？　ああ、なるほどね。井平では埒《らち》が明かないから、ちょいと腕っぷしの強い者を使いに出したんだが、その娘に怪我をさせたわけか。そうかい、それはすまなかったな。でも、まぁ奉公人の女一人、別に構わんだろう。目くじらを立てるほどのことじゃない。あぁわかった、わかった。見舞金ぐらい用意してやるよ。遠野屋の奉公人が一生かかっても稼げないだけの金子《きんす》を渡してやる。それで、どこからも文句は出ないだろう」

おちやの全身が熱くなった。肌が燃えていると感じるほど、熱い。怒りの熱だ。

おちやは思いっきり腕を引いた。指が離れる。長太郎の身体が僅かに泳いだ。

「馬鹿っ」

怒りに任せて、その横面《よこつら》を張る。バシリと音が響き、手のひらが僅かに痺《しび》れた。

「お金じゃないでしょ。おくみちゃんに謝って。今すぐに、遠野屋まで行って本気で謝って」

「おちや、おまえは……」

頬を押さえ、長太郎が双眸《そうぼう》をぎらつかせた。

「何でもお金で片付けようとする。片付くと思ってる。そんなわけないでしょ。自分のやったことを考えなさいよ。そんなのだから、兄さんは駄目なの。奉公人だから別に構わないって片付けてしまう主の下で、誰が本気で働くものですか。どうして、わからないの」

「うるさい。おちや、黙りなさい」

「黙りません。遠野屋では、みんな人として扱われてた。番頭さんも手代さんも小僧さんも、あたしたち女中もみんな、大切にされてたのよ。だから、みんな、自分の仕事をちゃんとやり遂げていた。みんな、旦那さまを慕っていたのよ。そこが旦那さまと兄さんの違いじゃないの。どうして、気が付かないの、きゃっ」

頬が鳴った。口の中まで痛みが走る。

「黙れ、黙らんか」

もう一度、今度はこめかみのあたりを強く打たれた。刹那《せつな》、身体が浮いた気がした。次の瞬間、おちやは横倒しになっていた。畳が新しいのか藺草《いぐさ》の青い香りが鼻に突き刺さってくる。ほんの一瞬だが、何もわからなくなる。

「下手《したて》に出ればつけ上がりやがって、おちや、もう一度、ほざいてみろ」

長太郎が馬乗りになってきた。

「おれと遠野屋の何が違うだと？　え？　さあ、言ってみろ」

身体を押さえつけられる。息が苦しい。

「止めて……兄さん、止めて……」

「この小娘が。偉そうな口を叩いて無事で済むと思うなよ」

長太郎の顔面が朱色に染まっている。目尻は吊り上がり、口の端が妙な具合に曲がっていた。

若いころから、長太郎にはこういう気があった。思い通りにならなかったり、癇《かん》に障《さわ》ることがあるとすぐに怒りを破裂させ、当たり散らし、力尽くで相手を屈服させようとする。その力の内には金も入っている。この世は金を使えば、たいていのことはできる。そう信じているのだ。できるかもしれない。ただ、世の中には〝たいてい〟から零れ落ちるものもある。どれほど金を積んでも得られないものがあるのだ。

この男は、それをまだ知らずにいる。昔のままだ。

「恩知らずの小娘が。育ててもらった恩を忘れて、遠野屋の囲い者に成り下がって、おまえは恥ずかしくないのか」

「恥じることなんて一つもないわ」

おちやは組み敷かれながらも、声を張り上げた。

「あたしは囲われ者なんかじゃない。遠野屋で働いているんです。何度も言ってるでしょ」

また、頬を叩かれた。頭がくらくらする。

「嘘《うそ》つけ。自分から尾っぽを振って、遠野屋に近づいたくせに。とっくに遠野屋とは懇《ねんご》ろになってるんだろう。え、どうなんだ？　毎晩、目合《まぐわ》ってるのか。遠野屋の玩具《おもちゃ》になってるのか。はは、女郎《じょろう》のように男の相手をしているわけだな」

長太郎が耳を覆いたいほどみだらな言葉を投げつけてくる。その目を睨《にら》み返しながら、おちやは少しばかり狼狽《ろうばい》していた。

そうだ、あたし、旦那さまのお傍《そば》にいたくて押しかけたんだ。無理やりに奉公人として雇ってもらった。旦那さまのお傍にいたかったから……。

いつの間にか、遠野屋清之介を慕う気持ちより『遠野屋』で働ける喜びが勝っていた。今でも憧《あこが》れはある。敬う心持ちにもなる。主が亡くなった妻を未《いま》だに想《おも》うていることを知り、遠野屋にそこまで想われるとはどんな女人《にょにん》だったのかと、仏壇の位牌《いはい》に目を凝らしたこともある。でも、おちやは『遠野屋』で過ぎていく日々そのものが愛《いと》おしかった。日々の中の自分が愛おしかった。できないことも、しくじりも山ほどあるけれど、できることもぽつぽつと増えていく。稀《まれ》にだが、おみつに褒められる。おうのに頼りにされる。おくみから仕事を教わる。お腹《なか》が空《す》いて、ご飯が美味《おい》しい。夜具に潜り込み、ずっとおくみとおしゃべりしていたいのに、いつの間にか眠ってしまう。晴れた空に手を伸ばし、陽光の暖かさを味わう。雨風をものともせず飛ぶ鳥に感嘆する。小さな甘い駄菓子を貰《もら》い、嬉《うれ》しくなる。

そういう日々がいるのだ。何があっても手放さない。

「どうなんだ、おちや。夜ごとに遠野屋相手に股を開いているのか」

「旦那さまは、あたしに指一本、触れてない！」

長太郎をさらに睨みつけ、叫ぶ。

「下種《げす》！」

「下種だと」

「下種よ。どうして、そんな卑しい考え方しかできないの。自分がどれだけ、みっともないことを言ってるのか、ひどい真似をしたのか考えなさい。それも考えられないのなら、旦那さまに敵《かな》うわけがないでしょう」

長太郎の面《おもて》からすうっと血の気が引いた。青白い顔の中で目だけが血走り、赤く光る。

ぞっとした。背筋が冷えていく。

おちやは自分が取り返しのつかない過ちを犯したと気が付いた。猛った獣を突っついて、さらにいきり立たせてしまった。

「そうか。遠野屋はおまえに触れていないのか。そうかい、そうかい」

長太郎が笑う。口の端が引き攣れたように持ち上がった。

「しかし、信用できんなあ。本当のことかどうか疑わしい」

長太郎の口調は抑揚がなく、情が抜け落ちているようだ。それが、たまらなく不気味だった。おちやは逃れようともがいた。

「本当よ。嘘じゃない。放して。放してよ」

「そうかい。じゃあ、それを証《あか》してもらおうか」

「え……」

「おまえが生娘《きむすめ》のままだってことをここで、おれが確かめてやる」

「え、待って。嫌、止めて、止めて」

長太郎はおちやの胸元を大きく広げた。

白い乳房が露《あらわ》になる。いつの間にか帯が解《ほど》かれ、裾がめくられる。

「止めて、嫌、堪忍して」

「今さら、謝っても遅いさ。はは、遅いんだよ、おちや」

乳房を強く掴まれて、おちやは悲鳴を上げた。押さえ込まれて身体を動かせない。声を上げることしかできなかった。

「嫌だ。止めて、嫌。誰か助けて。助けてーっ」

「どんなに喚《わめ》いたって無駄だ。誰も助けに来やしないさ。おまえが頼りにしている遠野屋だって、ここまでは踏み込めない。さあ、もう、観念しな」

「嫌……嫌だ」

「おちや、おれはずっと、おまえが欲しかったんだ。ずっと、な。一時はおまえを嫁にしたいとまで考えていた。なのに、おまえはおれを裏切って、遠野屋などに走った」

「裏切ってなんかいない。あたしは、一度だって裏切ったことなんてない」

おちやは固く目を閉じる。

焦るな。焦っちゃ駄目だ。落ち着いて、落ち着いて考える。どうしたら逃げられる……。

身体の力を抜く。

「うん？　おちや、どうした？　観念したわけか。ふふ、まさかこれくらいで気を失ったんじゃあるまいな。そうそう、そうやっておとなしくしていれば、手荒な真似はしないからな」

長太郎が覆い被《かぶ》さってくる。頬をすり寄せてくる。おちやは首を上げると、渾身《こんしん》の力を込めてその頬に爪を立てた。

「うわっ」

反撃されるなど思ってもいなかったのだろう、長太郎が仰《の》け反《ぞ》る。そのまま、後ろに尻もちをついた。身体が軽くなる。おちやは飛び起き、半ば転がりながら逃げ出そうとした。

「この、女《あま》」

怒声と共に髷《まげ》を摑まれ、引き倒される。

「ふざけた真似をしやがって。もう、容赦などせんぞ。覚悟しろ」

紅《あか》い挿し櫛《ぐし》が外れて落ちる。若くして亡くなった母の形見だ。おちやが八代屋から持ち出した数少ないものの一つだった。長太郎の足がそれを踏みつける。

「おれに逆らったことを死ぬほど悔いればいいさ」

「止めて……止めて、お願い。もう止めて……」

泣き叫ぶ力もない。畳に転がされ、おちやは両手で顔を覆った。

気が遠くなる。

不意に冷えた風が身体を撫《な》でた。それで正気が戻ってきた。

「死ぬほど悔いるのは、どっちになるのかねえ」

のんびりとした、そのくせ夜風より冷えた声がした。長太郎が表情を引き攣らせる。頬に二本、蚯蚓《みみず》腫れができていた。その頬がみるみる強張っていく。その表情のまま、おちやから離れ、唐突に現れた男を見上げていた。

「とんだ、濡《ぬ》れ場に行き合わせちまったな。ここで邪魔に入るほど不粋な真似はしねえからよ。気にせずに続けてくれてもいいんだぜ、八代屋」

着流し巻き羽織の男がにやりと笑う。

「え、だ、誰だ。どうやって入ってきた」

「お役人さまっ」

おちやは胸元を掻《か》き合わせると、這うようにして男の背後に回った。

見覚えがある。『遠野屋』で何度も目にした定町廻《じようまちまわ》りの役人だ。どうしてだか、好き勝手に上がり込み、茶を飲んで帰る。一刻《いつとき》も二刻《ふたとき》も長居をするときもあるし、すぐに帰ってしまうときもある。どんなときも主自らが相手をしていた。

「旦那さまはあのお役人さまと仲がよろしいのですか」

おみつに尋ねたことがある。とたん、おみつの顔つきが険しくなって、おちやは我知らず身を引いてしまった。

「馬鹿なことをお言いでないよ。うちの旦那さまと木暮さまが仲がいいわけないだろ。同じ人間なのが不思議なくらい、懸け離れてるんだからね」

と、冗談とも思えないきつい口調で告げられた。確かに二度ほど茶菓子を運んだけれど、場の気配はくつろいだ風ではなかった。むしろ、気配の底に肌をちりちりと焼かれるような何かを感じ、おちやは挨拶もそこそこに引き揚げたのだった。それでも、木暮という役人が訪れるたびに主は自ら茶を淹《い》れ、もてなし、ときに長く、ときに短く話し込んでいる。仲がよくないとできない振る舞いではないだろうか。

しかし、その木暮がどうしてここに現れたのか。いや、理由なんてどうでもいい。

助かった。

「お役人さま、お助けくださいい」

木暮の足元にしゃがみ込む。身体中が震えて、歯がかちかちと音を立てた。

「おやぁ、縋られちまったな。さて、どうするか。正直、八代屋の旦那に楯突《たてつ》くのも憚《はばか》られるしなあ。困ったもんだ」

「え？」

「何といっても名の知れた大店のご主人だ。千代田城《ちよだじよう》のお偉い方々とも繋《つな》がっていると聞いてるぜ。そういう旦那に逆らっていいものかどうか、悩むとこじゃあるよな」

「そんな。な、何を……」

このお方は何を言っているのだろう。仮にも、お役人が、お武家が口にする台詞《せりふ》ではない。汗が引いていく。背筋が冷たい。おちやは顔を上げ、木暮の横顔に目をやった。

口元に僅かな笑みが作られていた。しかし、眼《め》には何の情も浮かんでいない。その眼で長太郎を見据えている。

「お役人さま、いったい誰に断って入ってこられました。ここは、八代屋の別邸ですぞ」

着物の乱れを直し、立ち上がり、長太郎は八代屋太右衛門の物言いで告げた。伯父には及ばないが大店の主の貫禄《かんろく》をそこはかとなく漂わせる。

「お役人といえども、同心《どうしん》風情が出入りできる場所ではございませんよ。早々にお引き取り願いましょうか。でないと、ぐえっ」

長太郎の身体が宙に浮いた。壁にぶつかる鈍い音が響く。

おちやは大きく目を見開いた。木暮が長太郎の腹を蹴り上げたのを見た。ただの一蹴りで、決して小柄でも華奢でもない長太郎が壁まで飛ばされたのだ。

「娘を勾引かし、手籠《てご》めにしようとしたやつが偉そうに能書きを垂れんじゃねえ」

長太郎は咳《せ》き込《こ》み、低く呻《うめ》いた。

「八代屋って看板を背負《しょ》っていれば何をしても許される。本当にそんな甘っちょろいことを考えてんのか。ふふ、それじゃあ、とても太刀打ちできねえな」

長太郎の顔がゆっくりと上がる。おちやの付けた頬の傷と口の端から血が滲んでいた。

「今のおまえさんじゃ遠野屋には歯が立たねえぜ。どう攻めても、返り討ちに遭うだろうよ」

「く……何を……」

「忠言を一つくれてやろうか。本気で遠野屋を敵に回すつもりなら、まずは内側をきっちり固めるんだな。今のままだと、内からぼろぼろと崩れていくぜ」

「内から？」

「ふふん。何のことやらって面《つら》だな。おまえさん、さっきおれに問うたよな。どうやって入ってきたとな。別段、塀を乗り越えたわけでも天井裏から忍び込んだわけでもねえ。ここまで案内してもらったのさ。な、そうだよな、手代さん」

廊下に控えていたのだろう。井平が入ってくる。心なし、足元がふらついているようだ。

「い、井平、おまえ」

「お許しくださいい、旦那さま」

井平がその場に平伏《ひれふ》す。

「まぁ、あまり手代さんを責めないでやってくれ。おれが強引に頼み込んだんだ。六間堀で勾引騒ぎがあったと聞いて、八代屋の旦那が一枚噛んでると考えたものだからなぁ。顔馴染《かおなじ》みの手代さんに無理やり案内を乞うたってわけさ。あ、いや、無理じゃねえかもな。手代さん、勾引の話を知っておちやがどうなるか察したらしいぜ。ありがたいことに、進んでここまで連れてきてくれたのさ」

「旦那さま」

井平は長い顎を震わし、かぶりを振った。

「わたしは、奉公人です。旦那さまに逆らうことなど考えてもおりませんでした。でも、でも、これればかりは駄目です。お、おじょうさまをこんな形で傷つけるなんて駄目です。許されることではありません。せ、先代もどれほどお怒りになるか。どうか、どうかお願いいたします。おじょうさまへの無体《むたい》な真似だけはお止めください」

「うるさい、黙れ」

再び平伏しようとする井平の横面に長太郎のこぶしがめり込む。

「うるさい、うるさい。手代ごときが主人に説教する気か」

「ち、違います。決してそんなつもりでは……」

「先代が怒るだと。今の八代屋の当主はおれだ。誰に意見もさせるものか。それを生意気に、よくもよくも、よくもほざいたな」

背を丸めてうずくまる井平を長太郎のこぶしが何度も襲う。

「主人を裏切って、ただで済むと思うなよ。おまえには暇を出す。八代屋から出て行け」

「兄さん、止めて。井平が死んでしまう」

おちやは夢中で長太郎の腕を抱え込んだ。

「そうだ、いいかげんにしときな。へへ、まるで、癇癪《かんしゃく》持ちのガキだな。みっともないにも程がある。言いたかないが、奉公人に慕われるなんて夢のまた夢だな。そこのところも、遠野屋との差が見え見えだぜ。うーん、先《せん》の八代屋もさぞや嘆いてるだろうさ。これじゃ死んでも死に切れねえってな。思い残すことが多過ぎらぁな。いやいや、気の毒なこった」

おちやは息を呑み込んだ。

わざとだ。お役人さまは、わざと兄さんを煽っている。

腕が振り払われた。手負いの獣に似た咆哮《ほうこう》を上げて、長太郎が木暮に殴りかかっていく。その一撃を滑らかな動きでかわすと、木暮は長太郎の足を払った。払われた方は床に叩きつけられる。

「ぐえっ」とくぐもった呻き声を漏らし、暫く喘《あえ》いでいた。

「おとなしくしてな。あまり暴れると行灯が倒れて火事になるぞ。このお江戸で火元になっちまったら、お咎《とが》めなしじゃ済まねえだろうが。いかな八代屋でもな」

木暮の視線が長太郎からおちやに移る。寸《すん》の間だが、その眼をまともに見てしまった。慌てて、横を向く。背中に悪寒が走った。おみつがこの男を忌み嫌う理由がわかった気がする。まともに見てはいけない眼を持つ者が、まっとうな人であるわけがない。まっとうでなければ何なのか、答えようがない。破落戸《ごろつき》とかならず者とか、そういう外れ方とは違う。わかるのは、そこまでだ。

「なぜです」

おちやは気息を整え、居住まいを正した。

「なぜ、わざと兄さんを煽ったりしたんです」

木暮が肩を竦《すく》め、口の端を上げた。苦笑したようだ。

「おいおい、間一髪、危ねえとこを救ってやったんだぜ。おれが現れなきゃあ今ごろ、どうなっていたか考えてみなよ。な？　おっかねえだろう。なのに礼も言わず、問い詰めるのかよ。困った娘っ子だな。遠野屋の躾《しつけ》がなってねえのか」

冗談めかした口調も顔つきも柔らかく、優しささえ感じる。

「あ……それは、あの、本当にありがとうございました」

救ってもらったのは事実だ。そうでなければ、どうなっていたか考えるまでもない。総毛立つ。

ただ、この男が長太郎を煽ったのも事実ではないか。

先の八代屋もさぞや嘆いているだろうさ。

あれは、長太郎の最も痛いところを衝《つ》いたはずだ。

父親からついに認められなかった。その傷を衝いたのだ。

再び身体が震えた。倒れている八代屋の主ではなく、笑んでいる巻き羽織の男に震えるほどの怖《おそ》気《け》を覚える。

伯父と長太郎は不仲だった。いがみ合うことはなかったが、どこか冷えた親子だったのだ。おそらく、伯父は二人いる息子のどちらにも見切りをつけていたのだと思う。

いつだったか伯父は「まるで腑《ふ》抜《ぬ》けなら、お飾りで祭り上げもできるが……半端なことだ」と、呟いていた。

いつだったか……そうだ、この別邸の座敷で反物の品定めの話をしていたときだ。大番頭の弓之《ゆみの》助《すけ》も同席していた。

伯母が亡くなってから、伯父は主に別邸で暮らすようになり、通旅籠町の本店は弓之助が差配していたようだ。もっとも、本人は隠居するつもりなどさらさらなく、ほぼ毎日のように本店や分店の番頭が出入りしていたし、自ら出掛けることも多かった。

腑抜け、お飾り、半端。

あのときは伯父の呟きの意味を解《げ》せなかった。今なら、わかる。

商い巧者の奉公人に店を任せ、お飾りの当主となる。それはそれで、商いは回るものなのだ。ロ出し手出しをしない人形なら、それなりに使い道はある。けれど、長太郎はそこまで己を捨て切れなかった。捨て切るには、自持《じじ》の念も矜持《きょうじ》も強過ぎたのだ。

だから、半端だと伯父は息子を断じた。

同じとき、同じ場所で「おまえは筋がいい」と、褒められた覚えがある。

「筋って、何の？」

「反物の良し悪《あ》しを見極める筋だ」

「反物の質のこと？　それなら悪いものは一つもないでしょ」

『八代屋』に並ぶ反物だ。いずれも上等、上質な品ばかりだ。どれも、驚くほど値が張る品々ではあったけれど。当時のおちやは、当たり前に手にしていた一反の反物の値が裏店《うらだな》住まいの人々の数年分の稼ぎに等しいなど、知らなかった。

「そうじゃないよ」

と、伯父は笑った。

「どんなに質が良くても反物のままでは使えない。着物に仕立てないとな」

「ええ、そりゃあそうだわ」

「誰にどんな柄が似合うか、着物に仕立てたときの様子をおまえは見通せる。見通して、相手が納得できるように説き明かせるだろう。その筋がいいと褒めているのだ」

確かに反物の柄は気に入っても、いざ着物にしたとき妙に派手だったり、地味だったり、思うほど似合っていなかったりする。おちやは何となくだが、そのあたりを察せられるのだ。たまにだが伯父に促されて、上得意の客に助言することもあった。

「おちや、おまえに婿を迎えようと思う」

不意に話柄《わへい》を変え、切り出した伯父の一言におちやは首を傾《かし》げた。

「兄さんたちがいるのに、あたしも婿取りをするの」

「ああ、そうだ」

「どうして？　兄さんたちが、いい気はしないでしょう」

「あいつたちは関わりない。わしが決めることだからな」

返事のしようがなかった。商人にとって店はときに命より重いものとなる。店の利となるなら、血を分けた子よりも商才に長《た》けた他人を当主に選ぶこともある。血筋に拘《こだわ》る武家とは家の守り方が違うのだ。

やりとりは、そこで終わった。来客が告げられたからだ。伯父と弓之助は急《せ》くでなく、緩慢でなく動き、表座敷へと去って行った。

伯父の本心を確かめる術《すべ》はもうない。数か月後に伯父は無残な死を遂げ、遺言も遺《のこ》していなかった。結句、長子である長太郎が八代屋太右衛門の名と店を受け継いだのだ。その事実は伯父にとって不本意だったのかどうか、おちやにははっきりと判じられない。

ただ、長太郎は鈍くはない。自分が父親に認められないままだったと、察している。察しながら知らぬ振りをしている。そうしないと己を保てないからだとおちやは考える。昔からそういう性質《たち》だった。己の弱さや至らなさを必死で押し隠そうとする。隠して自分を大きく、偉く、堂々と見せようとする。

はったりでは商家の主は務まらない。自分の弱点も遜色《そんしょく》も晒《さら》け出して周りに縋れる、そんな強さこそが入り用なのだ。まして、八代屋ほどの身代になると、奉公人の数も桁違いに多い。そういう者たちを束ね、商いを回していく力量が求められる。そうでなければ……お飾りの当主であることに甘んじなければならない。父を凌ぐ商人になることも、お飾りに徹し、商いから退《ひ》くことも長太郎はできなかった。

そういう諸々《もろもろ》をおちやは遠野屋で働き、商いに触れてみて、ようやっと気付いた。

お役人さまは、どうして知っているのだろう。知らなければ、あんな真似はできない。他人の急所を過《あやま》たず衝いたりできない……はずだ。

「さて、そろそろ、迎えが来るころだがな。あぁ、やはり来たぜ」

笑み顔のまま、木暮が顎をしゃくる。

障子の外がぼんやりと赤らんだ。手燭《てしょく》の灯だ。その明かりの中に男の顔が覗く。皺《しわ》が深い。鬢《びん》の毛も半ば白かった。しかし、引き締まった四角い顔は、確かな精悍《せいかん》さを感じさせる。

「弓之助」

おちやに呼ばれ、八代屋の大番頭は手燭を置き、頭を下げた。

「おじょうさま、お久しぶりでございます」

「おまえも……ここにいたの」

「本店におりました。お役人さまから事情を伺い、井平ともども飛んでまいりましたよ」

そこで息を吐き、告げる。

「遠野屋のご主人と尾上町の親分さんがお見えです」

「旦那さまが」

来てくださった。やはり、来てくださった。

「ひでえ形《なり》だぜ。せめて髷と帯ぐれえ直しな」

木暮が櫛を拾い上げ、渡してくれる。

「上等の櫛じゃねえか。もしかして、おっかさんの形見かい」

「あ、はい。そうです。母が遺してくれました。あの、ありがとう存じます」

気が急く。一刻でも早く、ここを出たい。遠野屋の主の顔を見たい。そして、おくみの様子を知りたい。

「旦那さま、どういたします。お逢いなさいますか」

起き上がり、頬を押さえていた長太郎は「逢わん」と言い捨てた。

「おれは八代屋の主だ。遠野屋ごときと逢うわけがなかろう」

くすくすと、木暮が笑う。楽しげな笑声《しょうせい》が響く。

「誰であっても、その顔じゃあ逢えねえよなあ。蚯蚓腫れに、鼻血まで出てるぜ。身体もあちこち痛むんじゃねえか。逢う逢わねえの前に足腰が立たねえかもな」

くすくす、くすくす。

長太郎が立ち上がった。立ち上がった瞬間、僅かによろめいたけれど、すぐに身体を立て直す。

かなりの勢いで、そのまま座敷を出て行った。

「おやおや、ご主人はとっとと逃げ出しちまったぜ。尻拭いは番頭さんに押し付けるってことか。まあ、仕方ねえよな。それも仕事の内だろうよ」

「お役人さま」

弓之助が木暮ににじり寄った。足元に平伏する。

「この度の件、どうか、どうかご内密に処していただけますようお願い申し上げます」

「内密？　さぁて、それは難しいな。いや、難しくはねえか。八代屋の力をもってすれば、勾引の一件や二件、揉《も》み消《け》すなんざ容易《たやす》かろう。まぁ、おれもここで、悪行成敗だの悪人懲《こ》らしめだのと騒ぐほど不粋じゃねえ。騒いだって何の役にも立たねえしな。それ相応の見返りがあるなら、目を閉じるぐれえはわけねえさ」

「目を閉じていいんですか」

おちやは腰を浮かし、こぶしを握った。

「こんなことが許されるわけないでしょ。あ、あたしたちは、あたしとおくみちゃんは通りで襲われたんです。おくみちゃんは、ひどい怪我を……こんな狼藉をお役人さまが見て見ぬ振りをするなら、お江戸は無法の町になってしまいます」

「おじょうさま」

弓之助が眉を顰《ひそ》める。

「確かに、おじょうさまの言う通りだ。けど、おれもお上から禄《ろく》を貰ってる手前、いろいろと役所のしがらみってやつを知ってんのさ。八代屋の主人をお縄にしちまえば、どんなしっぺ返しがくるか。考えただけで怖気《おじけ》づくじゃねえか。お役御免どころか所払《ところばら》いぐれえにはなっちまうかもしれねえんだぜ。おお、怖っ。ただまあ、派手な騒ぎを起こしてくれたからな、まるでなかったことにはできねえかもな」

「と言いますと」

弓之助がちらりと木暮を見上げる。

「騒ぎを起こした男たちをふん縛《じば》らせてもらう。そいつらに全部、咎《とが》を負ってもらえば八代屋の旦那まで累は及ばねえさ」

「そんな……」

おちやは唇を嚙んだ。

何だ、これは？　こんな誤魔化しが、卑劣がまかり通っていいのか。役人が薄ら笑いしながら口にしていいことなのか。

「おちや、頭を冷やして、よぉく考えろよ。八代屋の主人が咎人《とがにん》になればどれほどの影響が出るか、な。八代屋の屋台骨に罅《ひび》が入るぜ。万が一にも潰れるような憂き目に遭えば、奉公人たちはとたんに暮らしの糧を失う。大騒動になるな」

おちやはさらに強く唇を嚙んだ。

奉公人だけでは済まない。八代屋を芯として回っていた商いが止まれば、関わり合っていた多くの職人や仕入れ先、出入りの商売屋などが損亡《そんもう》する。次々に店が倒れていくだろう。大げさでなく、小国の大名家が断絶するに等しい混乱が起きる。

　唇を噛み締め、黙り込む。

「そうそう、納得したかい。いい子だ。おれとしても知らぬ振りなどしたかぁないさ。けど、世のためには正義ばかりを振りかざすわけにもいかねえからな。いや、実際、腸《はらわた》が煮えくり返るような思いをしてんだよ」

　木暮の怒りとも悩みとも無縁の涼しげな顔つきを、おちやは半ば呆《あき》れて見詰めた。

「さて、番頭さんよ」

「はい」

「見返りについちゃあ追々の話として、客人の方はどうするつもりだ」

「……遠野屋のご主人ですか」

「そうさ、言っとくけど、大店の威光をちらつかせれば畏れ入って容易く引き下がる、そんな柔《やわ》な相手じゃねえぜ」

「わかっております。遠野屋さんは先代が、八代屋の婿に迎えたいとまで望まれた方です。柔であろうはずがありません」

　そこで、もう一度、弓之助は木暮に視線を向けた。

「聞けば、遠野屋さんの奉公人を傷つけたとのこと。非はこちらにございます」

「ほう、あっさり認めんのかい」

「認めて、詫びるのが筋でございましょう。それに、八代屋の威光も誤魔化しも通用しないとなれば、他に策もございませんから。なるべく穏便に済ますよう努めるしかありますまい」

「と、言われていたのか」

「は？」

「先代から遠野屋と無駄に揉めるなと、言い換えれば、安平《あんぺい》に戦を仕掛けるなと言われていたのかと、問うたんだよ」

弓之助の表情は変わらなかった。僅かに首を傾けただけだ。否とも然《しか》りとも答えない。答えないまま、別の話柄を口にする。

「お役人さまは、遠野屋さんとは親しくされておると伺いました。この度の件で、お口添えいただけましょうか」

「口添えか。まぁしなくもないが……」

「見返りは十分に上乗せいたします」

「十分に、な。それは重畳《ちょうじょう》。後ほど、たっぷりといただくとするぜ」

なに、何なのこの人たちは。

おちやは胸の奥底からせり上がってくる怒りと嫌悪の情を必死に抑えていた。

正義どころか、人としてぎりぎりの道義心さえ窺えない。

男二人のやりとりに、気分が悪くなる。吐きそうだ。

遠野屋に帰りたい。おくみちゃんに逢いたい。旦那さまに、おみつさんに、おうのさんに、みんなに逢いたい。

帯を締め、髷の乱れを直す。それから、声を張り上げた。

「用意できました。参りましょう」

役人と大番頭を睨みつける。弓之助は軽く頭を下げたが、木暮は眉一つ動かさなかった。

「遅《おせ》えですね」

伊佐治が眉間に皺を寄せる。

行灯と燭台が照らす室内は、昼間には遠く及ばないが、人の表情を読み取るのには十分な明るさだ。

伊佐治は焦燥の色を面に浮かべていた。

「ええ、遅いです。遅過ぎる」

清之介は答え、自分もよく似た顔つきになっているだろうと思う。実際には、大して待たされたわけではない。八代屋本店の大番頭自らこの座敷に案内し、「暫《しば》しお待ちください」と言い残し、消えてから、まださほどの刻《とき》は経っていない。普段なら何事もなく待ち続けただろう。しかし、今は普段とは違う。こうしている間に、おちやが危うい目に遭っているかもしれないのだ。屋敷を包む静寂と闇の濃さが気持ちを掻き乱す。

「遠野屋さん、ちょいと奥を探ってきやす」

伊佐治が腰を上げた。ほとんど同時に清之介の耳が足音を捉えた。人の足音だ。

「親分さん」

軽く顎をしゃくる。伊佐治の黒目がすっと横に動いた。気が付いたのだ。

「やっと、来やしたか」

伊佐治が腰を下ろした直後、障子が開いた。

「旦那さま」

「おちや」

とっさに広げた腕の中に、おちやが飛び込んでくる。

「旦那さま、旦那さま」

「おちや無事だったか」

「はい。はい……旦那さま」

おちやが顔を上げる。涙に濡れた頬が赤く腫れていた。髷の形も崩れている。殴られたのだ。

「わたしは平気です。旦那さま、おくみちゃんは、おくみちゃんは大丈夫ですか」

「おくみは……」

言い淀《よど》んでしまった。伊佐治が身動《みじろ》ぎする。おちやの双眸が大きく見開かれた。

「え？　おくみちゃん、怪我がひどいんですか」

おちやの指が清之介の袖を強く引っ張った。

「おくみちゃん、苦しんでるんですか。痛がってるんですか。旦那さま」

「おくみは……眠ったままだ。目を覚まさない」

「ひっ」と、おちやの声が引き攣る。

「医者からは、頭を強く打った拍子に頭の内に傷を負った見込みもあると言われた。今、おみつが付き切りで看病している」

「そんな……明日には、明日には目を覚ましますよね。目を開けますよね」

「そうだ」と頷けるなら、どれほど楽か。しかし、清之介はかぶりを振った。

「わからない。ただ、このまま三日も目覚めなければ危ないとも言われた」

「危ない？　危ないって、どういう意味です」

おちやが離れる。行灯に照らされていても、顔色が青白いとわかる。ほとんど血の気がないのだ。

「……あたし、帰ります」

青白い顔のまま、おちやは立ち上がり後退った。

「おちや、待ちなさい」

「いえ、帰ります。遠野屋に帰ります。おくみちゃんが待ってるもの、帰らなくちゃ」

駆け出そうとするおちやの手首を摑む。硬く引き締まっていた。よく働く者の手首だ。

「夜道を一人で歩かせるわけにはいかん。わたしたちも一緒に帰る。待ちなさい」

「だって、だって旦那さま……あたし、おくみちゃんに逢わなくちゃ……」

おちやの目から涙が零れる。伊佐治がため息を吐いた。

「駕籠を用意いたしました」

廊下に畏《かしこ》まっていた大番頭、弓之助が告げる。

「井平をお供させます。おじょうさまは必ず、森下町まで送り届けますので」

「いや、結構です」

清之介は言下に断った。

「おちやは遠野屋の奉公人です。信用できない相手に託すわけには参りません。手前どもが連れ帰ります。ただ、その前にこの度の狼藉の顚末《てんまつ》、お話しいただきますよ」

「あっしも、ぜひ聞かせてもらいやす。事と次第に依《よ》っちゃあ、八代屋さんに大番屋《おおばんや》まで出向いてもらうことになりやすぜ」

伊佐治も口を揃《そろ》える。清之介はおちやの手首を放すと、弓之助に視線を向けた。

「八代屋さんにお逢いしたいと思います。取り次いでいただきましょうか」

「……主は臥《ふ》せっておりまして、お相手ができかねます。わたしの方で全て処するように言い付かっておりますので。そのように、ご承知ください」

「承知？　これだけのことを働いた本人が顔も見せない、それを承知しろと言われますか」

弓之助が両手をつき、低頭する。

「遠野屋さんのお怒りはもっともと存じます。おじょうさまの身を案じるあまり、些《いささ》か行き過ぎました。どうか、お許しください。ただ、手前どもとしましては、おじょうさまを何とか説得し、八代屋にお帰りいただくための方便のつもりでございました。その役に選んだ者たちが逸《はや》り過ぎたようで、まことに遺憾に存じます。むろん、その者たちに報いは受けさせます。どのようにもお咎めください」

「はぁ？　番頭さん、あんた何を言ってんです」

伊佐治の口調が尖《とが》った。

「もしかして、蜥蜴《とかげ》の尻尾《しっぽ》切りのつもりですかい。破落戸を二、三人差し出して、これで一件落着になんて都合がよ過ぎますぜ。道理が通りやせん。いや。通させやせんぜ」

伊佐治の声には凄《すご》みさえ混ざる。しかし、弓之助に動じた様子はなかった。『八代屋』の本店を任されている大番頭だ。多少のことには驚きも、怯《おび》えもしないだろう。しかし、今回は八代屋太右衛門が深く関わり合っている。〝多少のこと〟で片付きはしない。伊佐治ではないが、片付けさせるつもりもない。こちらの覚悟も決意も十分に摑んでいるだろう。

それにしては、余裕がある……。

清之介は障子の向こう側、闇に閉ざされた廊下に目をやった。

なるほど、そういうことか。

「木暮さまは、どのように落着させるおつもりなのです？　このまま、うやむやにされるようなら、遠野屋としては黙っているわけには参りませんが」

「へ、旦那？」

伊佐治が瞬《まばた》きして、暗い廊下に顔を向けた。

「おや、やはり気付いたかい。さすが、さすが」

信次郎が障子の陰から現れた。そのまま、座敷に入ってくる。

「旦那、何でここにいるんです」

伊佐治が腰を浮かし、叫んだ。

「何で？　親分の手下から報せがあったからだよ。娘が勾引かされたってな。その娘がおちやなら、連れ込まれたのはこの屋敷しか考えられねえじゃねえか。親分たちが愚図愚図しているもんだから、一足先に駆け付けたってわけさ。その前に通旅籠町に寄って大番頭に事情を告げといた。そしたら、同行するって聞かなくてね。まぁ、そのおかげで、すんなり屋敷内に入れたんだがな。自分で言うのも何だが、おれが敏に動いたおかげでおちやは危ないところを救われたんだぜ」

しゃべりながら、信次郎は壁際に腰を下ろした。

「なるほど。そういう経緯《いきさつ》でしたか。それにしても、今夜の木暮さまはお口が軽い。こんなに、よくしゃべられるお方だったとは驚きです」

信次郎の言葉は蜘蛛《くも》の円網《えんもう》に似ている。軽かったり、楽しげであったり、くだらない無駄話に聞こえたり、つまり何の害もないと思わせながら、知らぬ間に張り巡らしている。蜘蛛の巣なら獲物は引っ掛かった瞬間から逃れようともがきもするが、言葉の網は身動きできなくなるまで自分が餌食になったと気が付かない。気が付いたときは、既に搦《から》め捕《と》られている。

この男、今、誰を獲物と見做《みな》しているのか。

信次郎が口を閉じる。真顔になれば、そこには何の情も浮かんでいない。

「おちやを帰しな。せっかく用意した駕籠を無駄にすることたぁねえさ。井平なら信用して構わねえんじゃないか。おれが大丈夫だと請け合うが、それじゃ不足か、遠野屋」

「いえ、十分でございます」

「そうかい。じゃ、そうしな。娘っ子はとっとと帰して、じっくり話をしようじゃねえか」

「承知いたしました。おちや、一足先に帰っていなさい」

「はい。旦那さま、どうか」

おちやは弓之助から信次郎に素早く視線を巡らせた。

「どうか、お気をつけて」

それから立ち上がり、一礼した弓之助を見下ろす。

「弓之助」

「はい」

「兄さんに伝えておいて。おくみちゃんに万が一のことがあったら、あたしは一生、許さないと。兄さんが御法《みのり》で裁かれなくとも、あたしだけは決して許さないと、必ず伝えて」

「……畏まりました」

おちやは背を向けると、半ば駆けるような足取りで去って行った。その足音が遠ざかり消えたとき、弓之助が長い吐息を漏らした。

「あのおじょうさまが、脅し文句を口にされるとは。お変わりになったものだ」

「綺麗《きれい》なだけの人形じゃいられなくなった。そういうこってしょう」

伊佐治の一言に、信次郎がくすりと笑う。

「そうさなぁ。人形なら飾りで済むけど人は厄介だぜ。心があるからな。おくみが死んじまったりしたら、あの娘、本気で仇討《あだう》ちを考えるかもしれねえなあ。娘の一念、なかなかにおっかねえもんだ。巻き添えを食わないよう用心するんだな、番頭さんよ」

伊佐治も弓之助に負けない長息《ちょうそく》を吐いた。

「旦那は変わらず脅し文句が似合いやすね。けど、旦那に人の心を説かれてもねえ……。人食い鬼に念仏を唱えてもらってる心地になりやさあ」

「なんだ、その譬《たと》えは？」

「まんまでやすよ。まぁ、旦那はどうでも、八代屋さんの件は見過ごすわけにはいきやせんぜ。蜥蜴の尻尾を差し出されても納得できやせんから。そうでやすね、遠野屋さん」

「はい」

「納得できねえと言われてもなあ。如何《いか》な親分でも八代屋の当主をふん縛るのは無理だぜ。なにせ、公儀《こうぎ》とも直《じか》に取引しているって大店だ。下手《へた》したら、おれの首が飛んじまう」

信次郎は自分の首の後ろを音を立てて叩いた。

「そう容易く飛んじまう首なら、用済みにすりゃあいいじゃねえですか。ふん、旦那なら首をくっつけておく方策なんざ、十も百もご存じでやしょう。今さら何を言ってんでやす。ともかく、お役目を果たしてくだせえ。勾引とおくみさんにあれだけの怪我を負わせた咎を、八代屋にどう償わせるつもりです？」

八代屋と伊佐治は呼び棄《す》てた。怒りの程が察せられる。

「だから無理だと言ってるじゃねえか。腐っても鯛《たい》は鯛。同心や岡っ引が手を出せる御仁《ごじん》じゃないさ。まあ、手先を二人か三人かお縄にして、それで落着としなきゃ仕方あるめえ。あぁ。けど、遠野屋にはそれなりの詫びを入れてもらわなきゃならねえよな。遠野屋、泣き寝入りする気はさらさらねえだろう」

「むろんです。八代屋さんはうちの奉公人を二人、損ないました」

罪に相応《ふさわ》しい罰は受けてもらう。

「番頭さん、あなたは八代屋さんが破落戸を使ってまでおちやを奪おうとしている。そのことに気が付いていたのか、あるいは加担していたのか、どうなのです」

「薄々とは……察しておりました。旦那さまがおじょうさまを呼び戻すおつもりなのは、わかっていたのですが……まさか、あんなやり方を選ぶとまでは考え及びませんでした。まことに、まことに申し訳ございません」

弓之助が両手をつく。低く頭《こうべ》を垂れる。

「遠野屋さん、お怒りはもっともかと存じます。この度の件、手前がどのようなお咎めも受けるつもりです。それで、どうかお許し願えませんか」

「おやおや、大番頭自ら人身御供《ひとみごくう》になるってかい。見上げた忠義の心じゃねえか。この心意気に免じて許してやんなよ、遠野屋」

信次郎が口を挟む。人の目には捉えられない糸が吐き出される。

「相手が大き過ぎる。さすがの遠野屋も、真正面からぶつかっちゃあ敵いっこねえさ。こちらとしても、罪のねえ番頭さんをお縄にするわけにもいかねえしな。まぁここはぐっと我慢して、おとなしく手を引くんだな。仕方ねえさ、それが権勢《けんせい》ってものだ。八代屋にはそれがある。遠野屋を遥《はる》かに上回って、な。だったら、引き下がるしかあるめえよ」

「商いは政《まつりごと》とは違います。権勢でどうにかなるものではないと思いますが」

弓之助が顔を上げ、僅かに目を細くする。

「八代屋さんがこれだけのことをしでかして無傷で済むとお考えなら、あまりに世間知らずに過ぎます。さっきのおちやの言ではありませんが、御法が裁かなくとも世間は裁きましょう。八代屋の主が力尽くで一人の娘をさらい、もう一人に命を危ぶまれるほどの仕打ちをした。何の落ち度もない、か弱い娘たちをいたぶったのです。それを世間が許すと本気でお考えですか。世間の評判が八代屋の商いに何の影響も与えぬとお考えですか」

弓之助が黙り込む。頬のあたりが強張っていた。

「あまり世間を、そして遠野屋を舐めない方がいい」

はっきりと告げる。

戦を仕掛けてくるなら、受けて立つ。

「ふーん、遠野屋はそこまで腹を括ってるとよ。八代屋はどうするのかねえ。もともと、先に手を出したのはそっちだものなあ」

信次郎の物言いは間延びして、暢気《のんき》にさえ聞こえる。

弓之助が背筋を伸ばした。

「世間の評判を恐れぬ商人などおりませんよ。けれど、これまで八代屋が築き上げてきた信用や世評がそう容易く崩れるとは思うておりません」

「容易く？　この度の件は大きな傷にはならぬと言うておられますか」

「いや、なかなかの傷です。しかし、十分に凌ぎ切れ、いつか癒えるとも考えております」

「それは、甘い」

「いえ、甘過ぎも辛過ぎもいたしません。遠野屋さん、手前は三十年、八代屋に奉公しております。口幅ったくはありますが、先代をずっと支えてまいりました。その中で身に染み込んだのは、八代屋という商家の強さです。莫大《ばくだい》な財やご公儀とさえ取引できる地歩もさることながら、長い年月、江戸に根を張り名店の名をほしいままにしてきた。その竹帛《ちくはく》こそが強さなのです。決して揺るがない強さです。無礼を承知で言わせていただきますれば、それは遠野屋さんが決して持ち得ないものでもあります」

たかだか二代、成り上がりに等しい商人とは格が違う。

弓之助は暗に、いや、あからさまにそう告げたのだ。

「ほんとに無礼でやすね。言っときやすけど、咎を犯したのは八代屋、害を被《こうむ》ったのは遠野屋さんですぜ。そこんとこを忘れちゃいねえでしょうね」

伊佐治が言った。獣の低い唸りに似た声だ。

「わかっております。ですから、わたしが旦那さまの代わりにその咎を引き受けます。それでご寛《かん》恕《じょ》いただくわけには参りませんか。むろん、その怪我をされた娘さんにもできる限りの見舞金は払わせていただきます。遠野屋さん、どうかお願いいたします」

「いやあ、それは不味《まず》いだろう」

低頭した弓之助に被《かぶ》せるように、信次郎が言い放った。

「もう一度言うが、罪がないとわかっている者を牢《ろう》にぶち込むわけにはいかねえんだ。それに、番頭さんは八代屋の商いの要じゃねえのか。そこが失《う》せちまうとどうなるんだ？　あの、世間知らずの坊ちゃんじゃ商いは回せまいさ。そうなると……。ふふん、いくら竹帛があろうと地歩があろうと、人の材が揃ってなければ宝の持ち腐れ。持ち腐れぐれえならいいが、店の土台が腐りかねないぜ。何十年何百年続いた店であっても崩れるときはあっという間さ。まあ、『八代屋』が潰れたら大騒動にはなるだろうが、その崩れた跡を埋める店があるとすれば騒動も一時で収まるんじゃねえのか。なぁ、遠野屋、このさいだから埋める側に回ってみちゃあどうでえ。由緒正しい名店を新参の店が呑み込む。そういう図も、ちょいとおもしれえじゃねえか」

「そういう図を描く野心などありません」

きっぱり言い切る。

「わたしはわたしの店を守り通す。それだけです」

チッ。信次郎が舌打ちした。

「いつものことながら、四角四面のつまらねえ返答をしやがるぜ。おもしろくもねえ」

「つまらねえんじゃなくて、まっとうなんでやすよ。遠野屋さんには旦那をおもしろがらせる義理なんて、ありやせんしね」

伊佐治の一言に、信次郎は大仰な仕草で肩を窄《すぼ》めた。

「けどまあ、ちょいとお頭を冷やして考えてみりゃあ、八代屋をお縄にするのも難問かもしれねえな。いや、『八代屋』って店云々《うんぬん》じゃなく、この一件、八代屋が直に手を下したわけじゃねえ。やったのは金で雇われた破落戸紛いだろう。だとしたら、幾らでも言い逃れはできるぜ。つまり、おちやを連れ戻すために男たちを差し向けたことは認めても、そいつらがあんな手荒な真似をするとは考えてもいなかった。そこまで思い及ばなかったのはこちらの手落ちだ、申し訳ない。ただ、おちやはもともと八代屋の身内だし、年ごろの娘だ。いつまでも格下の店で奉公させておくわけにはいかなかった。それを遠野屋は解そうとせず、むしろ囲い込もうとした。業《ごう》を煮やして、つい、強引なやり方に頼ってしまった。そう言い張られてみな、〝盗人《ぬすびと》にも三分《さんぶ》の理〟と言うじゃねえか。まして、八代屋の理だ。八分にも九分にもなるさ。で、せいぜい叱り置きぐれえでお終《しめ》えになる。そんなもんさ。ま、破落戸どもがどう裁かれるかは別の話になるだろうが」

「そんなわけありやせん。おくみさんの様子を見たら……そんなわけが」

伊佐治が唇を結び、黙り込む。

一介の奉公人と大店の主を天秤《てんびん》にかければ裁きの秤《はかり》がどちらに傾くか、老練な岡っ引は知り過ぎるほど知っている。八代屋の番頭は世間の評判は慮《おもんばか》っても、お上の裁きについて些かも心配していないだろう。

清之介は視線を弓之助に向けた。

「番頭さん、約定《やくじょう》をいただきたいと存じます」

「約定と申されますと?」

「遠野屋に関わる全てに、今後一切手を出さぬとの約定です。それを『八代屋』大番頭の名で念書にしてもらいますよ」

弓之助が顎を引いた。

「それは、おじょうさまのことを含めてという意味ですかな」

「おちやも嵯峨波からの船も、全て含めてです」

「船？　遠野屋さん、それは何のことです」

「ご存じないと？　では、八代屋さん一人の思案で動いたことでしょうか」

「はぁ、いや、何のことやら手前にはわかりかねますが……念書の件も、暫くお待ちください。おじょうさまの行く末のこともありますし、ここですぐにというわけには……」

「いかぬなら、直に八代屋さんと話をするまでです」

清之介が立ち上がると、信次郎が短く口笛を吹いた。

「おやま、遠野屋の旦那はかなり本気だぜ。八代屋と膝詰め談判するとよ。それは、ちっと都合が悪いんじゃねえのか。お坊ちゃんじゃ相手にもなるまいよ」

弓之助は、ゆったりとした仕草でかぶりを振った。

「旦那さまは臥せっておられます。話などできません」

「ならば、ここで念書をお渡しください」

「遠野屋さん、それは、ですから無茶というものです。商人にとって念書を含め証文は、命にも等しいもの。それを、軽々しく渡すわけには参りません」

「軽々しく？」

弓之助を見据える。

「番頭さん、わたしは軽々しい話などした覚えも、するつもりもありません。命に等しい証文だからこそ、望んでいるのです。『八代屋』大番頭の名と印のある念書を一枚、いただいて帰ります。でないと、生死の境まで追い詰められたおくみに申し訳が立たない」

弓之助は何かを言い掛け、言葉を呑み込み、一瞬、顔を伏せた。

「断ればどうするおつもりですかな。わたしが念書も旦那さまと逢うことも拒んだら?」

再び顔を上げ、そう問うた声は落ち着いて、重々しくさえあった。

「拒むなら拒めぬようにするだけのこと。番頭さんが念書を渡してくださるように、遠野屋の限りを尽くして努めます」

「遠野屋さん、わたしを、いや、八代屋を脅しておられるのですか」

「脅しではありません。本気です」

弓之助の視線を捉え、清之介は続けた。

「わたしは遠野屋の主です。どのような相手、どのような難事からも店を守らねばなりません。背を見せて逃げるわけにいかないなら、戦うしかありませんでしょう」

「遠野屋さん」

弓之助がやや前屈《まえかが》みになる。

「この八代屋を敵に回すと仰っておるのですか。そんな無謀な真似をすれば、お店は必ず潰れますよ。あなたほどの方が、それを見通せないわけがない」

　そこで、身体を起こし、軽く頭を振る。

「お武家の戦なら兵法《へいほう》もありましょう。地の利や運もありましょう。相手方の油断を衝いて奇襲をかけ、大軍を追い散らす策もあるやもしれません。しかし、商いはそうはいきません。力の差が揺らぐことはなく、それをひっくり返す奇策などあり得ないのです。力の強い方が勝つ。それが商いというものです」

「遠野屋さんと八代屋の力の差も、わかっておられる？」

「心得ております」

「むろん」

　弓之助の視線が横に動き、壁にもたれ掛かっている信次郎をちらりと見やった。

「お役人さまは先刻、八代屋の土台が腐り、崩れるやもしれぬと仰いました。お言葉を返すようですが、それは決して起こり得ぬことです。わたしを始めとして、八代屋には商いの真髄を知り尽くした奉公人たちが大勢、おります。それは竹林の根のごとく張り巡らされ、土台をしっかりと支え、守ります。わたし一人が抜けても、崩れる心配はありませんよ」

「主が無能でもってのは、さすがに口にできねえんだな」

　信次郎の皮肉に弓之助は一言も返さなかった。信次郎は意に介す風もなく、続ける。

「番頭さんの言うことに納得できるっちゃあできるな。なるほど、商人の戦いってのは、あらかじめ勝敗が明らかなもんなんだ。けだし、名言だ。それはつまり、遠野屋じゃ八代屋には勝てない。そういうこったな」

「そういうことです」

弓之助が今度は、はっきりと答えた。

「だとよ、遠野屋。おぬし、どう思う?」

「勝てないかもしれません。十中八九、負け戦となる。その見込みは高いでしょう。けれど、ただ敗れるだけでもないと思うております」

弓之助の口元が妙な具合に曲がった。瞬きしない目は清之介に向けられ、動かない。

「相討ちにまで持ち込めなくとも、近いところまではいけるはずです」

「八代屋も無傷じゃいられない。いや、かなりの深手《ふかで》を負うって話だな」

「ええ。それくらいの地力が遠野屋にはございます」

はったりではない。互角に近い勝負を遂げる自信はあった。

「この上、八代屋さんが遠野屋を陥れ、損なおうとするのなら相応の覚悟をしていただく」

弓之助の顔つきが強張った。が、次の刹那、面は朱色に染まる。

「ふむ、それは窮《きゅう》鼠《そ》猫《ねこ》を噛むの譬え通りですかな」

そう毒づいた声は心持ち掠《かす》れていた。

「かもしれません。しかし、獲物にしようと鼠《ねずみ》を追い込んだ猫の命取りになる、そういう箇所に歯を立てるぐらいはできましょう」

くすくすくす。信次郎が笑い出す。いつもの、あの軽やかで冷えた笑声だった。

「番頭さん、騙《だま》されない方がいいぜ。この御仁、鼠なんて可愛《かわい》いもんじゃねえからよ。歯といっても、尖った牙《きば》が生《は》えてらぁな。それで急所をがぶりとやられたら、さぞかし痛《いて》えだろうな。痛みぐれえで済めばいいがな。あぁこれは余計なお世話か。海千山千の八代屋番頭が見抜けねえはずはねえものな。ふふ、どこからどこまで番頭さんが関わっているのか知らねえが、先代に釘《くぎ》を刺されていたんじゃねえのかい」

「え？」

弓之助が首を回し、信次郎に視線を移す。絡繰《からく》り人形のようなぎこちない仕草だった。

「鼠の振りをする狼《おおかみ》には迂闊《うかつ》に手を出すな。いずれ、狩るにしても餌食にするにしても、機を狙い、潮時を見定めてからのこと。それまでは静観するべしとな。先代八代屋なら、子飼いの番頭にそれくれえは伝えてるんじゃねえのか。違うかい？」

まだ血の気を残していた弓之助の頬がみるみる色を失っていく。息が乱れた。しかし、それはほんの一刻《いっとき》、おそらく瞬き一つ、二つ分の間だったろう。

顔色も気息もすぐに戻し、平静そのものの顔つき声音で弓之助は問うてきた。

「ご無礼ですが、お役人さまと遠野屋さんは相当にお親しいのですか」

横手から一撃、食らったような気分になる。

木暮さまと親しい？

それはない。親しいとはどういう間柄なのか深く考えたことはなかったが、少なくともそこには、柔らかで温かい人の情が入り込んでくるだろう。信次郎との間にそんな情は皆無だ。微塵《みじん》もありはしない。

信次郎が二度ばかり頷く。

「そうさなあ、遠野屋とは長《なが》え付き合いなのさ。世話になったり世話したりと、まあ、いい関わり方をしてると思うぜ。なぁ、親分」

話を振られ、伊佐治が目を剝《む》く。

「それは……どうですかね。まぁ、しょっちゅうお邪魔してるんで、遠野屋さんにご迷惑をかけてるのは確かでしょうが。あっしとしちゃあ、何とも……」

もごもごとしゃべり、横を向いた。この岡っ引をして、どう答えるべきか戸惑ったのだ。

「さようですか」と呟き、弓之助は人を呼んだ。

現れた手代らしき男に耳打ちする。間もなく運ばれてきた文机《ふづくえ》の上で上質の紙に筆を走らせ、印を押す。行灯の熱で墨を乾かし、弓之助は暫くそれを見詰めた。その間、誰も一言の声も出さなかった。

「遠野屋さん、これでよろしいでしょうか」

念書が清之介の膝前に差し出される。

「……結構です。では、これをいただいて帰ります」

「お好きなように」

「船の件については、こちらで全てを処させてもらいます。手出しも口出しも一切、御無用に。そして、おちやとは今後、全ての関わりを絶っていただきます。遠野屋の奉公人として立派に育て上げますので、ご心配なきようにと八代屋さんにお伝えください」

一礼する。弓之助も無表情のまま、礼を返してきた。

明かりが揺れる。

夜道を照らす提灯は三つ。一つは八代屋を去り際に、信次郎に手渡されたものだ。

上質の蠟燭が使われているらしく、一際、明るい。それでも、江戸の闇が圧《の》し掛かってくる。八代屋にいる間に一段と暗みを深めた闇だ。

「木暮さま、親分さん、この度はまことにありがとうございました」

清之介は改めて、横に並ぶ二人に頭を下げた。

「とんでもねえ。遠野屋さん、そんな礼なんて言わねえでくだせえ」

伊佐治が慌てて手を横に振る。

「あっしは、ただくっついて行っただけで何の役にも立ちやせんでした。旦那だって……」

「おれは、おちやを助けたぜ。でなきゃ、あの娘は八代屋に手籠めにされてたはずだ」

「それを口実に、強請《ゆす》ったんでやすね」

「強請る？　何のことだ？」

「今さら、惚《とぼ》けてどうするんでやす。懐《ふところ》のあたりがやけに重そうじゃねえですか。八代屋の悪行を見過ごす代わりに、袖の下をたんまりと受け取りやしたね。もしかして、端《はな》からそれが目当てで出向いてきたんじゃねえでしょうね」

信次郎が鼻を鳴らした。それに呼応したわけではあるまいが、頭上の闇空で五位鷺が不気味な啼《てい》声《せい》を響かせた。

「おれの懐より、遠野屋の懐の方がだいぶ重いんじゃねえのか。なにせ、八代屋の大番頭の念書が収まってんだ。これで、一先《ひとま》ずは前門の虎、厄介な難を一つは退《しりぞ》けられたわけだしな」

「はい。証文は商人にとって命に等しい。番頭さんは、はっきりと仰いました。その念書を徒《あだ》や疎かにはできますまい」

商人が自ら筆を取り、印を押した。それを疎かにするとは信用を捨てることだ。そして信用こそが商いの基とも芯ともなる。弓之助が証文を命と等しいと告げたのは、あながち大仰でも、でまかせでもないのだ。

胸の上を軽く押さえる。

信次郎の言う通り、この念書一枚で八代屋との戦は、一先ず避けられた。

「木暮さまのお力添えのおかげです。この御恩、忘れはいたしません」

「ほう、やけに殊勝じゃねえか、遠野屋。ふふ、遠野屋の旦那が恩を認めたわけか。そりゃあまた豪儀《ごうぎ》なこったな」

闇に沈んでいるのに、信次郎が舌舐めずりしている様が見えるようだ。

「いつか、貸した分の恩を返してもらえるわけだ」

「そのつもりでおります。ただ、それとは別にお尋ねしたいのですが」

提灯に照らされて、仄明《ほのあか》るい足元に目を落とす。

「先代の八代屋さんが大番頭に伝えていた言葉まで、なぜ、おわかりになりました」

子飼いの番頭にそれくれえは伝えてるんじゃねえのか。

どこか嗤《わら》いを含んだ一言の後、弓之助の様子は明らかに変わった。驚いたのだ。そして、怯えた。刹那であったが、驚愕《きょうがく》と怖気《おじけ》が表情を歪《ゆが》ませた。

この男はなぜそれを知っている。知るはずのない事実を事も無げに口にしている。

これまで、清之介が何度も味わってきた驚きであり、怯えだった。弓之助には初めての覚えであったはずだ。だから、確かめずにはいられなかったのだ。この役人と遠野屋がどう結び付いているのかを。そして、弓之助に具わった商人の勘が用心を告げた。これ以上、関わるのは剣呑《けんのん》過ぎると。だから、念書を認《したた》める方を選んだのだ。とすれば、やはり信次郎に助けられたことになる。

「わかってたわけじゃねえ。鎌をかけてみただけさ。おれが先代の八代屋なら、有能で信の置ける奉公人にそう伝えるだろうからな。出来の悪い倅《せがれ》を追い出すにしろ、お飾りに使うにしろ、八代屋の要は大番頭の弓之助が担う。だったら伝えるべきことを伝えているはずと考えたまでのこと」

「ちょっと待ってくだせえ」

伊佐治が割って入ってくる。

「八代屋の先代ってのは、どうしてそこまで遠野屋さんを目の敵にしたんでやす？　迂闊も何も、端から手を出さなきゃいいだけのこと。遠野屋さんがどれほど身代を大きくしても、八代屋さんを脅《おびや》かすわけじゃなし、放っておけばいいじゃねえですか。でしょ？　ええ、そりゃあ聞きやしたよ。先代が紅花の商いにも嵯波の政にも執着していたってのはね。遠野屋さんをおちやさんの婿に迎えて、八代屋に囲い込み潰したいと望んでいたとも……これは旦那の推察として聞きやした。けど、それでも、あっしは納得できねえんでやす。望んだ通りに遠野屋さんを動かせなかったから、それが理由で除こうとするなんて考えられねえんですがね」

持ち手の気持ちを表すかのように、伊佐治の提灯が前後に揺れた。

「嫌だったんじゃねえのか」

「へ、嫌ってのは？」

「先代は遠野屋の前身《ぜんしん》を薄々とは知っていたんだろう。武家であったにもかかわらず、一角《ひとかど》の商人の顔をして、身代を肥やし商いを回している。そういう相手を嫌っていた。あるいは憎んでいた。そういうとこかもしれねえな。八代屋太右衛門ほどの商人からすれば武家なんてのは、大半が身分の上に胡坐《あぐら》をかいて威張り散らすだけの代物に過ぎねえ。なのに、武家崩れの遠野屋が『八代屋』と肩を並べる……には遠くても、一代で小体《こてい》の小間物問屋を大店と呼ばれる構えにまでしちまった。八代屋はなかなかの商人だったかもしれねえが、先代、先々代から既に構えのでき上がった店を受け継いだに過ぎない。そこが引け目であったのかもな。遠野屋が新しい商いをあれこれ作り出すのも、試みているのも目障りでしかなかった。自分には思いも付かない商いの形だったから……つまり、やっかみと焦りがごちゃ混ぜになれば憎悪に変わるって寸法さ。まっ、死んじまったやつの胸の内なんて探ったって無駄なだけだ。真実なんてわかりゃしねえよ」

「じゃ、生きている者の胸の内はどうなんでやすか。今の八代屋は、どうして遠野屋さんにちょっかいを出そうとしたんでやす。親父の志を継いだわけじゃねえでしょう」

「長太郎か。あいつは、遠野屋より自分が上だと納得したくて必死だったんじゃねえか。先代が遠野屋に拘っていたのも、おちやが遠野屋の許《もと》に転がり込んだのも許せなかったんだろうよ。自分の手で潰したかったってのが本音だろうな。まあ、父親に認められなかった故に、僻《ひが》み根性を募らせちまったのかねえ。ふふ、父親に人斬りとして育てられるよりは、ずっと増しだと思うがなあ」

「ああ、そうでやすか。じゃあ、今度の件は全て長太郎の仕業なんでやすね」

伊佐治が声を張り上げる。提灯がさらに揺れた。

「だとよ、どう思う？　遠野屋」

信次郎が提灯をひょいと持ち上げる。六間堀からの風が一段と冷えてきた。その風を清之介は胸の奥まで吸い込んだ。

「おちやとおくみを襲ったのは、八代屋さんの差し金でしょう。番頭さんは何も知らなかったのではありませんか」

「だろうな。おれが勾引の話をしたら、本気で驚いていた。あれは、芝居じゃねえ。長太郎の野郎は、おちやが思うようにならないのに業を煮やして馬鹿な真似をしでかした。しかし、船の一件は……世間知らずの箱入り息子には無理だぜ。まるで関わってねえとか何にも知らなかったとかじゃあるまいが、あいつが全てを仕切れるはずもなし、だな」

「はい。船を水夫《かこ》や荷ごと消してしまうとなると、相当の仕掛けがいる。そして、抜かりのない手配りも、綿密な計画もいります」

「長太郎一人にできる仕事じゃありやせんね。となると、あの大番頭が嚙んでるわけだ」

「嚙んでるのは大番頭だけじゃねえさ」

「へえ、平塚って、大番頭に金で釣られたお武家でやすね。浦賀奉行所の元与力《よりき》なら、船の出入りを誤魔化すのもそう難しくはありやせんでしょう」

「そうだな。少なくとも書面上は、通った船を通らなかったことにできるかもな」

「でやすかね。けど、あの弓之助って大番頭は、どうして、遠野屋さんの船に手を出そうなんて考えたんでしょうかね。あっしには海のことはよくわかりやせんが、書面上にしろそんな絡繰りを仕掛けるなんて重罪じゃねえですかい。これが公になったら平塚はむろん、八代屋だって咎めを受けるんじゃねえんですかい。そんな危ない橋を渡ってまで、今、遠野屋さんに喧嘩《けんか》を、いや、戦を吹っかける意味がわかりやせんや」

「公にはならないのさ。何があっても、この一件が表に出るこたぁない」

伊佐治が足を止めた。闇がその姿を呑み込んだように見えた。清之介も信次郎も立ち止まる。三つの提灯がそれぞれの手許《てもと》を臙脂色《えんじいろ》に浮かび上がらせていた。

「公にならない？　何ででやす？　八代屋が浦賀のお奉行所の中、与力の上まで手を伸ばして揉み消せるってこってすか」

「違《ちげ》えよ。端からなかったのさ」

くぐもった微かな音がした。伊佐治が息を呑み込んだのだ。

「なかった？　は……え？　どういうこってす」

伊佐治が身体ごと清之介に向く。闇に慣れた目に、戸惑った岡っ引の顔が見て取れた。

「遠野屋さんは、旦那の言ってることわかるんでやすね」

「ええ、まだ曖昧《あいまい》な部分はありますが……。親分さん」

「へえ」

「明日一日、わたしにお付き合い願えますか」

伊佐治の口元が引き締まった。

「むろんでやす。明日と言わず、明後日《あさって》も明明後日《しあさって》も付き合いやすぜ」

清之介は頷き、振り返った。

「まれ吉」

「へえ」

闇の奥から、その闇の千切れに似た黒い塊が近寄ってくる。信次郎も伊佐治も身動ぎ一つしなかったから、後ろから付いてきていた気配を捉えていたのだろう。

「八代屋の主と大番頭の顔、覚えたな」

「へ、へえ。庭の暗がりから、しっかり見させてもらいましたで」

「では、手筈《てはず》通り頼む。おそらく、今夜か明日朝までには動くはずだ」

「へえ」

「商家とは違う武家屋敷だ。くれぐれも油断するな」

「へえ。心得ました」

まれ吉は頷くと腰を上げげた。それを信次郎が呼び止める。

「ちょいと、待ちな。平塚の方はおれが引き受けてやるよ」

まれ吉の口がぽかりと開いた。

「へ？　お役人さまがお屋敷に忍び込むんで？　天井裏に入り込むんは、わりに難儀しますで。よろしいんか」

「馬鹿野郎。どうして、おれが天井裏を這い回ったりしなきゃなんねえ。心配しなくとも、表から堂々と入らせてもらうさ。まぁ、この件で平塚の役回りはだいたいわかっている。ただの駒に過ぎないってな。ちいせぇ駒一つに手間暇かけなくてもよかろうよ。それでなくとも、遠野屋の旦那はお忙しいんだ。ま、こっちに任せておきな」

我知らず、後退りしそうになった。

「何でやす？　気味が悪いや」

伊佐治は半歩、前に出てくる。

「何を企《たくら》んでんでやす」

「企む？　親分、それじゃ、おれが性根の悪い策士みてえに聞こえるじゃねえか」

「みてえじゃなくて、そのまんまじゃねえですか。旦那、真面目な話、何でそんなに遠野屋さんに肩入れしてるんでやす」

「そりゃあ力添えもするさ。長え付き合いだぜ。親分もしょっちゅう言ってるじゃねえか。遠野屋には世話になってるってな。おれだって、同じ気持ちさ。だから、力になれるときには助力を惜しまねえ。それだけのこった」

「旦那の台詞とは、信じられやせんね」

伊佐治が身体を震わせる。

「寒気がしやすよ」

清之介も背のあたりがうそ寒くなる。肌が粟立《あわだ》つ気もした。

信次郎の狙っているものに見当がつかない。

一件のあらましは見えてきたけれど、闇を通してこちらを凝視している男の本意はまるで窺えない。現の闇より黒く塗り潰されている。

しかしと、思案を切り替える。

今はまず、見えてきた一件を片付ける。それが先だ。

清之介はゆっくりと低頭した。

「木暮さま、どうかお願いいたします」

「任せときな。おぬしの憂いが軽くなるなら何よりだぜ」

「旦那がいる限り、軽くはならねえと思いやすがね」

伊佐治がため息を吐く。それから、何もない闇を見詰めた。

「まれ吉さん、いなくなりやしたね」

「ええ。あれなりに役目を果たそうと努めてくれております。おくみに優しくしてもらっていたそうで、おくみがあんな目に遭わされたことをずい分と憤っておりました」

「なるほど。おくみさん、いろんな人に徳を分けていたんでやすね」

「はい。こういうことになって初めて、あの娘の見事さに気付きました」

「旦那さま、わたしではおくみさんの命を救えませんで。だから、せめて仇を討ちたいです。そのために働かせてくだされませ」。まれ吉は涙目になりながら、告げたのだ。おくみはそういう生き方をしてきた。人の心に染み入り、潤し、豊かにする。

見事なものだ。

「ああいう娘っ子は死んだりしやせんよ」

伊佐治がきっぱりと言い切った。

「神さまだって仏さまだって、おくみさんみてえにまっとうに生きてきた者を惨く扱うわけがねえ。慈悲の心ってのがありまさぁ。ええ、神仏の助けが必ずありやすよ」

「そんなわきゃああるまいよ。まっとうに生きて惨く殺されたやつを親分、何人も見てきたじゃねえか。お江戸では珍しくもねえぜ」

信次郎の茶々を聞き流して、伊佐治は口調を硬くした。

「けど、まれ吉さんはどこに行ったんでやす」

伊佐治の視線が闇をうろつく。

「さっき武家屋敷と言いやしたよね。旦那が平塚の屋敷に乗り込むなら、まれ吉さんは別の屋敷を探るってことになる。それは、どこなんでやす」

伊佐治が四本、指を立てた。

「札《ふだ》は四枚。旦那が言い、遠野屋さんは合点しやした。二枚は、あっしにもわかりやす。八代屋と平塚だ。けど。残り二枚の札は誰なんでやす。あっしにはさっぱりでさ」

森下町の木戸が見えてきた。自身番屋《じしんばんや》、木戸《きど》番屋、各商家の軒《のき》行灯がぽつぽつと灯っている。闇に小さな花が開いたようだ。

「それも、明日にはすっきり教えてもらえるんですかね」

伊佐治が唸るように言った。

「はい。親分さん、明日は霊厳島までご一緒ください」

「霊厳島……。へい、わかりやした。蝦夷だろうが薩摩だろうが、くっついていきまさぁ」

伊佐治が答えたとき、木戸の向こうから提灯が近づいてきた。持ち手は必死に駆けているのだろう、ひどく左右に振れている。蠟燭の火で燃え上がってしまわないか危ぶむほどの揺れ方だ。

「あの紋は、遠野屋さんの提灯じゃねえですかい」

「そうです。店で何かがあったらしい」

清之介も早足になる。

常盤町に出向くことは伝えてあった。何かあったときに、すぐに報せるようにとも言付けていた。その何かが起こったのか。今、考えられる〝何か〟は一つしかない。

清之介は自分も提灯を翳《かざ》し、さらに足を速めた。

信三が真っ直ぐに駆け寄ってくる。

「旦那さま、旦那さま、おくみが」

語尾が引き攣っている。

頭上でまた、五位鷺の悪声が響いた。

八　夜に揺れる

永代橋《えいたいばし》を渡り、船番所の前を過ぎたころ、夜はすっかり明けていた。川風《かわかぜ》は身を切るように冷たかったが、晴空《せいくう》から降りてくる光は柔らかな温《ぬく》もりを含んでいる。

「何度も言いやすが。おくみさん、本当によかったでやすねえ」

光の中で伊佐治がしみじみと呟《つぶや》く。道行きの間に、これで三度目の呟きだ。しかし、何度耳にしても快い。清之介も三度《みたび》、同じ答えを返す。

「はい、よくぞ目を覚ましてくれたものです」

昨夜《ゆうべ》、清之介が座敷に駆け込んだとき、おちやは泣いていた。背中を丸め、畳に突っ伏して嗚咽《おえつ》を漏らしていたのだ。

「おちやちゃん、もう泣かないで」

か細いけれど、はっきりとおくみは声を出していた。

「おくみちゃん、ごめんね。ごめんね。ごめんなさい」

しゃくり上げながら、おちやが詫《わ》びる。

「あたしと……あたしと一緒にいたばかりに……ほんとに、ごめんなさい」

夜具がもぞりと動き、おくみの細い腕が覗《のぞ》いた。

「おちやちゃん、もうちょっと……」

指先が〝おいでおいで〟と誘うように、上下する。

「え？」。おちやが顔を近づける。その額をおくみが打《ぶ》った。ぴしゃっと音がするほど強い一打だった。打たれたおちやが、小さな悲鳴を上げる。

「さっきから謝ってばっかり。いいかげんにして」

「……だって、だって、あたし、おくみちゃんに申し訳なくて……」

「おちやちゃん、何にもしてないよ。してないのに、これからずっと、あたしに謝って……申し訳ないって泣くつもり？　あたし、そんなの嫌だ」

「おくみちゃん」

「そんなの嫌。遠慮して……引け目を感じて……。そんなおちやちゃん、嫌だよ。あたし、前のおちやちゃんが好き。だから……もう、謝ったりしないで」

おちやがまた、わっと泣き伏した。

「まあまあ、ほんとに賑《にぎ》やかな娘《こ》だねえ」

おみつが泣き笑いの顔で、おちやの背中を叩《たた》いた。

「おちや、年ごろの娘が大声で泣いたりするんじゃないよ。ほら、もうすぐお医者さまが来られるから、お湯を沸かして新しい手拭《てぬぐ》いを用意しときなさい。こういうときこそ、ちゃっちゃと動くんだよ」

「あ、はい。わ、わかりました」

慌てて立ち上がったおちやが勢い余って、前につんのめる。そのまま、おみつの膝の上に倒れ込んだ。

「うわっ、もう、何をしてんだよ。あたしを潰《つぶ》す気かい。粗忽《そこつ》もほどほどにしときなさいよ」

「おみつを潰す気なら、相撲《すもう》取りを呼んでこなきゃ無理だね」

おしのが澄ました顔で茶々を入れ、おうのが噴き出す。おみつも遠慮ない笑い声を上げた。女たちの笑声《しょうせい》は小波《さざなみ》に似て座敷に広がり、医者が駆け付けてくるまで消えなかった。


「お医者さまの言われるには、おそらく、もう命の心配はいらぬだろうとのことでした」

「へえ、何よりでやすよ」

「けれど、顔の傷は残るだろうとも言われました」

耳の下から口の端にかけて、引き攣《つ》れた傷痕が残る。十中八九、治り切ることはないだろう。医者から告げられた。光の中に影が差し込んだ気がした。

「さいでやすか……おくみさんは何と？」

「おくみには、まだ何も伝えていません。身体《からだ》が回復して動けるようになってからと、考えております」

身体が本調子でないのに、辛《つら》いことを知らせるのは酷《こく》だよ。

昨夜、おしのが言った。頷《うなず》きながら、清之介は僅《わず》かな安堵《あんど》を覚えていた。〝辛いこと〟を告げるときが、少しでも延びたことにほっとしたのだ。

姑息《こそく》だと承知していた。しかし、娘盛りを迎えようとするおくみに医者の見立てをそのまま伝える勇気を、まだ持てずにいる。

「あっしが口を挟むこっちゃあねえですが……おくみさんなら、大丈夫じゃねえですかい」

脚に力を込めたのか、伊佐治の足音が大きくなった。

「親分さんは、そう思われますか」

「思いやすよ。あの娘っ子の性根は筋金入りだ。自分の現《うつつ》を受け止めて、前を向くことができるんじゃねえでしょうかね」

現を受け止め、前を向く。

おれは、できなかった。おりんが手を差し伸べてくれなければ、顔を上げることすらできなかった。

伊佐治が何か呟いた。低く、小さな声はほとんど聞き取れない。

「え？　親分さん、何と仰《おつしや》いました」

「あ、いえ、ふっと、作れねえかなと思って。遠野屋さんならできるんじゃねえのかなと」

「作るとは？」

「へえ、いや、自分勝手な思案で、てえした話じゃねえんですがね。遠野屋さんは化粧《けわい》の品をいろいろと扱うじゃねえですか。〝遠野紅〟は別格としても、他に白粉《おしろい》とか眉墨《まゆずみ》とか。そんな化粧の品を基にして、傷を隠すようなものが作れやせんかねえ」

「傷を隠す……それは、白粉を塗って傷痕を見えなくすると、そういう意味ですか」

「へえ、でも、それだと白塗りになって却《かえ》って目立ちやすかね」

「ええ、役者や玄人筋《くろうとすじ》ならいざ知らず、素人《しろうと》の娘がそこまで厚塗りすると……」

足が止まった。

白粉で隠そうとすれば顔中を白く塗り込めなければならない。そうではなく、もっと人肌に近い色合いの塗り物であったらどうだろう。全て隠すことは無理でも、傷痕を薄くすることはできるのではないか。

傷痕、火傷《やけど》痕、肝斑《かんぱん》、隈《くま》……。気になる箇所だけに塗って難を薄める。化粧でそれが叶《かな》うだろうか。叶う気がする。

「遠野屋さん?」

伊佐治が横合いから覗き込んできた。

「どうしやした?　あっしが余計なことを言いやしたかね。思ったことが口に出ちまって」

「あ、いや。余計どころか大切なことを教えていただいた気がします。親分さん、わたしはどうも紅《べに》に拘《こだわ》り過ぎていたようです」

「え、けど、〝遠野紅〟でやすからね。逸品じゃねえですか。拘って当たり前でやしょ。あの紅のために、遠野屋さん、ずい分とご苦労されたんですしね」

そうだ。年月と莫大《ばくだい》な本金《ほんきん》を注《つ》ぎ込んだ。人の縁と運にも恵まれ、商いとして成り立つところまで辿《たど》り着けた。これからだ、ここからだと逸《はや》る気持ちが、ずっと胸にあったのだ。拘って当たり前、確かにその通りだ。しかし、何かに拘るとは拘る何かに縛られることでもある。絡み付かれることでもある。

一瞬、清之介の眼裏《まなうら》で花が揺れた。紅花だ。あざみに似た花は鮮やかな黄から紅に変わる。あの花に縛られて、前を向けていなかったのかもしれない。

現を受け止め、前を向く。

前を向けば、見える風景は広がる。風になびく紅花畑の向こうには白く霞《かす》む山々も、常緑の木々の枝も、吸い込まれそうな碧天《へきてん》もあるのだと気が付く。

清之介は唇を結び、足を踏み出した。

気付いたことも省《かえり》みることも多々あるけれど、今は、目の前の難事に向き合う。ここを切り抜け、凌《しの》ぎ切り、新たな風景に眼差しを向ける。

江戸湊《みなと》からの風が潮の香りを運んできた。

河岸《かし》問屋『川田屋』の座敷にも仄《ほの》かに潮の香りが漂っていた。これは、風が運んだものではなく、壁や畳に染みついているのだろう。ここの風は潮ではなく酒の香りを孕《はら》んでいる。下《くだ》り酒《ざけ》を扱う問屋が軒を並べているからだ。香りに酔うているはずもないが、水夫《かこ》や商人たちの弾んだ陽気な掛け声や笑声が遠く、微《かす》かに伝わってきた。

川田屋嘉平は清之介の前で平伏し、詫びを何度も口にした。

「遠野屋さん、この度の件、まことに申し訳ございません。どう手を尽くしても、未《いま》だに船の行方は知れず、正直、万策尽きた感もございまして……」

嘉平は四十手前の、まだ十分に働き盛りと言える商人だった。豊頬《ほうきょう》の穏やかな顔つきながら、体軀《たいく》は逞《たくま》しく、よく日に焼け込んだ肌と相まって勇健な気配を纏《まと》っている。が、朝の光に照らされた面《おもて》には拭い切れない疲れが滲《にじ》んでもいた。目元にも口元にも皺《しわ》ができ、髷《まげ》にも白髪《しらが》が目立った。この前、顔を合わせたのは半年ほど昔のことだが、ゆうに五、六年は年を取ったように見える。

「今回、うちの番頭が乗り込む船は用意してくださったのですね」

「あ、はい。何とか水夫《かこ》を集めました。番頭さんは既に船の方に回られましたが」

信三は清之介たちより一足先に、森下町を出立《しゅったつ》していた。昨夜、遅くまで清之介と計議《けいぎ》していたから、ほとんど眠っていないはずだ。それでも、これから自分が果たすべき役割に張り詰めた表情を崩さぬままだった。

「そうですか。急な申し出でしたが集めてくださったのですね」

「ぎりぎりの人数ですが何とか……。ただ、あまりに急ぎでしたので、行きは空船になると番頭さんから聞いておりますが、それでよろしいのですか」

江戸から嵯波まで分店《わけだな》に入り用な荷等を届け、帰路に嵯波の紅餅《べにもち》を運び込む。それが今までの定式だった。空船にすると嵯波までの航路が可惜《あたら》しくはないかと、嘉平は念を押しているのだ。船を扱う商人としては、当然の確かめだった。

「その件ですが、信三は川田屋さんの船には乗らぬことにいたしました」

「えっ……で、では、嵯波には行かれぬのですか」

「いいえ、行きます。あちらの分店と、これからの船の工面について、よくよく相談するよう申し付けておりますから」

嘉平の顔色が明らかに変わった。頬のあたりが強張《こわば》る。

「遠野屋さん。船の工面と仰いますと、それは……」

「はい。遠野屋は川田屋さんとの取引を今後一切、止《や》めさせていただきます」

暫《しばら》く、黙り込んだ後、嘉平はがくりと肩を落とした。

「……さようですか。いえ、比度のような不祥事をしでかしたのですから取引を止められるのは、覚悟しておりました」

そこで、少し恨みがましげな顔つき、口吻《くちぶり》になる。

「でも、それでしたら、もっと早く、直截《ちょくせつ》にお話しいただきたかったです。遠野屋さんが嫌がらせをなさるようなお方ではないと、わかっているつもりですが……。今回、急ぎ船を用意し水夫を集めるのは、なかなかに大変な仕事でしたし、無理もいたしましたから……」

「その点はお詫びいたします。ただ、どうしても川田屋さんに、急ぎ船の用意をしてもらわねばなりませんでしたので」

「は？　それはどういう意味でしょうか」

嘉平の眉間に皺が寄った。

「今、信三が水夫の身許《みもと》を調べております。この前の船の水夫台帳と見比べて、同じ人物がいないかどうか確かめているのです。この前の船とはむろん、行方知れずになった一艘《いっそう》ですが」

「な……」

嘉平の唇が開いた。白く乾いて、端の皮が剝《む》けている。

「川田屋さんはこれまで、一度として船や水夫の段取りをしくじったことがない。それが、商人の誇りであり、商いの信用になる。以前に、そう話しておられました。その言葉通り、川田屋さんの仕事はいつも確かで、信用できました。だから、今回も急な申し出ではあるが、必ず応えてくれると思うたのです。多少の無理はしても。ただ、すぐに二十人近い水夫を集めるのは難しいでしょう。だとしたら……あの船の水夫を、とりわけ、流れの水夫なら再び使うこともあるのではと考えました」

嘉平が左右に頭を振った。

「遠野屋さん、何を仰っているのです。あの船の水夫たちはまだ一人も見つかっておりません。そこは、よくご存じのはずですが」

「いや、一人、見つかってやすよ」

座敷の隅から伊佐治が言った。嘉平は清之介の供の者だと思っていたようで、突然の口出しに、驚きの表情を浮かべた。

「もっとも、見つかったときには骸《むくろ》になってやしたがね。弥勒寺裏の道で斬り殺されてやした。

まだ若《わけ》え、大柄な男でやしたよ」

「斬り殺された……」

嘉平が唾を呑《の》み込む。伊佐治が膝を前に滑らせた。

「川田屋さんは、ご存じなかったんで？」

「わたしが？　はい、何も知りません。知るわけがありませんでしょう……。あの、失礼ですが、あなたは？」

「へえ、挨拶が遅くなりやした。あっしは伊佐治と申しやして、本所深川あたりで岡っ引の真似事《まね》をさせていただいてやす」

「岡っ引の親分さん……」

「さいでやす。あっしの縄張り《シマ》で男が一人、殺されやしてね。その男、行方知れずになっている遠野屋さんの船に、水夫として乗り込んでいたと思われる節がありやす。それで、川田屋さんにも話を伺いたく、お邪魔した次第でやす。あぁ、さっき弥勒寺と言いやしたが、元浦賀奉行所与力《よりき》をお務めだった平塚さまのお屋敷の裏でもござんしてね」

嘉平の身体がひくりと震えた。

「あっしの主《あるじ》になる同心《どうしん》の旦那《だんな》によりやすと、仏さんは町人の形《なり》はしていてもお武家だということです。しかも、日の焼け込み方から水夫をしていたんじゃねえかと。どうにも、あっしのお頭《つむ》じゃ合点《がてん》がいきやせんで、それで、川田屋さんなら何かご存じだろうと、こうして遠野屋さんにくっついてきたわけでやす」

伊佐治はさらに、膝を進めた。

「川田屋さん、知ってることを教えちゃくれませんかね」

物言いこそ穏やかではあるが、有無を言わさぬ威《い》があった。嘉平は伊佐治から目を逸《そ》らせ、俯《うつむ》いた。膝の上に置いた手が震えている。

勝負はついたようだ。

「川田屋さん、あなたしかいないのです」

清之介も心持ち、嘉平ににじり寄った。

「いくら元与力とはいえ、番所を通らず、船を湊に入れることはできません。ただ、書面上、通った船を通らなかったことにするぐらいはできると、これは、親分さんの主の方に言われました。その通りです。しかし、幾ら書面を書き換えても、現にある船は消えない。船そのものも水夫たちも積荷も、確かにあるのですから。あるものをなかったものとする。なかった事件をあったように見せかける。その手妻《てづま》をあなたならできる」

違《ちげ》ぇよ。端《はな》からなかったのさ。

突如、船が消える、そんな事件などもともとなかったと信次郎は言い捨てた。それで、繋《つな》がった。もともとなかった。それをあったように見せる。それは絡繰《からく》りだ。まれ吉の手妻だ。手妻師になれるのは誰なのか。誰ら、なのか。

湊に入った船を他の船のように装うことも、水夫たちを暫く江戸から遠ざけることも川田屋ならできる。逆に言えば、川田屋の他にできる者はいない。

川田屋嘉平は札の内の一枚だった。手妻師の一人だ。

嘉平が深い、長い息を吐き出した。

「……使ってなどおりません」

囁《ささや》くように言う。

「あの船の水夫を遠野屋さんの仕事に使うなどと……そんな危ない真似はいたしませんよ」

情の抜け落ちた、かさかさと乾いて硬い声音だった。

「そうでしょうね。あなたは用心深い方だ。決してなさらないでしょう」

嘉平が顔を上げる。

「わたしを試されたのですか。わたしが白状するように、鎌をかけた？」

「そうかもしれません。しかし、わたしが試さなくても、川田屋さん自らが全てを話してくれた気もします。こういう悪事に加担して、平気でいられるほど性根は腐っていないでしょう」

嘉平が笑んだ。作り笑いではない。本物の笑みだ。

「ずっと重荷を背負った気分でした。手枷《てかせ》、足枷《あしかせ》を嵌《は》められたような……遠野屋さんが気付いてくださってよかったと思います。いや、いずれは全てに気付かれるだろうと覚悟しておりました。こんなに早いとは慮外《りよがい》でしたが」

「嵯峨から乗り込んだ、うちの手代はどこにおります」

「大坂の宿におります」

「大坂に？」

「大坂の湊で薬を盛りました。大毒ではありません。一時的に身体の調子を崩し、寝込ませる程度のものです。『うちの方で遠野屋さんへの報《しら》せは引き受けた、憂いなく療養しろ』と川田屋の手代が伝え、宿に留め置いております。むろん、報せはいたしませんでした……」

「いつまでも留め置くことはできますまい。いずれは口封じをするつもりだったのですか」

嘉平がまた、うなだれる。

「……そんな恐ろしい真似はとても、できません。ではどうすればいいのか、ずっと迷うておりました。信じていただけるとは思いませんが、一日も早く己の咎《とが》が明らかになってくれればと願っておりましたよ」

「川田屋さんは、全ての咎を背負うつもりでいるのですか。そこまで、八代屋さんに言い含められているわけですか」

返事はない。清之介は懐《ふところ》から、弓之助と交わした念書を取り出した。嘉平の前に広げる。

八代屋が負けを認めた証《あかし》の一枚だ。

「八代屋さんは、今回の件から手を引くでしょう。八代屋さんが関わったという事実を明かすことはできない。わたしも、公にするつもりはないですしね」

嘉平は目を見張り、喉の奥でくぐもった音を立てた。

「遠野屋さん、それは……」

八代屋は一旦、退《ひ》いた。図に乗って、追い打ちをかけるほど愚かではない。こちらを追い込もうとするなら、相打ち覚悟で打っても出る。しかし、手を伸ばしてこないなら、様子見で十分だ。念書の通り、二度と手を伸ばしてこないなら……。

違ぇよ。端からなかったのさ。

信次郎の一言は、もう一つ意味を含んでいた。余計な戦を避けるためなら、この件をなかったことにする。それしかあるまいと告げていたのだ。今は、その進言を呑もうと思う。

嘉平の目が念書の文字を辿った。

「そうですか……遠野屋さんは逃げなかったのですね。あの八代屋さんを相手に逃げなかった……。わたしは駄目でした。八代屋さんがその気になれば、うちの得意先ことごとくを他の河岸問屋に回すことなど容易《たやす》いです。八代屋さんに逆らえるような店《たな》は一つもありませんから。うちも同じです。逆らえば潰されるのは火を見るより明らかでした。ですから、言われるがままに……」

「では、船は湊に入ったのですね」

「入りました。ただ、船泊《ふなどまり》はいつもより、ずっと南にずれた場所にしてあります。帆も積荷の印もみな、取り替えました」

「積荷はどうなりました」

「まだ、そのままにしてあります。八代屋さんから指図があるまで動かしてはならないと思うておりました。その指図が来ぬままだったのですが……」

手代も積荷も無事ということか。

胸の内で安堵の息を吐く。

間に合った。手を打つのが、ぎりぎり間に合ったのだ。

「川田屋さん」

「はい」

「信三はあと一刻《いっとき》もすれば、出立します。大坂湊で手代を船に乗せ嵯波に送り届けますので、そのように手配してください。船名は追ってお知らせいたします」

「……畏《かしこ》まりました」

「それと、全ての積荷を明日、早朝には遠野屋の蔵に運び込めるよう、そちらの手配も」

「承知いたしました。遠野屋さん、どう詫びても取り返しのつくことではありませんが……まことに、まことに……」

嘉平が頭を下げるより早く、清之介は立ち上がった。

「川田屋さん、言うまでもないことですが、信用こそが商いの基《もとい》です。信用を得るために、落とさぬように商人は必死に働く。あなたは、その基を自ら崩しました」

これは裏切りだ。川田屋は遠野屋だけでなく、己の商いをも裏切った。

怒りは湧かない。むしろ、胸の底が冷えていく。川田屋は商いの上での大事な仲間だった。それを失った。こんな形で、引導を渡さねばならなくなった。

冷えて、淋《さび》しい。

部屋を出る。伊佐治が後に続き、後ろ手に障子を閉める。

閉まった障子の向こうで、低い嗚咽の声が響いた。

信三を見送り、尾上町の『梅屋』に着いたころ、日は中天に差し掛かろうとしていた。これから、寒く厳しい季節がやってくるとは信じ難い。それほど、美しい日になった。薄雲の浮かぶ空から、澄んだ暖かな光が降りてくる。地に、草に、道行く人々に光は惜しげもなく降り注ぎ、あらゆるものを輝かせる。枯れた草の群れさえ煌《きら》めいて見えた。人は美しいもの、暖かなものに容易く騙《だま》される。こんな光り輝く風景を見ていると、この世には醜《みにく》いものなど惨《むご》いものなど何一つないと、晦《くら》まされてしまいそうだ。

光の中で、おけいが店先を掃《は》いていた。

義父《ちち》と清之介に気が付くと、屈託のない笑顔を見せた。そこに、おくみの姿が重なる。否応《いやおう》なく、心が引っ張られる。が、先刻までの痛ましさではなく、望みに似た情が動いた。伊佐治の言葉に呼び起こされた思案がとくとくと鼓動を始める。

紅に拘るのではなく、もっと広く化粧に目を向ける。おくみが笑っていられるように、傷痕や痣《あざ》に苦しむ人々が顔を上げ、笑んでいられるように、遠野屋は働けるのではないか。

「木暮の旦那がお待ちかねですよ」

おけいの声に思案が現に戻された。

「お二階の座敷に上がってもらってます。それに、おとっつぁんの手下《てか》の……えっと、背が高くて足がめっぽう速いって人ね」

「力助か」

伊佐治が風にそよぐ暖簾《のれん》をちらりと見た。

「そうそう、力助さん。さっき二階に呼ばれてたみたい。遠野屋さんも、ようこそいらっしゃいました。今日はとびきりのお膳を用意しますね。うちの人が張り切って、仕込んでますから」

「それは、嬉《うれ》しいですね。格別の果報です」

本心だった。伊佐治の息子太助は、料理人として天賦《てんぷ》の才に恵まれている。長屋暮らしの身でも購《あがな》えるほどの安価な材で、唸《うな》るほど美味《うま》い一品を作り上げるのだ。おかげで『梅屋』はよく繁盛していた。

しかし、伊佐治は不機嫌な顔つきで、

「これから、旦那や遠野屋さんと大切な相談事がある。料理も酒もそれが済んでからだ。二階に上がってくるんじゃねえぞ」

と、やはり不機嫌な口調で告げた。おけいが瞬《まばた》きする。

「あら、でも、木暮さまはお酒を召し上がってるわよ。もう、お銚子《ちょうし》一本か二本、空にしたんじゃないかなあ」

伊佐治の渋面《しぶづら》がさらに歪《ゆが》む。「全く、旦那だけは」と呟いたのが聞こえた。

川田屋の件が一区切りついたら、『梅屋』に集まれ。そう指図したのは信次郎だった。伊佐治も清之介も、そこで談義が行われると考えていた。

「まったく、こんなときに酒を飲むかねえ。呆《あき》れて物も言えねえや。ふん、こうなったら、旦那から酒代をしっかり分捕《ぶんど》ってやりますさあ。ただ酒なんて、金輪際《こんりんざい》飲ませてやらねえ」

階段を上りながら、伊佐治が文句を並べる。

「退屈していらっしゃるのでしょう」

ぎしっ。階段の途中で足を止め、伊佐治が振り向いた。

「退屈ですって?」

「ええ、木暮さまは早くから事の真相を摑《つか》んでおられました。この件は木暮さまにとって、既に終わったことなのです。そんなものに付き合っても、おもしろくもおかしくもない。退屈を酒で紛《まぎ》らせておられるのではないでしょうか」

二段ほど上から清之介を見下ろし、伊佐治は高く鼻を鳴らした。それから、足音を大きくして階段を上り切り、襖《ふすま》を開けた。

「あ、親分」

力助がほっとしたように、息を吐いた。

「力、ご苦労だったな。調べはついたか」

「へい。八代屋の仮祝言の話、今、旦那にお話ししたところです」

「そうかい。じゃあ旦那、大方のことは聞いたんでやすね」

信次郎は壁にもたれ、盃《さかずき》を手にしていた。前には銚子と肴《さかな》の載った膳が置かれている。

「聞いたとも。さすが、親分の手下だぜ。抜かりなく調べ上げてくれた。てえしたもんさ。太助の飯でも馳走《ちそう》してやってくれ」

「言われなくても、しやすよ。お代は旦那持ちにさせてもらいやすがね」

伊佐治が目配せすると、力助は身軽く部屋から出て行った。

「さてと、じゃ始めやすかね」

伊佐治が膳を脇に片付ける。信次郎は肩を竦《すく》めただけで、抗《あらが》う素振りは見せなかった。銚子はとっくに空になっていたらしい。

「で、どうでやした。平塚の方は？」

「これといって何もなかったな」

「は？　何もねえわけがねえでしょ。あの殺しの一件、どうだったんでやす」

「だから、こっちの思案通りさ。一分《いちぶ》の狂いもない。意外な話も思わぬ白状もなかったぜ」

「木暮さまは、平塚さまと直《じか》にお逢《あ》いになったのですね」

清之介の問いに、信次郎は気だるげに頷いた。

「そうさ。路地に転がっていた死体のことで話がしたいと、正面から突っ込んでみた。平塚家の家《か》中《ちゅう》と思われるが無縁仏になっていていいのか尋ねに来たと伝えたら、すぐに、奥に通してくれたぜ」

「また、危ない真似をしやしたね」

伊佐治が顔を顰《しか》める。

「奥に呼び込まれて、ばっさり殺《や》られるとは考えなかったんでやすか」

「そうさなあ、遠野屋の旦那を用心棒に連れて行けたらよかったが、そうもいかねえしな。だけど、ま、それなりに用心はしてたさ。おれだって命は惜しいからよ」

「と、言いやすと」

「井平を呼び出して同行させた」

　井平はおちやを送り届けた後、しばらく遠野屋にいたそうだ。廊下の端に座り、いくら勧めても座敷には入らなかった。おくみが目を覚ましたのを見届けて姿を消していたと、おみつが耳打ちしてきた。

「あいつ、八代屋を辞める腹積もりらしいぜ。今の八代屋には付いていけねえって、うなだれてたな。ずい分としょげていたから、ここで少しは罪滅ぼしをしなって、平塚の屋敷に引っ張って行ったってわけだ。顔を知っている八代屋の手代が一緒なんだ。平塚からすれば、迂闊《うかつ》に手出しはできめえよ」

「はぁ」と、伊佐治が頓狂な声を上げた。

「まったく、旦那ほど悪知恵の働くお人はいやせんね。それで、どういう話になりやした」

「どうもこうも、平塚のやつだんまりを決め込みやがって、何一つ、しゃべろうとしねえ。仕方ねえから、こっちの推察を告げてやったさ」

　清之介は身を乗り出した。

「つまり？」

「つまり、死んだ、いや、殺された男は平塚の家中で、水夫の振りをして遠野屋の荷を運ぶ船に乗り込んだ。万が一、遠野屋の手代なり水夫なりが怪しんで騒ぎ出したとき、上手《うま》く始末する役柄だったんじゃねえのか。まあ、そういう騒ぎにもならず無事、江戸湊に入り、あの男は平塚の屋敷に帰ってきた。しかしよ、武士の身で水夫の真似事をしなきゃならなかったことが気に障《さわ》ったのか、主がケチな悪事に加担しているのが我慢できなかったのか、こんな役目は二度と御免だ、武士の一分《いちぶん》に悖《もと》ると喚《わめ》き出した。酒をしこたま飲んでいたそうだから酔いに任せて、全てを浦賀奉行所に訴え、腹を切ると、それぐれえは言ったんじゃねえのか。一本気というか頑《かたく》なというか、言い出したら後に退《ひ》かねえ性質《たち》だったようだしな。あ、これは平塚の奉公人から聞き出したのよ。かなり悪酔いする口でもあったらしいぜ」

「それで、平塚さまは家臣を手に掛けたのですか」

「そのようだぜ。あまりにうるさいので口を封じてしまえって、わけだ。後腐れないように、な。元からそんな気があったとは考え難《にく》いから、本当に訴え出られたらと怯《おび》えた挙句殺っちまったんだろう。平塚としては崖っぷちに追い込まれたわけよ。酔い潰れるのを待ってとか、夜まで待ってとか、そんな悠長な気になれなかった。で、庭に誘い出して、そこで斬り捨てようとした。誤算は男がそこそこの遣い手で、かなり刃向かったこと。おかげで何人かが返り討ちに遭って、傷を負ったこと。そして、裏口から路地に逃げられたこと。形に似合わねえ武家の草履《ぞうり》を履いていたこと、かな。機転の利くやつがとっさに草履を脱がせて、粗末なものを投げ捨てておいた。なにしろ、昼間だからな。いつ、誰が通るかわからねえ。そこまで繕《つくろ》うのがやっとだったんだろうよ。後は、死んだのは身許《みもと》不明の町方《まちかた》の男、武家には関わりないと惚《とぼ》け通すつもりだったのさ、男は妻子も親兄弟もいない身の上で、行方知れずだと騒ぐ者もいない。家中で口をつぐんでいれば事は収まるはずだった。なにしろ町人に見せ掛けるために、わざわざ匕首《あいくち》で殺すなんて小細工までしてるんだからな」

事は収まらなかった。収まるどころか、平塚にすれば、最悪の相手を招き寄せたことになる。哀れむ気はさらさらないが、不運だったとは思う。

「ああ、庭に松が植わっていたぜ。三葉の、な。話の種に一枝もいで帰ろうかと思ったが、さすがに遠慮しといた。首を吊《つ》るにはいい枝ぶりだったがな」

清之介は前屈《まえかが》みになっていた身体を起こし、背筋を伸ばした。

「木暮さま、平塚さまにご自害を促したのですか」

「おれが？　まさか、そんなことするわけねえだろう。余計なお世話ってもんだ。おれは町方の役人だし、このことを奉行所なり目付《めつけ》なりに訴える気もないと伝えといたぜ。だから、平塚家は安泰。ご心配めされるなと、な。ついでに八代屋も川田屋も手を引いて、平塚家とは一切関わらないつもりらしいとも教えといてやった。はは、真っ青になってたぜ。あいつ、八代屋の助けなしには、どうにもならないところまで落ちてるな。金策は尽き、支えを急に外されたら二進《にっち》も三進《さっち》もいかなくなる。そんな風だった。松の枝にぶら下がりはしねえだろうが、腹を切るぐれえはするかもな」

伊佐治と顔を見合わせた。

「因果応報ってやつですかね」

清之介から視線を逸らし、伊佐治が呟く。

「過去の業《ごう》が今の果報に繋がるってか。そんなややこしいもんじゃねえよ。後先考えずに慌てるから悪行が露《あらわ》になる。それだけのこった」

「でやすかねえ。旦那だったら、さぞかし上手いことやるんでしょうが」

伊佐治は口を閉じ、首を縮めた。

信次郎がその気になれば、誰にも知られず、気付かれず、真実《まこと》を地に埋めたまま恐ろしいほどの悪行を為《な》すことができるだろう。老岡っ引は思い至り、黙り込んだ。

「木暮さま、八代屋さんの仮祝言の方はどうなのです。正直、木暮さまが拘る理由がわかりかねるのですが」

なぜか静寂が嫌で、清之介は声に力を込め問うてみた。

「ああ、あれか。力助が細かく調べ上げてくれたが、八代屋の祝言の相手ってのが呉服町《ごふくちょう》の『佐《さ》賀《が》屋《や》』という油問屋の娘だったのさ」

「佐賀屋さんのおじょうさん、ですか。それは……」

「覚えがあるかい」

「はい、確か娘さんはお二人おられましたね。上の方のお輿《こし》入れが決まったさい、道具を揃《そろ》えさせていただきました」

「そうそう後添《のちぞ》えじゃあるが、二千石の旗本《はたもと》の家に嫁いだんだとよ。まっ、旗本でも大名でも内情は火の車らしいから、裕福な商人の娘を娶《めと》ればもうけものなんだろうさ。おこまも気をつけるんだな。遠野屋の身代《しんだい》目当てで近づいてくる、家柄しか取り柄がねえ男に引っ掛からねえようにな」

「旦那が心配しなくとも、遠野屋さんの人を見る眼は確かでやすよ。おこまちゃんより、自分が身を固めることを考えちゃどうですかね」

伊佐治の皮肉を聞き捨て、信次郎は語りを続けた。

「八代屋の相手は二番目の娘さ。評判の別嬪《べっぴん》で呉服小町と呼ばれているらしいぜ。店の格も身代も釣り合う上に器量もいい。てことで、八代屋はかなり本気だった。ところが、話が進むにつれて佐賀屋の様子が煮え切らなくなり、いろいろと理由を付けて祝言を延ばしてきたんだとよ。先代の横《おう》死《し》も口実の一つさ。で、何とか仮祝言まではこぎつけたものの、本祝言はいつになるか見通せなくなっている。ってのが、今の様子らしい」

「佐賀屋さんが祝言を厭《いと》うていると？」

「うむ。力助の調べじゃあそうらしい。佐賀屋の主は、八代屋の為人《ひととなり》を信用できない、できればこの話を流してしまいたいと明言したとよ。殊《こと》の外《ほか》、可愛《かわい》がっている娘だから、いい加減な男には嫁がせたくないのだと、さ」

「今の八代屋、長太郎は音に聞く遊び人でやすからね。切見世《きりみせ》の女郎《じょろう》から客の女房にまで手を出しているって噂《うわさ》、ときたま小耳に挟みやしたぜ」

「その他にも、いろいろと佐賀屋の眼鏡に適《かな》わないところが目立ったんだろう。人としても商人としても、佐賀屋の許せる範疇《はんちゅう》じゃなかったのさ。おそらく、この話はなかったことになるんじゃねえか。まあ、大店《おおだな》同士だ、角《つの》を突き合わせるんじゃなくて上手いことご破算にするんだろうが」

清之介は胸の内で首を傾《かし》げる。

「しかし、それが比度の件に関わりあるのですか」

『佐賀屋』は『八代屋』と比べても遜色《そんしょく》ない大店だ。だから、八代屋は破談を受け入れる。遠野屋に対するように牙《きば》を剝《む》こうとはしないと、そういうことが言いたいのだろうか。

信次郎が口元を綻《ほころ》ばせた。ただ、眼は少しも笑んでいない。

「あるのさ。おまえさんの名前が出たんだとよ」

「わたしの？」

「そう、佐賀屋がな、『できれば、娘は遠野屋の主人のような相手に嫁がせたい』と漏らしたらしいぜ。その後『子持ちでなければ、嫁入り話を進めるのだが』と付け加えたらしいがな。よかったな、遠野屋。おこまのおかげで、面倒な申し出から逃れられたじゃねえか」

「はあ……それは、何とも……」

「まあ、酒の席でぽろりと零《こぼ》れた酔話《すいわ》の類《たぐい》らしいが、その話が回り回って八代屋の耳に入ったんじゃねえかと、おれは踏んでる。で、今回の件に繫がるのさ」

伊佐治が息を吸い込んだ。清之介も同じ仕草をしていた。

「そうそう、わかったかい？　まっ、八代屋の身にもなってみろよ。これで三度目だぜ。遠野屋にしてやられたのはよ」

「三度目、ですかい」

伊佐治が指を三本、折り込む。

「そうさ。先代八代屋つまり父親、そしておちやと佐賀屋。三人が三人とも自分より遠野屋を選んだ。八代屋は比べられるだけで選ばれない。おまえは駄目だ。おまえは遠野屋より遥《はる》かに劣っている。おまえでは敵《かな》わない。そう告げられ続けたんだ。そりゃあ歪みも、曲がりもするだろうよ。木や草だって、伸びる方向に大石を置かれたら、妙な具合に捩《ね》じれるだろうが。人も同じさ。八代屋の場合、大石は遠野屋だった。で、あいつは気の毒に捩じくれちまって、大石が憎くてたまらなくなった。そういう顛末《てんまつ》じゃねえのか」

張り詰めた表情で耳を傾けていた伊佐治が、その顔つきを緩め、頷いた。

「へえ、納得できる話じゃありやす。じゃ、旦那のお頭《つむ》の上には大石と言わず大岩が載っかってんですかね。旦那と並べりゃあ、八代屋なんて素直な若造に過ぎやせんよ」

「親分も素直だな。言いてえことを遠慮なく言ってくれるじゃねえか」

「へえ、気性だけは真っ直《す》ぐでやすよ、おかげさんでね。けど、八代屋は憎さのあまり、船ごと積荷をいただいて、遠野屋さんを苦しめてやろうと考えたわけでやすか」

「じゃねえのか。胸の奥で燻《くす》ぶっていた遠野屋へのわだかまりが佐賀屋の祝言の件で、一挙に膨れ上がった。大店の息子としての矜持《きょうじ》だけは人一倍持っていた八代屋は、遠野屋を捩じ伏せねば気が済まなくなったんだ。それで、紅花に目を付けた。荷が届かなければ、遠野屋がどれほど慌てふためくかと、ほくそ笑みながら計画を練ったんだろうよ。もちろん、穴だらけの箸にも棒にも掛からねえ企てじゃあったろうがな。企て書を読んだわけじゃねえが、児戯《じぎ》に等しいものだったろうよ」

「その穴を埋め、児戯を現の企てに変えた者がいるのですね」

「そうだ。一人は大番頭の弓之助。そして、もう一人が……」

「今朝、森下町を発《た》つ寸前に、まれ吉が戻ってまいりました。まだ詳しい話は聞いておりませんが、木暮さまのお見立て通りの成り行きになりそうです」

伊佐治が膝を立てた。

「何の話でやす？」

「札《ふだ》の話さ。最後の一枚の札を揃えなきゃならねえって、な」

「三枚が四枚になった札でやすか。八代屋、平塚、川田屋で三枚。四枚目は誰でやす」

信次郎が指を鳴らした。コツがあるのか、驚くほどよく響く。

「それは、飯を食いながらの話にしようぜ。膳を運んでもらってくれ。遠野屋の旦那も親分も早くから動いてんだ。腹が空《す》いてんじゃねえのか」

「いいえ、気が張っているのかあまり空き腹を覚えませんが……、でも、太助さんの膳なら是非にいただきたいです」

「だよな。とびきりの美味さだものな。つくづく、親分は倅運《せがれ》に恵まれたと感心するぜ。先代の八代屋が草葉の陰で羨んでるだろうさ」

「へえへえ、おかげさまで、ありがてえこってすよ。わかりやした、膳は用意しやす。けど、酒は付けやせんからね。まだ、これから一仕事あるんでやしょ。もう、飲ませやせんよ」

伊佐治が足早に階段を下りていく。「あいよ」とおふじの返事が聞こえた。焼物の香ばしい匂いが仄かに漂ってくる。

「へっ、厳しいこった。まっ、筋が通ってんだ。文句も言えねえな」

信次郎が苦笑した。

他愛《たわい》ないやりとり。気が置けない者たちの楽しく、優しささえ漂う掛け合い。何も知らぬ者は、そうも感じるだろう。

晦《くら》まされる。

温かな日差しに、この先待ち構えている厳冬を忘れるように、軽やかな口調や笑みに晦まされて、その裏に潜む不穏や危懼《きく》を見落としてしまう。

清之介は同心の横顔に目を凝らした。

「木暮さま」

呼んでみる。信次郎がゆっくりと顔を動かした。優しさも温もりの欠片《かけら》もない眼が向けられる。

「何を考えておられます」

「おれが何を考えているか、気になるのか」

「なります。いつも、そうです。気にならぬときはありません」

冷えた眼から視線を外さず、答える。

「木暮さまのお考えはいつも、わたしの思案の枠を超えてしまわれる。そこに驚いたことはむろん、おもしろくてたまらぬ気がしたときも心を引き付けられたことも度々、ございます。不意を衝《つ》かれたような、目が覚めたような思いもいたしました。何度も……。けれど」

まだだ。まだ、目は逸らさない。

「比度だけは、そんな柔《やわ》な思いで済む気がしないのです。木暮さまのお考えを知れぬことが、ひどく危うく感じられてなりません」

「知れぬことを恐れているのか」

信次郎が僅かに顎《あご》を上げる。

「……恐れている」

呟いてみた。舌の先が痺《しび》れるようだ。

恐れている。おそらく、いや、間違いなく恐れ、怯えている。

八代屋を相手にしたときの比ではない。

「遠野屋」

「はい」と返答し、清之介は膝の上の指を握り込んだ。手のひらが汗ばんでいる。

「え……」

「おぬし、救われたと信じているだろう」

「おりんだよ。江戸でおりんに出逢い、おりんに救われた。そう信じているんじゃねえのか」

「……真実ですから」

信次郎が横を向く。視線が外れた。

大きく息を吐き出したい。唇を嚙《か》み締め、吐息を堪《こら》える。

「真実だと思い込んでいるだけさ。いや、思い込みたいだけなんだろうよ。自分は救われたのだと思い込めば楽になれるからな。けどよ、遠野屋。おぬしの背負った業は、たかだか女一人に救われるほど浅いものじゃねえだろう。人斬りの話をしてるんじゃねえぜ。人が人を殺すなんざ珍しくもねえ。お江戸なら、毎日のように起こってることさ」

「木暮さま」

舌で押し出すように、眼前の男の名を吐き出す。

「何が仰りたいのです」

「言いてえことなんか別にねえさ。ただ、遠野屋の旦那が勘違いしてるようだから、お節介な忠言をしたくなったまでのこと」

「わたしが勘違いを……」

「そうさ。な、遠野屋、ちょっとの間、黙って聞きな」

信次郎が傍《かたわ》らに転がしていた大刀《だいとう》を手に取る。静かに鯉口《こいぐち》を切る。中空を過ぎた日の光が斜めに部屋に差し込んで、僅かに覗いた刀身《とうしん》を青白く照らした。

「父親に命じられた通り、見も知らぬ者を斬殺《ざんさつ》する。天地がひっくり返っても褒《ほ》められたことじゃねえ。地獄ってものがあるのなら間違いなく落っこちる所業だろうさ。けど、そんなこたぁ業とは呼ばねえ。ただの罪過だ。逆なんだよ、遠野屋。おぬしは、人斬りに育てられたのじゃなく、おぬしがいたから父親は人斬りを育てちまったのさ」

首を傾《かし》げ、心持ち笑んでみせる。口の端が滑らかに持ち上がったことに、ほっとする。

「これはまた、木暮さまらしからぬ筋の通らぬ話ではありませんか。まるで禅問答のようです。ますます、何を仰りたいのかわからなくなりましたが」

カチッ。刀身が鞘《さや》に納まり、青白い光が消える。

「黙って聞けと言っただろう。ふふ、らしくねえぜ、遠野屋。慌てて口を突っ込んでくるなんて、な。おれは筋の通らねえ話なんてしねえよ。よく、わかってるだろうが。おれは、おぬしの父親なんてまるで知らねえが、庶出《しょしゅつ》の息子に才を見出《みいだ》し刺客として上手く育てたつもりだったんだろうな。暗殺なんてのは、相手を葬るのに最も手っ取り早いやり方だ。そのための道具として息子を使った。嫡男は家のために温存し、表に出せねえ弟を闇の仕事に回す。我ながら上手い人使いだとほくそ笑んでいたんじゃねえのか。けど、実はそうじゃなかった。父親は、おぬしの業に引きずり込まれ、暗殺ってやり方に辿り着いたに過ぎねえんだ。で、とどのつまり、自分も殺された。おぬしがいなかったら、もう少し用心深く立ち回ったと思うぜ。謀略を巡らせ、日数《ひかず》をかけて相手を追い詰める。じわじわと攻め落とす。僅かの後腐れもないように、僅かの憂いも残さぬように、だ。己の足場を固めるにはその方が、ずっと利口で確かなんだよ。少なくとも、おれなら迷わずそっちを選ぶ」

そうだろう。この男なら他人など頼りにはすまい。己一人で策略を組み立て、吟味し、間違いなく獲物を仕留めるための手立てを選《よ》りすぐる。他人は全て道具だ。意のままに動く道具。間違っても刃向かうことはない。そのように操れる者しか使わないのだ。

血の臭《にお》いと人の肉の手応えがよみがえってくる。

月下の庭で、父を斬り捨てた。その刹那《せつな》の臭いと手応え。

「おぬしの父親だ。それくれえの才覚はあったろうさ。けど、その才覚を活《い》かさぬまま、容易いやり方に飛びついた。そのとき、既に負けていたのさ。掌《て》の中で転がしていたはずのおぬしに、負けていた。かなり小物にはなるが、八代屋だって同じさ。遠野屋って商人がいなければ、あんな馬鹿な真似はしなかったろうよ。いずれ馬脚を露《あら》わしていただろうが、ここまでの失態は演じなかったかもな。まっ、これで、あの大番頭は八代屋の先行きを本気で憂慮しなければならなくなった。それはそれで厄介だぜ。そして、その厄介はおぬし自身が招いたものなんだよ」

そこで口を閉じ、信次郎はちらりと襖を見やった。階段を上ってくる微かな足音がした。

「おりんは救ってなどくれねえぜ、おぬしの業はおぬしだけのものだ。他の誰にも手出しはできねえ。救いも、助けも、取り除いてもくれねえのさ。誰からも救われず、誰も救えない。おもしれえじゃねえか。めったにねえ極上の業だ、大切にするんだな」

足音が階段を上り切った。

信次郎の声音が明るく、大きくなる。

「まあ、小難しい話は後にして、今は目の前の面倒事を片付けなきゃならないな。後門の狼《おおかみ》が残ってんだから」

襖が開く。

「お待たせいたしました。お膳をお持ちしましたよ」

おけいが笑顔で入ってくる。

「おとっつぁんがお酒は駄目だって言うので、お食事だけにしました。鯛《たい》の栗蒸し、納豆汁、鰊《にしん》の照り煮と味噌《みそ》豆です。お口に合うといいですけど」

「うん、美味そうだ。八百善《やおぜん》の料理にも引けを取らねえ出来に見えるぜ。なあ、遠野屋」

「はい。昼間から、こんなご馳走をいただけるとは、ありがたいことです」

「ま、お二人とも八百善と比べるなんてちょっと言い過ぎですよ」

「言い過ぎなんかじゃねえさ、もっとも、八百善の料理ってのを味わったことはないがな」

「もう、木暮さまったら」

おけいが軽やかな笑い声を上げる。その後ろに伊佐治が現れ、鼻の先を少しひくつかせた。どんな気配を察したのか、瞼《まぶた》がひくりと震えた。

「どうしやした。何かありやしたかね」

清之介の横に座り、眉を寄せる。

「いいえ、別段、何も。木暮さまのお話を伺っていただけです」

椀《わん》を手に笑みを向ける。向けられた伊佐治は、まだ、眉を顰《ひそ》めたままだ。

「さて、最後の詰めをどうするか。酒がねえから茶を飲みながらでも相談しようかい」

「最後の詰め、でやすか」

伊佐治は頷き、口元を引き締めた。


日が落ちるのを待っていたかのように、空に雲が広がり始めた。そのおかげなのか、このところ決まって日暮れと共に吹いていた寒風が、鳴りを潜めている。

嵯波藩江戸屋敷の庭でも枝を広げ、葉を落とした木々が些《いささ》かも動かず、黒い塊になっている。何も動かぬ闇に、どろりとした粘り気を感じてしまう。昼間の爽やかな碧空《へきくう》が幻にも思える。それは、風が凪《な》いでいるせいではなく、座敷に立ち込める気配のためだ。

重くて、粘り、不快でさえある。

薄く香《こう》の香りが漂うが、それは気配を変えるのに何程の役にも立っていない。

「沖山さま」

清之介は、目の前に座る嵯波藩江戸家老の名を呼んだ。

「昨夜、ここに八代屋の大番頭が参ったはず」

挨拶も前置きもなく、切り出す。横手に座る信次郎も、座敷の隅に畏まる伊佐治も石仏《せきぶつ》に似て、寸分も動かない。

「その理由をお聞かせいただきたく、参上いたしました。是非に、お願いいたします」

弓之助が夜半ここを訪れ、半刻《はんとき》ばかり留《とど》まっていた。その報せはまれ吉から受けている。ただ、天井が高過ぎて話の中身までは聞き取れなかったと、まれ吉は身を縮めて告げた。

「源庵さまにも、よう叱られちょりました。やることが半端だと。旦那さまのお役に立ちたかったのに、申し訳ありませんで」

そう嘆いていたが、十分な働きだと清之介は労《ねぎら》った。十分なのだ。沖山頼母と弓之助の密談は中身もさることながら、密談した事実そのものが最後の一枚、札である証となる。

「全くな」

頼母が長い息を吐き出した。

「そなたたち三人が揃うと、わしにとっては碌《ろく》なことにならぬな」

重い気配を散らそうとでもいうように、口調は軽く、明るい。

「しかし、遠野屋、誤解するな。わしは八代屋と結託してそなたを窮地に立たせる気など、さらさら持っておらぬ。万が一にも遠野屋に手を引かれれば、追い込まれるのは嵯波の方だと、わしなりに解《かい》しておるでの」

「でしょうなあ。それが解せぬようでは江戸家老の要職が務まるはずもございませぬ」

信次郎がにっと嗤《わら》う。頼母は目を眇《すが》めただけで、取り合おうとはしなかった。

「されど沖山さま、此度《こたび》の一件、後ろに沖山さまが控えておられたのは事実でございましょう。そのあたりは、遠野屋にきちんと説き明かしてやらねば、遠野屋とて不安で仕方ありますまい。とても、今まで通り手を携えて紅花産業を育てていくと、そんな気持ちにはなれぬのでは、ありませんかな。まあ、沖山さまにすれば八代屋への乗り換えも考慮中なのかもしれませぬが。それはなかなかに難儀でありましょうな」

「当たり前だ」

頼母が打って変わって不機嫌な声を上げる。

「幾ら大店とはいえ、八代屋は紅花については素人同然。とても任せられるものではない」

「そうそう、その通りでござる。さらに言うなら、紅花産業を守《も》り立ててきた商人をいとも容易く反故《ほご》にし、大店に乗り換えたとあっては、嵯波の名に傷が付きましょう。信用を失えば事が回らなくなるのは武家も商人も同じでござりますゆえ、そんな愚かな道を能吏《のうり》との評判も高い沖山さまが選ぶとも思われませぬしな」

頼母の口元がそれとわかるほど歪んだ。

「木暮と申したな。町役人の分際で口が過ぎようぞ」

「恐れ入り奉《たてまつ》ります。それがし、生来の多弁にて、どうかご容赦くださりませ」

何か言い掛けたが、頼母は口を結び黙り込んだ。

清之介はほんの僅か前に出る。

「沖山さま、それならなぜ、八代屋の後押しをなさいました。いえ、沖山さまが、この一件を企てたとは思うておりませぬ。沖山さまなら、もう少し巧妙なやり方になったはずですので。ただ、沖山さまは予《あらかじ》め八代屋の企てを知っておられた。それは、八代屋の大番頭から打ち明けられたからでございますね」

答えは返ってこない。構わず続ける。

「沖山さまと八代屋は先代から結びつきがございます。紅花の産地、嵯波の江戸家老の職を担ってもおられます。大番頭が主の企てに驚き……企てそのものより、その杜撰《ずさん》さに驚いたと思われますが、どうしたものかと沖山さまに相談しても不思議ではありませんでしょう。ただ、不思議なのは、沖山さまがなぜに与《くみ》したかです。遠野屋でなく八代屋を選んだ理由がわかりかねるのです。身代の大小ではありますまい」

紅花を産業として成り立たせるために清之介は懸命に励んできた。育て方も紅餅の作り方も取り扱い方も工夫に工夫を重ね、試し、確かめ、また新たに試す。その繰り返しの中で、遠野屋だけの技を磨き、〝遠野紅〟を生み出した。

大店であろうと豪商であろうと、取って代われるものではない。頼母なら百も承知しているはずだ。

「遠野屋、御家老はずい分と言い渋っておられる。言いたくとも言えない……ってことは、つまり、御家老一身ではなく、お家《いえ》に関わっていると、そういうことではないのか」

信次郎が清之介の耳元に顔を寄せ、囁く振りをする。囁きにしては声はよく通り、頼母の耳に十分に届いている。

「なにやら、嵯波の城内が騒がしい気がすると、おぬし、申していただろう」

「ええ、それは……」

「もう、いい」

頼母が扇子で己の膝をぴしゃりと叩いた。

「つまらぬ三文芝居などせずともよい。それより、遠野屋が今後一切、嵯波とは関わらぬと脅した方が余程効き目があろうに。全く小賢《こざか》しい真似を」

「脅し、強請《ゆす》りは性に合いませぬゆえ。沖山さま、では、誤魔化しなくお話しいただけますか。なぜ、八代屋の愚策に肩入れなさりました」

返答次第では、この先、嵯波との関わりが大きく変わってくる。

頼母がもう一度、長息《ちょうそく》した。

「……確かに、嵯波の城内は今、平穏とは言い難い。実は、二か月ほど前、お世継ぎであった小《しょう》一郎丸《いちろうまる》さまが病に倒れられた。十二歳のお年でまだ元服もなさっておられぬ。病は一進一退ながら、小一郎丸さまは徐々に衰えておられるもよう。医者はこの冬は越せまいと診立てたらしい。となるとお世継ぎをどうするか……」

そこで、頼母は気息《きそく》を整えた。躊躇《ためら》う様子はなかった。明かすと決めたなら明かす。そう腹を決めたようだ。

「殿には小一郎丸さまの他に三人の男の子《おこ》がおられる。まだ一歳の松丸《まつまる》さまはともかく、御正室《ごせいしつ》のお腹《はら》にて、小一郎丸さまの実弟であらせられる三男の満三郎《まんざぶろう》さまと、御側室《ごそくしつ》のお腹になる次男の由《ゆ》良助《らのすけ》さまだ。御正室は既に亡く、御側室の吉野《よしの》の方《かた》さまが国元の女たちを束ねておられる。満三郎さまと由良助さま。このお二人のどちらかをお世継ぎとして選ばねばならないときが、刻一刻と近づいておるのだ」

「なるほど、絵に描いたようなお家騒動でございますな。それぞれに、後ろに重臣の方々がくっついておられる。それで、話をさらにややこしくしているわけですな」

信次郎がくすりと笑った。頼母の口の端がひくつく。

「吉野の方さまは、前の中老《ちゅうろう》、舟木《ふなき》どのの姪御《めいご》になるのだ。舟木どのは一応、致仕《ちし》なされたものの家老職への野心を棄《す》てておるわけでなく、由良助さまが藩主ともなれば華々しく返り咲けるのは必定《ひつじょう》。それを快く思わぬ重臣もむろん、多くおる。その者たちは満三郎さまをご主君と祭り上げる所存だ」

清之介の背後で伊佐治がもそりと動いた。振り向いて表情を確かめたわけではない。しかし、心の内はわかる気がする。

馬鹿馬鹿しい。一国の主を決めるなら、殿さまに相応《ふさわ》しい方を選べばいいじゃねえか。どっちがお国のために働いてくださるか、それだけじゃねえのかよ。

そんな声が生々しく聞こえてくる。思わず頷きそうになった。

頷く代わりに、頼母を見据える。

「そのお世継ぎと遠野屋の船がどう繋がるのです」

「うむ。満三郎さま、由良助さま、どちらの派かは言えぬが、主要な人物が紅花に関わり合っておるのだ」

紅花の作付けや収穫、紅餅の生産に絡む栽培方《かた》、荷の積み下ろしや品質を受け持つ湊《みなと》方、金の出し入れ、遠野屋とのやりとりを扱う紅花勘定方、それら全てを統《す》べる紅花奉行……。清之介の頭の中に、嵯波の重臣たちの顔が浮かび、消えていく。

「お世継ぎの懸案が露《あらわ》になる前から、金銭の動きに不審が見られての。あ、いや、遠野屋には関わりない。全て、藩庫の問題だ」

「それは、横領が疑われるという意味でしょうか」

「有り体《てい》に言《ゆ》うてしまえば、そうだ。これ以上詳しい話はできぬが、かなりの額の金子《きんす》が本来納められるべき藩庫ではなく、別の場所に流れた嫌いがある」

嵯波の分店の帳面は松吉が全て目を通し、月ごとに連絡が入っていた。荷駄《にだ》の数も出納《すいとう》の額も江戸の控えとぴたりと一致し、紅餅一つ銭一文、違いはなかった。しかし、城の内ではそうはいかなかったらしい。

何と愚かな。

頭の芯が疼《うず》く。下手《へた》をすれば紅花の取引自体を揺るがしかねない愚挙だ。底なしに愚かだとしか言いようがない。

「それで、一旦、船を止め、事を検《あらた》めるべきと考えておった。しかし、表立って止めれば様々な面倒を引き起こしかねない。今、城の内は平常に非《あら》ず。些細《ささい》な火種で大火になりかねんのだ。そうなれば、公儀《こうぎ》に目を付けられるのは必定。そこに八代屋から妙な計図《けいと》が持ち込まれた。妙ではあるし、杜撰でもあった。平生なら相手にせぬところだが、今回は心が動いた。遠野屋には相済まぬと思うておる。しかし、事は嵯波の国の政《まつりごと》に関わってくる。あからさまにすることは控えねばならなんだ」

「というか、遠野屋が嵯波の政に不審を抱くのを恐れた、その由《よし》もございましょうな」

信次郎がさらりと口を挟んでくる。

「政が揺るがず定まっていなければ、たいていの商いは回らぬもの。定町廻《じょうまちまわ》りとしての見聞から学び申しました。遠野屋は商人ゆえ、政の乱れを嫌います。沖山さまは、それを恐れられた。あれこれ申しても、紅花が嵯波の行く末を支えるのは間違いなく、さすれば、沖山さまとしても遠野屋と袂《たもと》を分かつつもりなど毛頭ございますまい。かといって、紅花なくして国の行く末を語れなくなるのも困る。そこまで、遠野屋に力を持たせては、後顧の憂いになりかねない。いやぁ、沖山さまのお立場からすれば中正《ちゅうせい》を守るのは、まことに難儀でありますな。お察しいたします。沖山さまが、八代屋と付かず離れず関わりを保っているのも宜《むべ》なるかな。遠野屋と八代屋。どちらに転んでも、いや、どちらにでも転べるよう手を打つ。賢明な策かと存じますが」

頼母は僅かに目を細め、信次郎を見据える。

「わしが、遠野屋と八代屋を天秤《てんびん》にかけておると申すか」

「違いまするか？」

頼母の眼差《まなざ》しが信次郎から清之介に移る。

「遠野屋、尋ねたいことがある」

「なんなりと」

「そなた、端からわしを疑《うたご》うておったのか。わしが八代屋と結んでいると知りながら、嵯峨の内情を問うてきたのか」

「いいえ、そこまでの狸《たぬき》ではございません。沖山さまにお願いに上がりました折には、事の先行きが見通せず途方に暮れておりました。ですから、心底からお助けを乞《こ》うたのですが」

全てを承知していながら惚《とぼ》け通したあなたの方が、余程の狸ではありませんか。言外に皮肉と怒りを込める。

腹立たしい。

新たな産業を興《おこ》し、その地に豊かさをもたらし、飢えや貧窮を消し去る。政の役目の一つではないか。それを蔑《ないがし》ろにし、政争の具に貶《おとし》める。愚かと罵って済む話ではない。

商いを、人の暮らしを、金の意味をどう捉えているのだ。

腹立たしい。ただ、わかっている。ここで怒りを露にしても無駄なだけだ。どこにも届かず、闇に吸い込まれていく。しかしと、清之介は奥歯を噛んだ。

しかし、忘れまい。この怒りをしっかりと身に刻み付けておく。

業だと、信次郎は言った。おまえは業を背負っているのだと。誰からも救われず、誰も救えないと。この怒りが、この想《おも》いがあの一言を覆《くつがえ》す。そう信じて、刻み付ける。

「では、どこで、わしを疑うた？」

頼母は本気で知りたがっているようだ。一瞬だが、世故《せこ》に長《た》けた為政者の面が剝がれ、手妻に見入る童《わらべ》の色が目に浮かぶ。

「それは、木暮さまが……」

「木暮が？　どうなのだ」

「あぁ、その件なら、おちやでございます」

信次郎が笑みを湛《たた》え、答える。

「おちやです。ご存じでしょう。先代の八代屋に育てられた娘で、どういう経緯《いきさつ》か、今は遠野屋の奉公人として働いております」

「知っておる。その娘がどうしたというのだ」

「いや、見回りの最中に、八代屋の手代がおちやを無理やり連れ戻そうとする場面に出くわしまして、これは、また、何事かと訝《いぶか》ったわけです。おちやが遠野屋に奉公を始めてから一年近くが経《た》って、なぜ、この機に連れ戻そうとするのか。しかも、無理やりにです。いやいや、それがしも訝しむだけで、真相は摑めず」

「手短に申せ」

頼母が声を荒らげる。

「そなたの長広舌《ちょうこうぜつ》を聞いておると、苛々《いらいら》する」

苛々して、気持ちの抑えが利かなくなる。それで、つい、隠していた本音やら欲やら情やらを吐き出してしまう。それが、不快で恐ろしい。

頼母が苛つく理由が、手に取るようにわかった。当の信次郎は、さも恐縮した風に肩を窄《すぼ》める。そして、やや声音を低くして続けた。

「これはご無礼をいたしました。では、手短に。八代屋はおちやを手の内に戻したかった。それは、なぜか。ときを同じくして遠野屋の船の件を知りました。そこに八代屋が関わっていると疑うべき事件も一つ、起こりました。沖山さまが与《あずか》り知るところではございますまいが、男が一人、殺されたのでござります。遠野屋の船、八代屋、おちやと結び付けていくと、八代屋は遠野屋を潰す手札として、おちやが欲しかったのではとの推察が浮かんでまいりまして。あのような強引な手を使ってまで、おちやを戻そうとするのは、おちやにそれだけの値打ちがあるから。少なくとも、八代屋はそう信じていた節があります。では、値打ちとは何か。八代屋はおちやを囲い込むことで、沖山さまの弱みを握ったつもりになっていたのではござりませぬか。あぁ、そうです、そうです。前にも申しましたが、おちやは沖山さまと先代八代屋の妹との子ではないかと」

一旦、言葉を切り、信次郎は「櫛《くし》が」と声を潜めた。

「櫛？　なんのことだ」

「おちやの櫛でございます。八代屋の座敷に落ちておりましたのをそれがしが拾い、おちやに渡しました」

頼母は何も言わなかった。声を出さぬよう己を律している。そんな風に、清之介の目には映った。

「遠野屋のように品の良し悪《あ》しは測れませぬが、素人目にも上物《じょうもの》のように見受けられました。聞けば母親の形見であるとか。その櫛の裏に小さく梅が描かれておりました。沖山さまの紋所《もんどころ》は確か星梅鉢《ほしうめばち》でござりましたな。で、あの櫛、沖山さまがおちやの母親に贈ったものではないかと、ふと考えた次第です。母親が証を欲しがったのかもしれませぬし、沖山さまなりの心配りであったのかもしれませぬが。ともかく、あの櫛を母親は形見として娘に遺《のこ》した」

そこで、信次郎は照れた風に笑った。

「いや、これは、まさに下種《げす》の勘繰りに過ぎませぬな。同じ勘繰りを八代屋もしていた。先代から聞いていたのか、ただの憶測なのか、ともかく、おちやが沖山さまの弱みになると信じておったのでしょう。万万が一、おちやが沖山さまの娘であれば、それで沖山さまを上手く操れるとでも考えたのでしょうかな。そんなはずもないのに。世間知らずの甘さには、呆《あき》れ返ります。ただ、沖山さまは沖山さまの都合で八代屋に加担した。そして、どうにもならぬほど杜撰な企てを、大番頭と二人で一時にしろ遠野屋が途方に暮れるほどのものに仕上げた。見事なお手並みでございました」

露骨な嫌味ではあったが、頼母は顔色一つ、変えなかった。

「ただ、それがしが思うに、沖山さまにしろ八代屋の大番頭にしろ、此度の件を起こした理由は別のところにもあるのではないかと存じますが、いかがなものでしょうか」

「別のところ?」

頼母の片眉だけが、持ち上がった。

「さようにございます。嵯波御家中の騒ぎは真《まこと》でしょうし、沖山さまが騒動を鎮めることに躍起になっておられるのも真でございましょう。ただ、その他に、沖山さまは測りたかったのではございませんか」

背後でまた、伊佐治の動く気配がした。身を乗り出し、耳をそばだてているのだ。

「窮地に陥ったときの遠野屋の力量をしっかり見定めておきたい。味方につけるにしても、敵に回すにしても相手の力を知るのは、兵法の習いでございますから。試して、測り、知る。この先、嵯波の政が乱れたとき、遠野屋がどう動くか。どれほどの助けに、あるいは障りになるか。摑んでいたかった。なにしろ、遠野屋は嵯波藩元筆頭家老の血筋に当たる者。ただの商人として付き合うには、些《いささ》か面倒な相手ですので」

「旦那！」

伊佐治が辛抱し切れなかったのか、後ろから信次郎の袖を引く。

「構わぬ、続けろ」

頼母の声はほとんど怒声だった。

「いや、もう、さほどお伝えすることは残っておりませぬ。ただ、立場は違えど、八代屋の大番頭の思惑も似たようなものであったのでしょう。先代への忠義は本物のようで、その忠義故に、遠野屋に掣肘《せいちゅう》を加えたい思いがあったのでしょうな。遠野屋はいずれ八代屋の害となるかもしれぬと、先代から伝語《でんご》されていた節もございます。沖山さまは政のために、大番頭は店のために遠野屋を揺るがしてみた。此度の件、それがしは、かのように推察いたしましたが、いかがなものでしょう」

「戯言《ざれごと》だ」

頼母が吐き捨てる。そして、立ち上がる。

「去《い》ね。もう、戯言はたくさんだ」

「沖山さま」

清之介は江戸家老を真っ直ぐに見上げた。

「わたしは、新しく船を造るつもりでおります」

「……船、とな」

「はい。江戸と嵯波を結び、紅花を運ぶための遠野屋の船でございます。その船が出来上がったあかつきには紅花に関する限り、嵯波の湊での仕事の一切を遠野屋が取り仕切ります。お城からの口出しは無用に願いますので」

「我らに手を出すなと申すのか」

「はい。今日、店の者が嵯波へと発《た》ちました。あちらで、話をまとめてくる手筈《てはず》になっております。当分は借り船ながら、できる限り早く、新造船を動かす所存にございます。水夫たちの目処《めど》もついておりますので。遠野屋の船については遠野屋に任せ、城は全て手を引くとお約束いただきたく存じます。それで……」

「それで、此度の件を帳消しにすると？」

「さようです。再び、信用が成りましたときには、改めて話し合いの場を設けていただければ幸甚に存じますが」

「我らを信用できぬと」

「為されたことをお考えください。お約束いただけないのなら、遠野屋は嵯波から退《ひ》かざるを得なくなります。その場合、お城への貸付金、全てのご返済をお願いしなければなりません」

「馬鹿な。どれほどの額になると思う。呑めるわけがあるまい」

「証文がございます。どちらかの一方的な手落ちによって契約が反故《ほご》になった場合、遠野屋に非があれば貸付金を無とし、城側の落ち度であれば返済金全てを利平《りひょう》を付けて支払うと。畏《おそ》れながら、ときのご主君の御印《ごいん》をいただいております」

頼母が低く唸った。

「遠野屋、そなた、わしに腹を切らせるつもりか」

「滅相もないことでございます。沖山さまは、遠野屋にとって大切なお方。沖山さまの知略、権勢《けんせい》を以てすれば無理ではない。わたしなりに判じての願いにございます」

平伏する。

「なるほどな。決して敵に回してはならぬ相手なわけだ。そなたもそなたの横の木《こ》っ端《ぱ》役人もな。よう学ばせてもろうた」

からからと哄笑《こうしょう》し、頼母が背を向ける。足音が遠ざかる。

伊佐治が膝を崩して、額の汗を拭いた。

夜空の雲は一段と厚くなったようだ。

風は変わらず凪いで、その分、動かぬ闇が纏《まと》わりついてくる気がした。

「なんだかんだいって、また、おぬしの一人勝ちになったんじゃねえか、遠野屋」

信次郎が提灯《ちょうちん》を揺らしながら、舌の先を鳴らした。

「勝ってはおりません。これからが難儀の始まりです。ああは言いましたが、沖山さまや国元の重臣方がどう出るか。油断はできませんでしょう。それに、おくみの件もあります」

「国元は沖山が上手く収めるだろうさ。遠野屋が一切合切を引き受けるとなると、横領だの誤魔化しだのの憂いはなくなる。正当な利益が欠けず藩庫に入ることになれば、沖山としては御の字じゃねえか。渋る振りをしながら、ほいほい乗ってくるに決まってるさ。武士の沽券《こけん》とやらに拘って、乗ってこねえほど馬鹿じゃねえよ」

確かに、沖山頼母は清之介の申し出を全て呑むだろう。呑まぬ限り、未来《さき》に繋がる道はない。

「長太郎については、おれが蹴りを入れといてやったから、それで我慢するしかねえだろうな。これ以上、追い詰めても、遠野屋に益はないさ。まあ、おくみのために、見舞金をたんまりふんだくってやるとよかろうよ」

「それこそ、大馬鹿野郎でやすよね」

伊佐治がため息を零した。

「邪《よこしま》なこと考えねえで商いに精を出せばいいものを」

「下手に精を出されちゃ、大番頭が困るんじゃねえか。まっ、これで当分、八代屋がちょっかい出してくるこたぁねえだろうさ。けど、抜けてるよな」

「八代屋がですかい」

「いや、弓之助の方さ。あの大番頭、本気で遠野屋を潰すつもりだったんじゃねえか。だとしたら、もうちょい上手い手を思案すればいいものを。ふふ、しかし沖山あたりよりは厄介かもしれんな。武家の手の内なんて知れているが、商人はもっとしたたかで頭が切れる。沽券とか一分とかに振り回されもしないからな」

「ええ……」

木暮さまの思案する上手い手とは、どういうものです。

軽く問うてみたい。軽く問えるはずもない。

風もないのに、首筋を冷えた手で撫《な》でられた気がした。

胸の内が騒ぐ。ざわざわと騒ぎ続ける。

「木暮さま」

「うん？」

「あ、いえ、比度もお世話になりました。また、ゆっくりとお礼をさせていただきます」

「そうだな。『梅屋』もいいが、ちょいと贅沢《ぜいたく》な酒と料理を振る舞ってもらうのも悪くない」

「畏まりました。親分さんともども、お席を用意させていただきます」

「楽しみにしているぜ。では、これで。今夜はいい夢を見るんだな」

伊佐治が一歩、前に出る。

「旦那、お屋敷にお帰りになるんでやすか」

「ああ、今夜あたり客人が来るかもしれねえからな」

信次郎が闇に溶け込んでいく。溶け込み、闇と一体になったかのようだ。足音さえ虚空に消えて、夜の静寂《しじま》を際立たせる。

「旦那にお客って誰でやすかね。めったにねえこってすよ。あぁ、お仙《せん》さんが品川《しながわ》から出てきてんでしょうかね」

「……そうですね。どなたでしょうか」

胸内のざわめきは止まらない。

見上げた漆黒《しっこく》の空に一瞬、火が奔《はし》った。

枯野を焼く野火に似て炎が渦巻く。

何もかもを焼き尽くす炎だ。

幻の火は束の間で消えたけれど、清之介は動けずにいた。

「遠野屋さん？」

伊佐治に呼ばれ我に返る。空はただ、黒いだけだった。


思っていた通りだ。

客は来ていた。

おしばによると、まだ日が沈み切らないうちから来て、待っているそうだ。

暇などなかろうに。

どうしても、今夜中に話を付けたかったわけか。

信次郎は障子戸を音を立てて開けた。

「ずい分と待たせたようだな」

「とんでもないことでございます。こちらが、勝手に押しかけました。どうしても、木暮さまとお話ししたく、無礼を承知で参りましたこと、お許しください」

「話ねえ。それは遠野屋絡みかい、番頭さん」

行灯《あんどん》の明かりの中で、弓之助が顔を上げる。

雨戸の隙間から月の光が差し込んできた。おしばはいつも、こんな半端な閉め方をする。

光はすぐに消えた。

月は雲に呑み込まれたらしい。

さて、何がどう転んでいくか。おもしれえことになりそうだぜ、遠野屋。

闇の中で、信次郎は薄く笑んでいた。

「小説宝石」二〇二二年十一月号〜二〇二三年八月号掲載作品を加筆修正しました。

あさのあつこ

1954年岡山県生まれ。小学校の臨時教員を経て作家デビュー。「バッテリー」シリーズで野間児童文芸賞、日本児童文学者協会賞、小学館児童出版文化賞を、『たまゆら』で島清恋愛文学賞を受賞。児童文学、青春小説、SF、ミステリー、時代物と、幅広いジャンルで活躍。初の時代小説『弥勒の月』は魅力的なキャラクターが称賛され、「弥勒」シリーズは累計110万部を突破した。本作が第十二作目となる。

野火《のび》、奔《はし》る

2023年10月30日　初版１刷発行
2023年11月20日　　　２刷発行

著　者　あさのあつこ
発行者　三宅貴久
発行所　株式会社 光文社
〒112-8011　東京都文京区音羽1-16-6
電話　編　集　部　03-5395-8254
　　　書籍販売部　03-5395-8116
　　　業　務　部　03-5395-8125
URL　光　文　社　https://www.kobunsha.com/

組　版　萩原印刷
印刷所　萩原印刷
製本所　ナショナル製本

落丁・乱丁本は業務部へご連絡くだされば、お取り替えいたします。
R ＜日本複製権センター委託出版物＞
本書の無断複写複製（コピー）は著作権法上での例外を除き禁じられています。本書をコピーされる場合は、そのつど事前に、日本複製権センター（☎03-6809-1281、e-mail:jrrc_info@jrrc.or.jp）の許諾を得てください。

本書の電子化は私的使用に限り、著作権法上認められています。ただし代行業者等の第三者による電子データ化及び電子書籍化は、いかなる場合も認められておりません。

©Asano Atsuko 2023 Printed in Japan
ISBN978-4-334-10094-0